1781

Michael Holzner

DIE REVOLTE

Roman

Hoffmann und Campe

CIP-Kurztitelaufnahme der Deutschen Bibliothek

Holzner, Michael:
Die Revolte: Roman / Michael Holzner.
– 1. Aufl. – Hamburg: Hoffmann u. Campe, 1988
ISBN 3-455-03542-6

Hoffmann und Campe Verlag, Hamburg

Schutzumschlaggestaltung: Lo Breier
unter Verwendung eines Fotos von dpa
Satz: Utesch Satztechnik GmbH, Hamburg
Druck und Bindung: May + Co, Darmstadt
Printed in Germany

diese welt ist nicht rund
sie ist viereckig
aus dem boden sprießt eisen
bis in die weiße decke

diese sonne ist nicht rund
sie ist viereckig
auf dem beton versuche ich
ein gänseblümchen zu pflanzen

ich gehe in die ecke
um meine notdurft zu verrichten
ich knurre ein bißchen
danach versuche ich zu bellen

ERSTER TAG

Der Ton war tief, etwas heiser und so durchdringend, daß alles zu vibrieren schien. Wie ein Dampfer, der zwischen zwei Eisbergen hindurch will. Mit einem plötzlichen Stoß ertönt sein Horn, bricht sich an den Eiswänden, übertönt jedes andere Geräusch und wird noch lauter, weil er steckengeblieben ist, weil die Wände seinen Bauch zusammendrücken.

Hauptverwalter Mertens saß in seinem Glaskasten und schreckte hoch, drehte den Kopf nach allen Seiten. Hier kam nie ein Dampfer vorbei.

Er sah weit hinten am Ende von Berta eins die Männer der Hofrunde einrücken, im gleichen Moment klingelte das Telefon.

»Zentrale, Mertens.« Er meldete sich mit einer Stimme, der man anhören konnte, daß es nicht der erste Alarm war, den er regelte: Auf Dora eins schlägt jemand seine Zelle kaputt. In der Hofrunde gibt es eine Prügelei. Suizidversuch auf Cäsar drei fünf. Feuer im Werkgebäude sieben. Mertens, seit achtzehn Jahren und vier Monaten in der Konrad-Adenauer-Anstalt, davon sechs Jahre und einen Monat als Schichtführer, wußte immer, was zu tun war.

Der Zellenkaputtmacher war in den Arrest zu verbringen, die Prügelei auf dem Hof war zu unterbinden, die Prügler kriegten eine Meldung, das war die theoretische Grundlage für den praktischen Arrest, für Cäsar drei fünf war der Arzt zu verständigen, und im Werkgebäude war

das Feuer mit den vorhandenen Feuerlöschern unter Kontrolle zu bringen, er, Mertens, würde umgehend die Feuerwehr verständigen. Er regelte das alles von der Zentrale aus, telefonierte, hatte die Dinge im Griff, ohne seinen Platz verlassen zu müssen.
»Hier ist Wachturm drei, Müller. Ein Gefangener, ein Gefangener ist auf das Dach geklettert, eben!«
»Was? Ist er schon oben?«
»Ja, er ist nicht mehr zu sehen.«
»Warum rufen Sie mich erst an, wenn er schon oben ist?«
»Das ging so schnell, alles, und bei Ihnen war besetzt.«
»Was heißt denn hier besetzt! Ich kann ja wohl schlecht nur darauf warten, daß Sie eine Meldung haben!«
Gerade eben hatte er ein paar Minuten mit Brockmann geschwatzt, der vorne an der Pforte seinen Dienst absaß. Wenn er das nicht getan hätte, dann wäre der Wachturm eher an der Strippe gewesen, und er hätte ... Gar nichts hätte er.
»Bleiben Sie auf dem Turm«, sagte er überflüssigerweise, denn der Wachturm durfte nicht verlassen werden, egal, was passierte, »und halten Sie mich auf dem laufenden.«
Er legte auf und nahm gleich wieder ab, weil es erneut klingelte.
»Mensch, Hermann, weißt du schon das Neueste, da ist einer auf dem Dach«, hörte er Brockmann sagen.
»Wem sagst du das! Kannst du ihn sehen?«
»Nein, der ist auf der anderen Seite. Was machen wir denn da?«
»Wenn ich das wüßte, wäre ich schlauer. Das hatten wir doch erst vor ein paar Monaten, als ich im Urlaub war. Muß ja auch mal sein.«
»Weiß ich, das waren zwei. Der eine ist heruntergekracht, und der andere kam abends freiwillig wieder nach unten. Am besten, du rufst Schildpad an.«

»Gut.« Mertens drückte auf die Gabel, wählte. Bei Anstaltsleiter Schildpad war besetzt. Er sprang auf und verließ seinen Glaskasten. Überall auf den Stationen wurden die Männer eingeschlossen, ohne daß sich einzelne Geräusche ausmachen ließen. Das Alarmhorn übertönte alles. Mertens schloß hastig zwei Gittertüren auf, wieder zu und war in der Verwaltung. Der eine hatte sich damals das Becken gebrochen, hatte drei Monate gelegen, das war ein gefährlicher Typ gewesen, Isolation hatte der gehabt. Der andere war Schermer, na ja, der machte alles mit, der hatte eine Knastmeise.
Mertens stand vor der Anstaltsleitertür, klopfte an und wartete gar nicht erst das »Herein« ab. Anstaltsleiter Schildpad saß hinter dem großen Schreibtisch und sah durch seine Sartrebrille, die Augenbrauen hochgezogen. Wie eine Kröte, auf die eine Mücke zugeflogen kommt.

Sie werden sich noch eine ganze Weile schonen müssen«, hatte von Seggenberg gesagt. »Ich kann Ihnen vier Wochen Genesungsurlaub verschreiben, mit Sonne, Wasser und Sand. Ich fürchte nur, man wird sich meiner Empfehlung nicht anschließen.«
Und jetzt liege ich mit dem Bauch in der Sonne. Dieselbe, die auch anderen Genesenden scheint. Mein Hemd ist aus der Hose gerutscht. Sandkörner pieken in meine Haut. Es sind mindestens dreißig Grad im Schatten. Manchmal schallt das Rufen und Lachen der Badenden aus dem nahen Freibad herüber.
Ein Mann hat einmal auf einem weichen Teerpappendach gelegen. Unbeweglich. Fünf oder sechs Stunden. Als er wieder nach unter klettern wollte, wurde er erschossen.
Jahre danach brach der Schuppen zusammen. Das Dach kippte wie eine große Schiefertafel schräg nach vorn,

zum Weg hin. Jeder, der vorbeiging, konnte nun die Stelle sehen, auf der dieser Mann gelegen hatte. Ganz ausgebreitet.
Wenn ich die Augen zumache, hört sich das Rauschen in meinen Ohren wie Brandung an. Doch es paßt nicht zu dem Geruch, der mir in die Nase steigt. Es riecht nach weichgefahrener Kreuzung.

Ich erhob mich langsam, kniete. Meine Fingerknöchel waren aufgeschrammt. Es brannte, als ich mit der Zunge darüberfuhr. Hitze lag auf dem Dach und machte die Kuppeln der Oberlichter zu wabernden Glasquallen. Ich sah über die Kante nach unten. Die letzten Männer der Hofrunde rückten ein, sie drängten sich vor dem Eingang, der immer nur von einer Person passiert werden konnte. Daneben stand ein Meister und zählte. So ein Einrücken dauerte seine Zeit. Es waren die letzten Sekunden frischer Luft.
Gleich hinter der Tür stand ebenfalls ein Meister. Der zählte noch einmal. Dann wurden die Zählergebnisse miteinander verglichen. Wenn sie nicht zusammenpaßten, stimmte etwas nicht. Ein letztes Mal wurde gezählt, wenn jeder Mann vor seiner Tür stand.
Einer der einrückenden Männer sah plötzlich zu mir hoch, blieb stehen, dann ein zweiter, ein dritter. In die Traube vor der Tür kam ein Hin und Her, kam wieder ins Stocken. Der Meister von drinnen drängte sich jetzt nach draußen zu seinem Kollegen. Zusammen liefen sie um die Männer herum.
»Los, los, einrücken! Rücken Sie ein!« rief der eine.
»Los, los, einrücken! Rücken Sie ein!« rief der andere.
Sie spreizten die Arme seitlich vom Körper, drehten die Handflächen nach vorne und machten komische Pumpbewegungen.

Ich mußte an Oma denken. Wenn sie abends die Hühner in den Stall scheuchen wollte. Ein Huhn pickte hier noch schnell ein Körnchen weg, ein anderes dort. Was sollte man als Huhn schon im Stall, wenn es draußen noch nicht dunkel war. Wenn die Hühner in Stimmung waren, dann rannten sie noch ein paarmal quer durch den Garten. Und Oma hinterher. Mit einem Zweig in der Hand und laut schimpfend. Die Hühner, die bereits im Stall waren, die kamen dann wieder heraus. Um zu sehen, wer da schimpfte. Meistens hielt Oma ihre Hände so wie die beiden Meister da unten und machte dazu noch »Ksch! Ksch! Ksch!«. Um die Hühner einzuschüchtern.
Die verstanden das.
Unten wurden die Männer weniger.
Heute stimmte was nicht, und wenn sie noch so oft zählten. Aber jetzt ging es erst mal darum, alle Männer ins Haus zu bekommen. Gleich würde jeder vor seiner Tür stehen. Ein Meister würde dann kommen, dem ersten aufschließen, »eins« sagen oder, wenn er schon länger im Dienst war, sich die Zahl denken. Dann kam »zwei«, aufschließen, zuschließen, »drei«, aufschließen, zuschließen, »vier«, aufschließen, zuschließen... Ein Meister mußte theoretisch bis zweiundsechzig zählen können. Mehr Türen gab es nicht auf einer Station. Davon allerdings waren vier Türen abzuziehen, die des Meisterbüros und die der Zellen, in denen die Reinigungsutensilien aufbewahrt wurden. Also brauchte ein Meister tatsächlich nur bis achtundfünfzig zählen zu können.
Zweiundsechzig war Theorie.
Heute reichte es nur bis siebenundfünfzig, und theoretisch plus eins. Das war ich, plus eins. Wenn der betreffende Meister jedoch seine Meldung an den nächsthöheren Meister machte, dann wurde ich zu minus eins. Sta-

tion Berta drei, mit achtundfünfzig Mann belegt, so sollte es sein, minus eins, so war es.
Der nächsthöhere Meister rechnete auf diese Meldung hin das Endergebnis aus. Wenn bis dahin noch kein Alarm gegeben worden war, dann jetzt. Meistens passierte das jedoch schon früher. Alarm kostete nichts. Alarm wurde vorbeugend gegeben, oder wenn wirklich etwas los war, oder als eine Art Nachtrag, gewissermaßen als Entwarnung. Das wußte allerdings nur der, der ihn auslöste. Unten vor der offenen Tür standen noch zwei Meister.
»Holberg, wollen Sie nicht wieder runterkommen. Sie wissen doch, so können Sie nie was erreichen.«
Ich sah runter und schwieg. Aus dieser Höhe sahen sie mickerig aus.
»Na, was ist? Die Feuerwehr wird Sie früher oder später sowieso da oben runterholen!«
Wenn ich die Augen etwas zukniff, dann sahen die Gesichter aus wie helle Deckel auf dunklen Pfählen.
»Unterstehen Sie sich!«
Ich öffnete meine Hose.
»Unterstehen Sie sich!« Die beiden verschwanden durch die Tür.

Der eine, das war ein ganz Genauer.
Wahrscheinlich rannte er gleich an seinen Schreibtisch und schrieb eine Meldung. So eine Meldung ließ sich immer dann schreiben, wenn gegen die Hausregeln verstoßen wurde. Na, sollte er. Ein gelber Zettel mit Vordruck. Oben wurde der Name des Meisters eingetragen, dann Vorname, Dienstgrad, Datum, Uhrzeit, schließlich gab es vorgepunktete Linien für den Vorfall.
Ich, Schmidt, Hermann, zeige hiermit folgenden Vorfall an: Beim Einrücken der Hofrunde hat der Strafgefangene

Holberg versucht, mir und meinem Kollegen Lehmann ins Gesicht zu urinieren. Zeuge: Kollege Lehmann.
Der Abteilungsleiter würde Augen machen. Dorthin ging die Meldung. Der wägte dann ab und verhängte eine ausgewogene Hausstrafe. Eine angemessene. Vielleicht reichte er die Meldung noch an den Personalrat weiter, damit dieser überprüfen konnte, ob man die Rechte der Meister gewahrt hatte.
Ich schlenderte über das Dach. Für einen Augenblick verstummte das Alarmhorn und ging erneut los.
Von hier oben sah der ganze Komplex wie ein Polyp aus, mit fünf Armen, deren Enden abgehackt waren. Ein Polyp, der auf dem Rücken lag, die Saugnäpfe nach oben, das waren die Reihen der Oberlichtkuppeln auf den vier Flachdächern. Ein Arm hatte keine Kuppeln, sondern ein Spitzdach, die Kirche, unter der sich die Verwaltung befand. Unten hieß es Verwaltungsflügel und oben Kirche. Die Gefangenen waren in den vier Flügeln mit den Kuppeln untergebracht. Jeder dieser Flügel hatte fünf Stationen. Davon waren vier belegt. Meistens mit achtundfünfzig Leuten. Daraus ergab sich, daß ein Verwalter, das war der diensthöchste Meister, bis neunhundertachtundzwanzig zählen konnte.
Jeder Vorfall innerhalb der Mauern machte in Windeseile seine Runde. Das Nachrichtensystem funktionierte vielleicht deshalb so gut, weil eigentlich nie etwas Besonderes passierte. Jede Kleinigkeit wurde weitergegeben und dabei in aller Regel ziemlich aufgebauscht. Wenn sie schließlich dem Personalrat zu Ohren kam, war sie schon so groß, daß der darüber nachdachte, ob sich nicht eine neue Zulage für die Meister herausschinden ließ. Zehn Mark Schlechtwettergeldpauschale im Monat. So was konnte sich doch wiederholen, daß da einer auf dem Dach stand und herunterpinkelte.

»Hast du schon das Neueste gehört?«
»Nein.«
»Der Holberg steht seit neun Uhr fünfundvierzig mit 'm Wasserwerfer auf 'm D-Flügel. Der Hof ist seit zehn Uhr dreißig knöcheltief überschwemmt. Die Meister üben Flamingoballett, wenn sie über den Hof müssen.«
Ich stand jetzt auf dem B-Flügel und schaute auf die Innenseite des A-Flügels hinunter. Vier Reihen Luken im Kellerfensterformat, nur im fünften Stock gab es größere Öffnungen. Eine neben der anderen. Unter jedes Fenster war mit weißer Farbe eine große Zahl auf das Mauerwerk gemalt, die der Turmmeister mit bloßem Auge erkennen konnte. Wenn nun zum Beispiel aus einem dieser vielen Fenster Rauch quoll, dann brauchte der Meldende nicht lange zu zählen. Er sah auf die Zahl, zählte das Stockwerk ab und konnte sagen: »Auf Anton drei einundzwanzig brennt es.« Drei war die Station und einundzwanzig die Zelle. A, B, C, D waren die Abkürzungen für Anton, Berta, Cäsar und Dora. Der volle Name wurde jedoch meist nur bei wichtigen Anlässen genannt.
Ein Gefangener war in der Verwaltung gewesen und wurde vom Verwaltungsmeister zurück in die Zentrale gebracht. Dann rief er laut nach oben: »Cäsar drei!«
Und oben beugte sich der alte Lämmers (er hatte noch zwei Jahre bis zur Pensionierung) über das Geländer. Lämmers war ein dürres Kerlchen mit einer Mütze, die viel zu groß wirkte, die nur durch die fledermausähnlichen Ohren Halt zu bekommen schien.
Und Lämmers quäkte dann: »Hier Cäsar drei!«
Darauf der unten: »Cäsar drei, ein Mann!«
Und Lämmers wieder: »Cäsar drei, verstanden, ein Mann!«
Der betreffende Mann durfte die zwei Treppen dann allein hinaufsteigen.

In den unteren Etagen der Flügel waren Arbeitsräume, Arrestzellen und die Verkaufsräume des Kaufmanns, bei dem man einmal im Monat einkaufen konnte.
In vielen Fenstern waren hinter den Gittern Gesichter zu sehen. Es hat sich inzwischen herumgesprochen, dachte ich. Nun guckt jeder, ob das auch wirklich stimmt. Irgend jemand rief mir zu, ich solle doch herunterkommen, heute gebe es Früchtequark als Nachtisch.
Ich wanderte jedes Dach ab. Zwischen dem C- und D-Flügel stand eine Gruppe Meister. Sie sahen zu mir hoch. Ich zählte acht. Sie redeten miteinander. Hügelke war auch dabei. Der hatte sicher schon einen meiner offenen Briefe gelesen, die ich heute morgen in den Kasten gesteckt hatte: »Um auf gewaltlose Weise meinen Protest auszudrücken, werde ich mich mit obigem Datum in einen öffentlichen Hungerstreik begeben ...«
Sie sahen sich alle Dachrinnen und Blitzableiter an. Überall an den Dachrinnen waren nach meinem ersten Aufstieg sofort sogenannte Jesuskronen angebracht worden, spitzenbewehrte Eisenkränze von etwa einem Meter Durchmesser.
Und nun war ich wieder hier oben.
Parallel zu einigen Abflußrohren verlief ein Blitzableiter. An so einem war ich drei Meter hochgeklettert, dann ein Schritt, und ich hatte auf der Jesuskrone gestanden und in aller Ruhe am Rohr weiter nach oben klettern können.
Die Gruppe verschwand durch die Tür des A-Flügels im Haus. Ich wanderte zu der rückwärtig liegenden Stirnseite des Kirchendachs. Steigeisen führten nach oben. Ich stieg auf den First. Links und rechts zwei große, rechteckige Schornsteine, die da, wo sie aus dem Dach herauswuchsen, so etwas wie eine Nische bildeten. Hier oben werde ich schlafen, dachte ich und balancierte auf dem

First entlang zum Glockenturm, der sich an der vorderen Stirnseite erhob. Seine Wand war gute zehn Meter hoch und hatte zwei senkrecht verlaufende Lamellenfenster. Sonst nichts. Kein Abflußrohr, kein Blitzableiter.
Ich linste durch einen Spalt in den Holzlamellen und sah Maschendraht, dahinter einen großen Holzbock, in dem zwei Glocken hingen. Dann balancierte ich zurück und setzte mich in eine der Schornsteinnischen. Von hier aus konnte ich alles überblicken. Kein Meister würde es wagen, mich hier wegzuholen. Das Kirchendach war steil. Bei einer Rangelei würde es in jedem Fall nach unten gehen.
Sie könnten allerdings durch den Turm kommen, heimlich, still und leise den Maschendraht zerschneiden, ein paar Lamellen raushebeln, und dann über den First.
Nein, im Dunkeln und dann der Blitzableiter genau auf der Kante, da würden sie die Füße von der Seite her durchschieben müssen, das würde Geräusche geben.
Ich verspürte Hunger. Es war kurz vor zwölf. Vielleicht hätte ich mir morgens noch mal richtig den Bauch vollschlagen sollen. Aber dann wäre der Hunger am Abend gekommen. Egal. Außerdem sollte das ja ein wirklicher Hungerstreik werden, für jedermann sichtbar.
Ich drehte mir eine Zigarette und rauchte. Ich würde hungern. Wenn ich was esse, dann brauche ich mir selbst nicht mehr zu glauben. Alles wird gemacht wie geplant. Früchtequark. So ein Blödsinn.

Mein zweiter Vater wollte immer, daß ich Quark esse. Weil er in einer Molkerei arbeitete. Irgendwelche Tanks wurden da geschweißt. Jeden Abend brachte er Quark mit. Den bekam er umsonst. Ich mochte keinen. Und er war sauer.
Zu der Zeit machte meine Mutter dauernd Quarkkuchen

und packte mir jeden Tag vier Stücke für die Schule ein. Zwei für mich und zwei für Hermann, mit dem ich in eine Klasse ging und mit dem ich viel zusammen machte. Wenn man so ein Stück Quarkkuchen aus dem Fenster der dritten Schuletage warf, dann klatschte das ganz wunderbar auf die Straße. Wenn kein Fußgänger da war. Wir warfen die Stücke schnell hintereinander hinaus und rannten dann nach unten. Unsere Schule war die einzige in der Stadt, aus der morgens Quarkkuchen geflogen kam. Immer aus einem anderen Fenster.

So etwas war ein Fall für den Schulleiter persönlich. Wir mußten in sein Zimmer kommen, und er erzählte uns vom Hunger in der Welt. Daß es nicht allen Menschen so gutgehe wie uns. Während er noch redete, holte er aus einem Rollschrank einen dünnen Rohrstock, den er so lange hin- und herbog, bis er mit seiner Predigt fertig war. Dann mußten wir aufstehen, uns vornüberbücken, und jeder bekam drei Schläge verpaßt. So wie andere sich mit einem Handschlag verabschiedeten, so gab es drei Stockschläge.

Dieser Vorgang und der vorangegangene Anlaß wurden dann von ihm in ein sogenanntes Mitteilungsheft eingetragen, eine pädagogische Maßnahme, die dazu diente, daß Lehrer und Eltern immer auf dem gleichen Informationsstand waren, was die Entwicklung der Schüler betraf. Da war nachzulesen, was ich das ganze Jahr über ausgefressen hatte.

Als meine Mutter abends nach Hause kam, wußte sie sofort, daß irgendwas passiert war. Sie merkte das immer. Sie brauchte mich nur anzusehen.

»Ach, Mensch, der schöne Quarkkuchen«, sagte sie, »warum hast du den denn nicht gegessen? Ich gebe mir soviel Mühe, und du ...« Dann weinte sie: »Wenn das Heinz erfährt.«

Heinz, das war ihr Mann und mein zweiter Vater, mit den Rechten eines richtigen Vaters. Er wollte das Mitteilungsheft erst nach dem Abendbrot lesen, und die ganze Zeit wurde nicht viel geredet. Während wir aßen, sah er mich nicht an und ich ihn auch nicht. Das würde noch kommen. Und meine Mutter blickte immer von einem zum anderen.

Schließlich steckte er sich eine Zigarette an und fragte: »Wo ist das Heft denn nun?«

Sie gab es ihm.

Er las die Eintragung, legte das Heft wieder weg, zog an der Zigarette und schlug mir plötzlich mit der freien Hand ins Gesicht. Sprang dann auf, hielt sich die Hand zwischen die Beine und jammerte: »Verdammt, jedesmal schlag ich mir die Hände kaputt an dem. Wo ist der Stock, wo ist der Stock?«

»Weiß ich nicht, du legst ihn doch immer weg«, sagte meine Mutter. Er stürzte an den Küchenschrank und tastete darauf herum.

»Wo ist der Stock? Wo ist der Stock?« knurrte er verbissen und gar nicht laut. Plötzlich hörte ich, wie der Stock hinter den Schrank rutschte und auf halber Höhe steckenblieb. Mein Stiefvater fiel auf die Knie, schielte und zerrte da unten herum. Dabei fiel ihm von oben ein Marmeladenglas mit einer Urinprobe meiner Mutter auf den Kopf. Die wollte sie am anderen Tag zum Arzt bringen. Sie nahm dafür immer ein Marmeladenglas, weil das so einen praktischen Verschluß hatte. Und weil man es nicht mit einer Flasche verwechseln konnte.

Mein Stiefvater ächzte und war einen Moment still. Ich mußte lachen. Jetzt riß er mit einem Ruck den ganzen Schrank nach vorn, bekam den Stock zu fassen und prügelte auf mich los: »Quark! Quark! Jetzt mache ich Quark aus dir!«

»Nicht auf den Kopf, Heinz, nicht auf den Kopf«, rief meine Mutter. Wie ein Ringrichter registrierte sie seine Schläge. Dann konnte er nicht mehr.
»Los, ab ins Bett«, sagte er nur noch japsend.
Später am Abend kam meine Mutter noch einmal in mein Zimmer und fragte, ob ich auch gebetet habe und warum ich denn immer so einen Unfug machen müsse, wo Heinz sich doch so darüber aufrege.
Dann ging auch sie ins Bett.
Ich wartete bis Mitternacht, zog mich leise an und kletterte aus dem Fenster. Am Ende der Straße war ein Fischgeschäft. Von hinten stieg ich durch ein offenes Kellerfenster und drang bis in den Laden vor, wo ich Bratrollmöpse aß, bis mir schlecht wurde. Ich nahm noch eine Zigarrenkiste voller Zehnpfennigstücke mit und kletterte zu Hause wieder in mein Zimmer.
Am Wochenende waren Langes eingeladen. Von schräg gegenüber.
Herr Lange arbeitete manchmal mit meinem Stiefvater zusammen auf derselben Baustelle. Frau Lange und meine Mutter tauschten Strickmuster aus, sie kam oft auf einen Kaffee. Bärbel Lange war sieben, drei Jahre jünger als ich. Sie war die Tochter. Ich hatte wenig Kontakt zu ihr. Sie war noch so klein und rannte immer mit einem Stoffbären, dem ein Bein fehlte, herum. Mein Vater wollte eine Quarksahnetorte machen. So was konnte er. Meine Mutter ging vorher noch mal mit dem Staubsauger durch die ganze Wohnung, dann kamen Langes. Während mein Stiefvater in der Küche die letzten Vorbereitungen traf, saßen wir im Wohnzimmer.
Meine Mutter erzählte, ich langweilte mich.
Bärbel wollte mit mir spielen, aber ich hatte keine Lust.
»Kind, laß ihn doch«, sagte Frau Lange. »Geh mal in die Küche zu Onkel Heinz, vielleicht kannst du ihm helfen.«

»Geh doch mit«, sagte meine Mutter. Ich wollte nicht, und je mehr ich nicht wollte, desto nervöser wurde sie. Nach einer Weile kam Bärbel zurück, wartete an der Tür, bis alle guckten, dann lief sie schnell zu Frau Lange und kuschelte sich in deren Schoß, dabei kicherte sie immerzu.

»Aber Kind, nun gib doch mal Ruhe«, sagte Frau Lange etwas ungeduldig.

»Mamaaa?« fragte Bärbel und zog das »a« in die Länge. So was hatte ich früher als Kind auch gemacht. Wenn ich etwas haben wollte. Oder wenn ich etwas Wichtiges sagen wollte. »Mamaaaaaaaa?«

»Was ist denn?«

»Weißt du, was Onkel Heinz eben gemacht hat?«

»Nein ... Was hat er denn gemacht?«

»Er hat ... er hat ...« Sie zögerte. »Er hat mit seinem Ding in der Sahne gerührt«, sagte sie dann schnell. Und etwas maulig: »Das kann ich nicht.«

Einen Augenblick war es ganz still.

»Wie? Was hat er?« Frau Lange war etwas verwirrt.

»Mit seinem Ding«, sie zeigte auf den Hosenstall von Herrn Lange, ihrem Vater, der die Beine etwas zusammennahm, »hat er gerührt.«

Es klatschte. Frau Lange hatte sich wieder in der Gewalt.

»Also, das ist doch ... Was soll ich dazu sagen ... Also von mir hat sie das nicht!« Sie schaute ihren Mann an, dann meine Mutter, dann ihr Kind, das laut losheulte.

»Du gehst sofort rüber ins Bett! Ich komme gleich nachsehen!«

»Aber ich ... aber ich ...« Sie hatte den Mund weit auf und bekam fast keinen Ton raus, »ich habe doch nichts ...« Sie schluchzte laut, wandte sich an ihren Vater und lief schließlich raus, als dieser mit den Schultern zuckte.

»Das lernen sie heutzutage in der Schule«, sagte Frau Lange vorwurfsvoll zu ihrem Mann, und zu meiner Mutter, die plötzlich ein bißchen weinte: »Nehmen Sie das doch nicht ernst, so sind Kinder eben.« Dabei warf sie mir einen mißtrauischen Blick zu.

Mein Stiefvater kam rein, eine große Torte in den Händen. »So, jetzt geht es los.« Er stellte sie auf den Tisch. Ich guckte genau hin, ob er vielleicht irgendwo Sahne an der Hose hatte. Aber da war nichts.

»Was? Was ist denn?« Er sah meine Mutter an, die jetzt hinausging.

»Ach nichts«, lachte Herr Lange. »Die Bärbel hat was an die Ohren gekriegt, die hat manchmal eine Phantasie, ich glaube, die wird mal Künstlerin, Hilde, was meinst du?« Frau Lange lachte jetzt auch.

Ich lachte nicht. Weil ich nichts verstanden hatte. Meine Mutter kam mit dem Kaffee und mit dem Topf, in dem die Sahne war.

»Komm«, sagte sie zu mir, »oder hast du keinen Hunger?«

»Och, es geht.« Ich setzte mich an den Tisch.

Mein Stiefvater schenkte Kaffee ein. »Ich bekomme den Quark immer umsonst«, sagte er, »man glaubt gar nicht, was man mit Quark alles machen kann.«

»Arbeitest du immer noch in der Molkerei?« fragte Herr Lange.

»Ja, das geht auch noch das ganze Jahr so. Die wollen eine völlig neue Anlage. Edelstahlschweißen. Wir haben ein neues Verfahren entwickelt. Wo ist, wo ist eure Bärbel denn?«

»Die habe ich ins Bett geschickt«, erwiderte Frau Lange, »die kann einen manchmal richtig blamieren.«

»Aber deshalb braucht ihr sie doch nicht gleich wegzuschicken, sie hat mir so nett in der Küche geholfen.«

Warum sagt er so was nicht mal von mir, dachte ich, ich helfe dauernd. Ich kann abwaschen, ich kann staubsaugen, ich kann sogar Fenster putzen.
»Ach, wir nehmen ihr einfach ein Stück Kuchen mit, dann ist das schon in Ordnung.« Frau Lange nahm sich zwei große Löffel Sahne.
Ich mußte auf den Topf gucken. Ich wollte es nicht, aber ich sah immer wieder hin. Der Löffel schaute nur einen Fingerbreit über den Rand. Wenn er das wirklich gemacht hat ... Aber das geht doch gar nicht ... Vielleicht, wenn er sich mit dem ganzen Bauch auf den Topf legt, ist sein Ding drin. Dann braucht er nur seinen Körper zu drehen ... Aber die Küche ist nicht so groß, er würde mit den Füßen gegen den Küchenschrank hauen. Das hätten wir hören müssen. Diese Bärbel ... und dabei ist die drei Jahre jünger als ich. Wenn die so was sagt, dann hat die bestimmt schon mal gedoktert, mindestens mit ihrem Bären ...
»He, du«, meine Mutter stupste mich an, »du sitzt vor deinem Stück Kuchen, als sei es ein Stück Speck. Er mag nämlich keinen Speck«, sagte sie erklärend zu Langes.
»Er mag auch kein fettes Fleisch, keine Milch, keine Sülze, keine Butter, eigentlich fast gar nichts, nur Erdbeermarmelade.«

Was liest du denn da?« Oberwachtmeister Stetter schaute zu seinem Kollegen Drews junior hinüber. Außer den beiden waren nach Stipkoweit und Jahns im Aufsichtszimmer. So ein Zimmer befand sich am Anfang jeder Station, von der Zentrale aus gesehen.
»Diesen Brief«, Drews junior schaute hoch, »den der Holberg geschrieben hat. Der hat richtig einen Verteiler oben draufgesetzt, an den Senator, an die Anstaltsleitung, sogar an den Stationsbeamten.«

»Das sind wir«, sagte Stipkoweit, »jeder von uns hätte Dienst haben können, als der Holberg raufgestiegen ist. Wo hast du den her?«
»Ich weiß gar nicht mehr, wer ihn mir gegeben hat, es gibt inzwischen sicher hundert Kopien. Niemand weiß, wo die alle herkommen.«
»Lies doch mal vor, dann dauert das nicht so lange, als wenn jeder lesen muß«, sagte Stipkoweit. Alle schauten auf Drews junior.
»Wie? Von Anfang an?«
»Warum denn nicht, wir sitzen doch sowieso nur hier herum.«
»Also gut.« Drews junior schüttelte das Papier gerade, hielt es dann mit zwei Händen, weil es oben immer wieder einknickte. »Also oben ist dieser Verteiler, könnt ihr ja alle sehen.« Er wedelte die Blätter einmal in die Runde. »Und dann geht es los: ›Um auf gewaltlose Weise meinen Protest auszudrücken, werde ich mich mit obigem Datum in einen öffentlichen Hungerstreik begeben. Ich bin weder ein renitenter noch ein aufsässiger Gefangener.‹«
»Das stimmt«, unterbrach Jahns. Er war wie Stetter Oberwachtmeister. »Der ist immer höflich, der hat noch nie seine Zelle zertrümmert, auch wenn mal was nicht funktioniert hat.«
»Na, höflich!« Stipkoweit lachte, etwas hilflos, wie es den Anschein hatte. »Ist noch gar nicht so lange her, da habe ich den Hofgang aus Versehen zwei Minuten eher abgebrochen. Da hat der mich vor versammelter Mannschaft vielleicht zur Schnecke gemacht.« Stipkoweit war zwölf Jahre bei der Bundeswehr gewesen, bevor er sich in den Vollzugsdienst hatte versetzen lassen.
»Der hat dich zur Schnecke gemacht?! Und du hast dir das gefallen lassen?«

»Was sollte ich denn machen! Er hat gemeint, ich sei ein so großes Arschloch, daß man mich einfach nicht sieht, weil jeder durch ein großes Tor geht, ohne zu merken, daß die Ränder zu mir gehören. Und alle haben sich halb totgelacht.«

»Das hast du dir bieten lassen?«

»Nun, ja, so wörtlich direkt gesagt hat er das nicht. Aber alle wußten Bescheid, nur ich konnte ihn nicht darauf festnageln.«

»Du kriegst ihn schon noch. Wenn ich einem was anhängen will, dann finde ich auch einen Weg«, sagte Stetter.

»Nein«, Stipkoweit schüttelte den Kopf. »Der hat mir zwar öfter mal ein paar Sachen gesagt, aber für eine Meldung hat es nie gereicht, und jetzt bin ich nett zu ihm und er zu mir. Wenn ich Hofrundgang habe und der Typ ist dabei, dann lasse ich eben fünf Minuten länger gehen. Die machen es auch nicht. Und ich habe meine Ruhe.«

»Soll ich nun weiterlesen, oder was?« fragte Drews junior.

Die anderen verstummten.

»Wo war ich denn? Ach ja: ›... Gefangener. Ich bin jetzt an einem Punkt angelangt, an dem die physischen wie die psychischen Belastungen nicht mehr zu ertragen sind. Ich weise insbesondere die Anstaltsleitung darauf hin, daß ich ohne Rücksicht auf meine eigene Person vom Anstaltsdach springen werde, falls man meinen Hungerstreik mit Gewalt unterbinden will. Der hier in der Anstalt praktizierte repressive Vollzug fördert Mißtrauen und Resignation, er schürt Haß und Aggressionen, er zerstört den letzten Ansatzpunkt einer zu fördernden Selbständigkeit, ohne die es nicht möglich ist, aus der Talsohle, in der man sich als Vorbestrafter befindet, herauszukommen. In den letzten zehn Monaten sind

hier achtundzwanzig Zellen zerschlagen worden (die genaue Anzahl kann Herr Anstaltsleiter Schildpad nennen) ...‹ «
»Ich auch, einunddreißig«, unterbrach Jahns.
»›Vor einiger Zeit‹ «, fuhr Drews junior fort, »›verstümmelte sich, angeblich in einer Beruhigungszelle, ein vollkommen normaler Mann. Ein anderer sprang in den Todesstreifen zwischen Maschendraht und Mauer. Die Anstaltsleitung ist in jedem Fall in der Lage, eine passende Antwort zu geben. ›Renitent‹, ›aufsässig‹, ›Einzelfall‹, ›Rädelsführer‹. Antworten, die nicht der Wahrheit entsprechen, die an die Öffentlichkeit weitergegeben werden und die dort vorherrschenden Ressentiments gegen die hier Einsitzenden untermauern. Es wird nicht gesagt, daß diese Leute in eine völlig ausweglose Situation getrieben wurden. Wer Sachschäden anrichtet, bekommt einen Vermerk in die Akte: ›Vorsicht! Gewalttätig!‹ Diese Leute sind verzweifelt! Das war auch der, der sich selbst ein Stück Fleisch aus dem Körper gebissen hat und den man dann, der Einfachheit halber, erst einmal ins Irrenhaus überwiesen hat.‹ «
»Wer war das denn?« fragte Stetter.
»Einer aus dem D-Flügel, vor einem halben Jahr. War aber nicht aus dem Körper, sondern aus dem Arm.«
»Der ist auch schon wieder zurück. Ist jetzt in der Küche. Als hätte er nie etwas anderes gemacht, sagt der Küchenchef.«
»›Das alles ist auf die unsachgemäße Anstaltsleitung zurückzuführen. Hier leben Menschen, wir sind keine Tiere ...‹ «
Das Alarmhorn dröhnte los, und alle rannten auf den Flur. Drews junior schloß den Dienstraum ab und eilte die Treppe hinunter, den anderen hinterher, stopfte im Laufen den Brief in seine Uniformtasche.

Ich mußte eingenickt sein. Die Sonne stand hinter dem Schornstein. Vorsichtig zog ich mich am Blitzableiter auf den Dachfirst und kletterte die Steigeisen nach unten. Eines meiner Beine war eingeschlafen. Ich lief etwas hin und her, bis das Kribbeln nachließ. Hier über der Zentrale waren die Oberlichtkuppeln kreisförmig angeordnet.

Ich kniete mich hin und brachte die Augen dicht an das Plexiglas. Tief unten konnte ich den Glaskasten erkennen, Leute liefen herein und heraus. Da wurde alles zusammengetragen, was so im Haus passierte. Wenn zum Beispiel auf der letzten Zelle des Berta-Flügels gegen die Tür getreten wurde, weil die Glühbirne kaputt war, dann meldete das der diensthabende Meister an den Stationsmeister und der an die Zentrale. Von dort kam dann die Meldung zurück: »Birne auswechseln.«

Ich holte aus und schlug mit der flachen Hand auf die Kuppel. »Bommmmm!« machte es.

Die Leute, die da unten herumliefen, blieben stehen und schauten zu mir hoch. Ich konnte ihre hellen Gesichter erkennen. Ich schlug erneut zu. Sie blieben immer noch stehen. Ich versuchte einen leichten Takt: »Bommbomm-borommpommpomm«. Jetzt rannten sie wieder durcheinander.

Es war wie im Innern eines Ameisenhaufens, auf den ein Ast gefallen ist. Im ganzen Haufen herrschte auf einmal Alarmstimmung. Jede Ameise versuchte etwas. Vielleicht andere warnen, vielleicht sich in Sicherheit bringen, vielleicht Meldung bei der Königin machen. Wo ein Ast hinfällt, da kann auch ein Baum hinfallen. Vom Hof beim D-Flügel waren Geräusche zu hören. Ich rannte hinüber und blieb an der Dachkante stehen.

Unten rückten die Männer ein, die in der Nachbaranstalt arbeiteten. Drüben waren sehr viele Betriebe unterge-

bracht, doch durfte nur ein ausgesuchter Teil der Gefangenen hinüber. Wegen Fluchtgefahr.
Die Nachbaranstalt war nicht so sicher. Es gab dort zwei Hunde weniger.
»Mensch, Holberg, wie ist die Luft da oben?« rief mir jemand zu.
»Seien Sie still und gehen Sie ins Haus!« brüllte ein Meister.
Ich blieb ruhig und wartete, bis alle weg waren.
Da drüben wurden Automatten genäht, sehr große Briefumschläge geklebt, es gab eine Taschenproduktion und einen Elektrobetrieb, in dem die meisten der Leute arbeiteten und in dem jeder seinen eigenen Arbeitsplatz hatte, einen Tisch. Auf der einen Hälfte lag ein großer Haufen klitzekleiner Drähtchen, auf der anderen ein ebenso großer Haufen klitzekleiner Ösen. Das Drähtchen wurde nun von dem Werkmann in eine der Ösen eingefädelt, das war das Schwierige an dieser Arbeit, dann unter eine Stanze gelegt und mit einer Armbewegung von oben nach unten festgestanzt. Jemand, der hier arbeitete, mußte ein genaues Augenmaß haben und eine ruhige Hand. Und nichts an den Bandscheiben.
Für tausend Ösen mit Drähtchen gab es zwei Mark neunzig. Für zehntausend neunundzwanzig Mark. Für hunderttausend zweihundertundneunzig Mark. Und immer so weiter. Das Pensum lag bei tausend pro Tag. Die Höchstleistung pro Tag lag bei zweitausendachthundert. Das waren acht Mark und zwölf. Der Rekordinhaber hatte das zwei Monate lang durchgehalten. Dann hatte er sich die Drähtchen unter die Fingernägel geschoben.
Seine Augen waren Ösen. Schließlich wurde er dann im Mattenbetrieb eingesetzt. Automatten waren größer. Da drüben befand sich auch die Küche. Im Schneiderbetrieb wurden ganz besondere Taschen gefertigt. Ein Teil der

Leute nähte rechteckige Kunststofflappen zusammen, der andere Teil befestigte die Trageriemchen, und zwei andere Gefangene hauten mit einem Tacker einen bunten Bommel unten an die Taschenkante. Dann war sie fertig.
Der Papierbetrieb war nicht schlecht. Die hatten ein Papier, auf dem sich Ölbilder malen ließen, und ein anderes war absolut fettundurchlässig. Man konnte zum Beispiel eine Karbonade, oder auch mehrere, eine Landleberwurst oder eine Salami darin einwickeln und mehrere Stunden in der Hosentasche mit sich herumtragen. Das Papier fettete nicht durch.
Unten kamen jetzt wieder Meister aus dem Haus. Abteilungsleiter Hügelke war auch wieder dabei. Hügelke war für mich zuständig. Er trug immer Jacken mit aufgenähten Herzen an den Ellbogen. Sie gingen ein Stück vom Haus weg, damit sie ihre Köpfe nicht so weit nach hinten zu knicken brauchten, um mich zu sehen.
»Holberg!« rief Hügelke. »Wie soll das nun weitergehen? Wollen Sie etwa die ganze Nacht dort oben verbringen?«
Ich überlegte, ob ich ihm antworten sollte. Hügelke war Abteilungsleiter. Als solcher hatte er in dieser Sache nicht viel zu sagen.
»Sie verscherzen sich doch alles!« rief Hügelke. »Denken Sie doch mal an Ihre Angehörigen.«
Dieser Hügelke ist der letzte Tiefflieger. Denken Sie doch mal an Ihre Angehörigen! Mein Vater ist tot, und nach der Scheidung von meinem Stiefvater ist meine Mutter jetzt zum dritten Mal verheiratet. Und dieser Dritte hat gesagt, er findet es nicht gut, zu mir Kontakt zu haben, wegen seiner Angehörigen. Deshalb habe ich seit vier Jahren nichts mehr von ihnen gehört. Mit derartigen Sprüchen versuchen sie es immer wieder. Familiensinn und Disziplin. Bei mir nicht.

Ich drehte mich um und ging in Richtung Dachmitte, zur Zentrale.
»Herr Holberg, ich komme im Auftrag der Anstaltsleitung«, wehte Hügelkes Stimme noch einmal über die Dachrinne. Dann war Ruhe.

Sie mußten sich etwas einfallen lassen. Als verrückt konnten sie mich nicht hinstellen. Ich hatte erklärt, warum ich da oben war. Vielleicht würden sie sagen, ich wollte flüchten, ja, bei dem Gefangenen Holberg handelt es sich um einen notorischen Ausbrecher, siehe seine letzte Flucht, wo er am Ende nur durch Anwendung einer Schußwaffe gestoppt werden konnte. Wir stehen deshalb in ständiger Verbindung mit dem zuständigen Polizeirevier.
Von jedem Punkt des Daches waren es mindestens hundert Meter bis zur Mauer. Der Schneider von Ulm hatte es nur dreißig Meter weit gebracht. Und der hatte einen Drachen.
»Eh, Holberg!« Hinter dem letzten Fenster des B-Flügels winkte jemand, ich konnte genau hinübersehen und ging dichter heran. »Im Haus ist alles voll Bereitschaftsdienst«, sagte der Mann, »die haben irgendwas vor.«
»Na und. Wenn sie kommen, springe ich runter!«
»Du spinnst. Du bist doch erst vor ein paar Monaten abgesegelt. Du kannst dir den Hals dabei brechen.«
»Hier muß sich ganz einfach was verändern! Deshalb bin ich doch hier oben! Ich mache einen Hungerstreik!« Ich wurde immer lauter.
»Das ist in Ordnung, Ben, halt durch!« rief ein anderer. Der Mann, der mich angesprochen hatte, verschwand plötzlich vom Fenster. Ich hörte ihn schreien.
»Mensch, die holen mich raus, die Schweine! Die holen mich raus, die holen mich rauuuus . . .!«

Er gurgelte nur noch. Stimmengewirr, mit einem lauten Krach ging etwas zu Bruch, Füße trappelten, dann war Stille. Wie ein großes Bassin voller Menschen, und alle tauchen auf einen Schlag unter, bleiben unten, immer länger. Wenn sie jetzt auftauchen, dann holen sie mit einem gewaltigen Schrei Luft. Eine Stille, die man hören konnte, weil man nichts hörte und weil es gleich etwas zu hören geben würde. Diese Art von Geräuschen hatte ich in Vire kennengelernt, meiner ersten Strafanstalt nach dem Heim.

Vire lag mitten in einer Stadt, die genauso hieß. Sechzehn war ich damals, war aus dem Heim abgehauen und auf der Flucht. Ein paar Tage später hatte mich ein Polizist ins Bein geschossen, weil ich wegrannte. Er konnte nicht so schnell laufen. Ich wurde in ein Gefängniskrankenhaus gebracht und, nachdem ich wieder gesund war, zu einer Jugendstrafe von unbestimmter Dauer verurteilt. Solche Strafen wurden in Vire verbüßt.

Zwei Drittel der Viren waren Wärter, die auch schon Meister genannt wurden. Ich wollte dort nicht lange bleiben. Eine Gelegenheit zur Flucht bot sich möglicherweise, wenn man sich zum Augenarzt meldete. Der kam nicht in die Anstalt. Deshalb wurde der Jugendliche zu ihm in die Stadt geführt, ein Handgelenk an das eines Meisters gefesselt. Jeder konnte das sehen, aber das machte nichts. Autos hupten, man sah Geschäfte, Mädchen gingen vorbei, frische Luft war um einen herum, und alles ohne Gitter. Doch wie es sich herausstellte, war Abhauen dabei so gut wie unmöglich. Die Meister wußten, wenn einer zum Augenarzt wollte, war Vorsicht angesagt. Und wenn der Augenarzt nichts feststellte, dann gab es eine Meldung wegen Simulation.

Dauernd sah man auch in der Stadt andere Meister in

Uniformröcken. Wie in einer Reiterstadt, in der die Pferde alle im Stall stehen. Ich hatte gesagt, ich könne schlecht sehen und brauche eine Brille, sonst könnte ich nicht mehr arbeiten.

Der Arzt kannte sich aus mit Jugendlichen, die schlecht sehen konnten. Er machte das schon jahrelang. Im Behandlungszimmer nahm der Meister die Fessel ab und baute sich in Türnähe auf. Ich mußte mich auf einen Stuhl setzen und bekam eine Brillenvorrichtung aufgesetzt, in die der Arzt unterschiedliche Gläser schob, durch die ich eine Buchstabentafel lesen sollte. Meine Augen waren jedoch völlig in Ordnung. Der Arzt wechselte die Gläser, nahm immer schwächere, bis ich die Buchstaben erkennen konnte.

»Ja, das ist genau die richtige Schärfe«, sagte ich und merkte, wie er mit dem Meister einen Blick tauschte.

»Wir versuchen es noch mal mit diesen.« Er zog die Gläser heraus, als kämen jetzt andere, doch ich schielte seitlich unter der Vorrichtung hindurch und sah, daß er genau dieselben nahm.

»Damit kann ich auch sehen«, sagte ich. Eine Meldung wegen Simulation brachte drei Tage Arrest.

»Na gut, von mir aus.« Während der Arzt etwas notierte, legte der Meister mich wieder an die Acht. Wir marschierten im Gleichschritt zum Optiker. Dort konnte ich mir ein Brillengestell aussuchen. Danach ging es wieder zurück durch die Stadt.

Vire war genauso gebaut wie die Konrad-Adenauer-Anstalt. Wie eine große Krake. Ein Jahr und neun Monate sollte ich dort mindestens bleiben, wenn ich mich gut führte. Wenn nicht, sollten es drei Jahre und neun Monate sein. Fast vier Jahre leben wie ein Schwerverbrecher. Gleich nachdem ich nach Vire gekommen war, hatte ich bereits einen Fluchtversuch unternommen.

Nach der Ankunft war es erst einmal in die Aufnahmeabteilung gegangen. Das war ein Kleingefängnis hinter dem Bahnhof. Dort blieb man drei Wochen und wurde dann mit einem Transportwagen durch Vire in die Hauptanstalt gefahren.
»Na, da haben wir ja einen mit schnellen Füßen«, hatte der Aufnahmemeister bei meiner Ankunft gesagt, »aber bei uns in Vire ist noch keiner abgehauen. Und die es versucht haben, die haben wir alle ganz schnell wieder eingefangen.«
Am anderen Tag war um Punkt neun Hofrundgang. Wir verließen einzeln hintereinander das Haus, der Meister an der Tür sagte immer »jetzt«, und dann durfte der nächste gehen. Zum Vordermann mußte ein Abstand von drei Metern eingehalten werden. Wir gingen am Haus entlang, dann um eine Ecke, wieder am Haus entlang und kamen auf einen kleinen Hof. Die Mauer war nicht sehr hoch, doch oben auf ihr waren mehrere Rollen Natodraht zu sehen. Der ließ sich nicht so ohne weiteres überwinden. Die ganze halbe Stunde überlegte ich, wie es wohl zu schaffen sei, hier herauszukommen. Dann war der Hofrundgang vorbei.
Wieder am Haus entlang, um die Ecke, dann in Richtung Tür, die einen nach dem anderen im Drei-Meter-Abstand verschluckte. Haus und Küche lagen nebeneinander und waren durch einen flachen Mittelteil miteinander verbunden. In dem war die Tür, an der ein Meister stand und zählte. In einer Ecke lag ein Haufen Rüben, und beim Einrücken staute sich die Schlange der Jungen. Ich hatte Zeit, mir das anzusehen.
Wenn ich einfach aus der Reihe rannte, auf die Rüben kletterte, dann war ich schon am Gitter des Fensters und konnte mich auf das Dach ziehen, von da auf das Küchendach und dann blitzschnell rüber. Auf der anderen Seite

war der Bahnhof mit den Gleisanlagen. Ich brauchte nur einen Güterzug. Auf Bahnhöfen fuhren die langsam, einfach rauf und dann unterwegs irgendwo abspringen. Und frei atmen können.
Meine Zelle lag im dritten Stock, ich konnte über das Küchengebäude blicken, sah die Schienenstränge und die Lagerschuppen. Wenn ich erst mal da drüben war... Morgen. Keinen Tag werde ich hier länger bleiben. Vielleicht war morgen der Rübenhaufen weg?
Ich schaute hinüber.
Nein, der war zu groß, der lag dort sicher noch ein paar Tage. Auf dem Küchenbau und dem Mittelteil gab es keinen Natodraht.
Am anderen Morgen war Nebel. Eine richtig dicke Suppe. Ich stand am Fenster und rauchte, hatte eine Scheibe Brot mit Marmelade gegessen und merkte, wie alles in mir kribbelte. Na, da werden sie aber im Kreis springen, die Meister. Einen Tag ist er nur dagewesen, und schon ist er weg.
Gegen neun ließ der Nebel nach. Ich konnte die Bahnhofsuhr sehen. Über die Flure dröhnte der Gong. Nicht lange darauf klirrte der Schlüssel an meiner Tür.
»Freistunde!« sagte der Meister. Ich stellte mich draußen neben die Tür, er schloß wieder ab und ging zur nächsten. Alle Jungen standen vor ihren Türen, ein zweiter Meister wartete vorne am Treppenabsatz. Der, der aufgeschlossen hatte, ging jetzt hinunter, schloß die Hoftür auf und brüllte hoch: »Nacheinander!«
Wir gingen nach unten, schweigend, am Haus entlang, um die Ecke, auf den ummauerten Innenhof.
Ich trottete im Kreis und hörte die Züge auf der anderen Seite vorbeirangieren. Eine Lok fuhr mitten durch meinen Kopf. Einer der Meister stand während der Runde in der Mitte des Hofes und drehte sich manchmal, um zu

prüfen, ob auch jeder den vorgeschriebenen Abstand einhielt. Der andere wartete beim Haus, neben einer Drahttür. Wenn er sie aufstieß, mußten wir einrücken. Der erste Junge ging dann wortlos hinter dem Meister her, blieb am Gebäudemittelteil stehen und wartete, bis alle hinter ihm aufgeschlossen hatten.
Dann kam der andere Meister, der als letzter die Drahttür abgeschlossen hatte, und ging an der Reihe der Wartenden vorbei ins Haus. Nach einem Augenblick sagte dann sein Kollege, der noch draußen stand: »Einrücken.«
Der erste Junge ging ins Haus.
Ich zählte bis fünf, der zweite folgte. Die Reihe rückte ein Stück auf, wieder bis fünf, der dritte. Ich schaute mir möglichst unauffällig den Rübenhaufen an, das Dach, den Meister. Wenn der nun eine Pistole hat? Und einfach drauflosballert? Na und, dann ist das hier auch vorbei. So oder so.
Ich ließ einen Jungen vor, dann noch einen.
»Eh, was ist denn mit dir los?« wisperte einer. Wieder hörte ich einen Zug schnaufen. Jetzt, dachte ich, jetzt, wenn ich jetzt nicht...
Die Reihe rückte weiter auf, noch etwa zehn Jungen waren vor mir. Ich bückte mich, sah aus den Augenwinkeln, wie der Meister einem hinterherguckte, und rannte los, fünf, sechs große Sätze, ich war auf den Rüben, strampelte mich hoch und griff nach dem Gitter.
»Halt! Haaalt!« brüllte der Meister. »Los, einrücken! Einrücken! Schneller! Schneller! Haaalt!«
Ich war jetzt auf dem Küchendach, es war ziemlich steil, auf allen vieren trat ich mich hoch. Jetzt, jetzt hatte ich den First erreicht, sah zurück.
Der Meister hatte plötzlich eine Pistole in der Hand und fuchtelte damit herum. »Halt, oder ich schieße! Ich schießäääää!«

Trotz des vorbeifahrenden Zuges war sein Schreien gut zu hören. Ich rollte über den Giebel, rutschte auf der anderen Seite hinunter, immer weiter, ich konnte mich nirgends festhalten, hing einen Moment an der Dachrinne. Dicht unter mir rumpelte ein Güterwaggon nach dem anderen durch. Jetzt kam einer, der offen war, ich ließ los, fiel hinein, überdrehte mich und knallte gegen die eiserne Wagenwand, rappelte mich hoch, fiel wieder hin, dann stand ich.

Na also. »Mit der kleinen Bimmelbahn kann ich mal durch Vire fahr'n.« Ich rieb meine Ellbogen, Reisen war schon eine tolle Sache. Und mein Bein war einwandfrei gelaufen und geklettert. Der Bulle hatte mich damals so blöd getroffen, fünf Monate war ich im Gefängniskrankenhaus gewesen, na, und schon hatte ich einen Anschlußzug.

Die Fahrt wurde langsamer.

Vielleicht hält er sogar, dann kann ich in aller Ruhe aussteigen. Ich sah mir die Waggonwände an. Eisen. Mindestens drei Meter hoch und ohne irgendeinen Vorsprung. Ich nahm Anlauf, lief in Fahrtrichtung. Nach dem zehnten Versuch hatte ich keine Kraft mehr, hatte mir die Knie aufgehauen und hockte mich in eine Ecke. So kam ich nie hier raus. Da war der Himmel direkt über mir, und ich kam nicht ran. Die Fahrt wurde immer langsamer, der Zug hielt. Es dauerte eine Weile, dann ging es in die entgegengesetzte Richtung, ganz langsam, der Zug stoppte erneut.

Wenn er jetzt beladen wird, dann müssen sie die Tür öffnen. Ich stelle mich in den toten Winkel, und bei der ersten Gelegenheit nichts wie raus.

Nach einer schier endlosen Warterei hörte ich die Stimmen der Bahnarbeiter, ich konnte nichts verstehen, aber sie machten sich an dem Waggon zu schaffen. Ich hörte,

wie ein Eisenriegel zurückgeschoben wurde, jemand zerrte an der Tür. Ich stellte mich in eine Ecke, die Tür ging auf, ein Meister sprang in den Waggon, in einer Hand eine Pistole.
»Los, los, worauf wartest du.« Er wedelte mit dem Lauf, andere Meister, die ich zuvor noch nie gesehen hatte, drängten nach. Sie drehten mir die Arme auf den Rücken und fesselten mich. Der Waggon stand genau an einer Rampe, ich wurde inmitten der Meister hinausgeführt. Überall standen dichtgedrängt Viren und gafften.
»Warum sperrt ihr die eigentlich immer wieder ein, warum hängt ihr sie nicht auf«, sagte ein Vire, »dann kosten sie den Staat kein Geld.« »Oder ins Bergwerk, da können sie nicht türmen!« schlug jemand anderes vor. Alle lachten.
Mittags saß ich in einer Arrestzelle in der Hauptanstalt, in die Aufnahmeabteilung hatte man mich nicht zurückgebracht.

Auf einmal höre ich Lärm im Haus unter mir und öffne die Augen. So einen Aufruhr habe ich damals in Vire zum ersten Mal miterlebt: Gegen die Türen wird getreten, Gläser fliegen auf den Hof.
»Was ist denn los?« rufe ich zur anderen Fensterseite hinüber.
»Nichts. Was soll schon los sein«, brüllt jemand zurück.
»Da haben sie eben einen verlegt«, sagt der Mann unter mir.
Ich lege mich bäuchlings aufs Dach und linse über die Rinne nach unten, kann genau in die Zelle sehen, sehe die Füße.
»Du bist wohl ein ganz Schlauer, was?«
»Nein. Ich habe heute nachmittag im Betrieb was mitgekriegt, Pinsel war drüben, hat mit den Werkmeistern

geredet. Jeder, der mit dir spricht oder Kontakt aufnimmt, der wird nach unten verlegt. Und die von unten, die kommen nach oben.«

»Aha, und dir ist das egal. Oder du bist ein Spitzel.«

»Ein Quatsch bin ich. Ich stehe hier mitten in meiner Bude, der vom Wachturm kann mich nicht sehen.«

»Aber wenn die, die nach oben verlegt werden, wenn die auch mit mir reden, wenn alle mit mir reden, was machen sie dann?«

»Weiß nicht. Häng dich nicht so weit rüber, du kannst mich sowieso nicht sehen.«

»Hör mal, du da unten, ich bin auch wegen dir hier oben, da werd ich doch mal gucken dürfen, oder was?!«

»Wieso wegen mir? Ich will mit dem ganzen Scheiß nichts zu tun haben. Von meinen sechs Jahren habe ich jetzt die Hälfte rum, da werde ich den Rest auch ohne deine Hilfe schaffen.«

»Ach ja«, sage ich wütend, »du bist mir schon so ein Klugscheißer, du pfefferst dein Essen doch auch aus dem Fenster, ich habe das gesehen, von gegenüber. Du machst das heimlich.«

»Na und, ist doch mein Essen. Wenn es beschissen ist, dann werfe ich es raus.«

»Deshalb bin ich hier oben! Damit sich was verändert!«

»Scheiße!« brüllt der da unten plötzlich, »das hab ich jetzt davon!«

Ich höre die Tür. »Kommen Sie! Kommen Sie!« Ein Meister. »Ich hab doch gar nichts gemacht! Ich hab hier an der Heizung gestanden, nichts habe ich gemacht!«

»Sie sollen kommen!« Es bumst. Ein vertrautes Geräusch. Wenn jemand gegen eine Wand knallt, gegen eine Tür, mit dem Rücken, dann bumst es so.

»Loslassen! Loslassen! Laß los, du Schwein!« Es klatscht. Ächzen.

Eine Meisterstimme: »Verdammt! Haltet ihn fest! Haltet ihn fest!«
Ich höre, wie der Heimlichtuer schreiend durchs Haus läuft. Der Krach schwillt an. Er hat tatsächlich nichts gemacht, denke ich. Ich hab ihn angesprochen, und er stand unten und mußte zuhören. Na gut, er hätte das Fenster zumachen können. Sie hätten ihn trotzdem verlegt. Das Fenster hat er hinterher zugemacht, sagen sie dann.

Ich ging von Fenster zu Fenster, mal hierhin, mal dorthin. Über die Mittagszeit wurden mehr als zwanzig Leute verlegt. Von oben nach unten. Mal sehen, wie lange das so weitergehen würde. Bei einigen legte ich mich nur aufs Dach, ohne mit ihnen reden zu können, weil sie ihre Fenster dicht hatten. Ich redete einfach gegen die Scheibe. Ein paar Minuten dauerte es, dann ging unten der Krach los.
So machten sie es immer.
Wenn sie nicht wußten, was zu tun war, griffen sie sich wahllos einzelne heraus, die die Sache dann ausbaden mußten. Egal, wen. Hauptsache, es wurde wieder ruhig. Der obere Zellengang war ein Privileg in jedem Flügel. Hier waren die Fenster größer, hier ließ sich bequem nach draußen sehen. Sonne. War jemand in so einer Zelle, wurde er meistens erpreßt, die Zelle wurde als Druckmittel benutzt. Wenn man sich irgend etwas zuschulden kommen ließ, dann hieß es gleich: Wenn das noch mal vorkommt, dann müssen wir Sie wohl nach unten verlegen.
Das wollte keiner.
Ich setzte mich an die Dachkante und sah zum Wachturm hinüber. An jeder Ecke der Mauer befand sich ein solcher Turm, und zwar waren sie so angelegt, daß man

von einem zum anderen sehen konnte. Oben war der Turm rundum verglast. Drinnen saß ein Meister und sah sich ab und zu um. Manchmal ärgerte er den Hund, der unter dem Turm lag und döste, und spuckte ihm Kirschkerne auf den Kopf. Bis der Hund sich ein paar Meter weiter hinlegte.

Jetzt sah der Meister zu mir herüber. Er lehnte sich aus dem Fenster. Wahrscheinlich würde er gleich durchs Telefon an die Zentrale weitergeben, daß ich einfach dasaß und ihn ansah. In der Zentrale saß der Verwalter. »Meister« war eine Vereinfachung und auch ein Gefälligkeitstitel. Jeder, der eine Uniform trug, war ein Meister. Auch wenn bekannt war, daß er gerade seine Gesellenprüfung nur mit Ach und Krach bestanden hatte.

Vor einiger Zeit hatte so ein Typ auf der Zentrale gestanden. Ausgebeulte Hose, eine Fischgrätenjacke, die vorne tiefer hing als hinten, bescheiden hatte er ausgesehen. Wie einer, der darauf wartet, seinen Wochenendarrest antreten zu dürfen. Die Wochenendarrestler kamen von draußen und durften ihre eigenen Sachen anbehalten. Für zwei Tage wurde niemand von der Kammer umgekleidet, am Montag morgen verließen sie das Haus wieder.

Der nicht. Ich sah ihn am Montag morgen in einer Uniform. Sie saß so wie die Fischgrätenjacke und roch aus der Nähe leicht nach Insektenpulver. Eine Uniform frisch aus den Kammerbeständen. So eine bekam jeder, der neu anfing. Auf dem Kopf trug er eine Mütze mit golddurchwirkter Kordel. Jetzt war er Meister und schloß Türen auf und zu. Dieser machte das noch ein bißchen stöckerig, stieß mit dem Schlüssel meist zunächst einmal neben das Schlüsselloch. Dann konzentrierte er sich, und ich konnte beobachten, wie er Daumen und Zeigefinger der linken Hand um die Schlüssellochbuchse legte, als eine Art Einfädelhilfe. So gelang es ihm, den Schlüssel glatt in das Loch zu schieben. Von weitem sah das schon sehr fließend aus.

Andere Neulinge hatten da vom ersten Tag an keine Schwierigkeiten. Wenn sie zum Beispiel vorher bei einer Wach- und Schließgesellschaft gearbeitet hatten. Bei den Vollmeistern, also denen, die schon lange hier arbeiteten, bei denen ging das sehr schnell.

Alle Meister legten sehr viel Wert auf ihre Uniform. Der mit den Fischgräten hatte auch nicht lange nach Insektenpulver gerochen und schon bald eine ziemlich neue angehabt, die nicht mehr so schief an ihm herunterhing, obwohl der Mann immer ein bißchen gebückt ging. Die Hüfte war leicht betont. Das war sie bei allen, außer den ganz Dicken. Die Jacke hatte an den Ärmeln breite Aufschläge, hinter die sich ein Zettel stecken ließ, so daß ein wichtiger Rand oben hervorschaute.

Je besser die Uniform saß, desto pingeliger waren die Meister. Sie konnten über jede Kleinigkeit meckern und setzten dabei ein starres Gesicht auf. Ein Amtsgesicht. Wenn sich mir gegenüber einer ganz besonders wichtig tat, dann stellte ich ihn mir ohne Uniform vor, ganz nackt, nur mit dem Schlüssel in der Hand und der Mütze auf dem Kopf. Dann mußte ich grinsen, und der Meister spielte sich noch mehr auf, weil er nicht wußte, warum ich so gute Laune hatte.

Einige trugen unter der Jacke ein breites Lederkoppel, vorne mit einer Metallschnalle. »Gott mit uns«, stand darauf. Oder: »Einer für alle, alle für einen.« An so einem Koppel hing seitlich ein Karabinerhaken und an diesem das Arbeitsgerät des Meisters: der Schlüsselbund. An einem Lederriemen. Die Schlüssel wurden aus der Hosentasche gezogen, einer davon in das Türschloß gesteckt, aufgeschlossen. Der Meister wartete, bis der

Mann in seine Zelle gegangen war, dann wurde zugeschlossen. Durch den Lederriemen war er immer mit dem Schlüssel verbunden. Wenn er mal vergaß, daß der Schlüssel noch im Schloß steckte, und weitergehen wollte, dann ruckte es an der Hüfte, und er konnte sich sofort erinnern: Ich muß die Tür noch abschließen.
Einmal hatte ein Meister sich eine ganze Weile mit einem Mann unterhalten, den er einschließen sollte, so zwischen Tür und Angel. Als er dann abschließen wollte, baumelte nur noch der Lederriemen an seiner Seite. Irgend jemand konnte den Schlüssel gebrauchen und hatte ihn im Schutz der offenstehenden Tür lautlos abgeschnitten.
Es gab Alarm.
Alle Schlüssel wurden eingesammelt, und die Meister bekamen neue. Mit diesen neuen Schlüsseln wurden die Schlösser im ganzen Haus auf- und zugeschlossen, hierbei stellte sich die Schließanlage auf die Zacken des neuen Schlüssels ein, was den geklauten unbrauchbar machte. Das war einfacher und ging schneller, als hätte man nach ihm gesucht.

Unter der Giebelwand der Kirche war, einige Meter von den Steigeisen entfernt, eine Dachluke. Wie ein großer, quadratischer Stein. Ich untersuchte sie. Der Deckel hatte einen etwa handbreiten Rand, der sich über den Rahmen schob. Damit es nicht hereinregnete. Unter der Luke war ein dickstäbiges Gitter mit Scharnieren und einem Schloß. Ich wußte das. In dem Raum darunter wurde manchmal die Bibelstunde abgehalten. Einmal hatte ich daran teilgenommen.
Ich überlegte, ob ich die Nacht auf der Luke verbringen sollte. Wenn sie mich überrumpeln wollten, dann konnten sie auch durch die Luke kommen.

Ich stieg an den Steigeisen hoch und setzte mich auf den Schornstein, drehte mir eine Zigarette. Unten auf dem Hof waren jetzt Männer in Sportzeug zu sehen. Ich konnte den Trainingsanzug von Oberamtmann Bäumel erkennen. Der Sport war nicht abgesagt worden. Sie taten so, als wäre alles in Ordnung. Klar, da war einer auf dem Dach, aber das konnte schon mal passieren. Unser Sicherheitsinspektor sah das durchaus gelassen. Er trainierte die Handballauswahl der Konrad-Adenauer-Anstalt, zweimal in der Woche machte er das.
Bäumel war nach dem Anstaltsleiter der wichtigste Mann in der Gefängnisverwaltung. Sicherheit ging ihm über alles. Er war ein langer, etwas schlaksig wirkender Mann. Seine Haare waren kurzgescheitelt und von einem stumpfen Blond. Sie wirkten sperrig. Er hatte meistens ganz rote Augenränder. Mit seinen sehr hellen Wimpern sah das aus, als habe man einem Wurm Schilf in den Rücken gepiekt, einen Halm nach dem anderen, alle in Reihe und Glied. Doch um das zu sehen, dazu mußte man schon dicht vor ihm stehen. Es hieß, er würde ununterbrochen saufen. Dabei roch er immer nur nach Lavendel-Uralt. Ganz uralt.
Im allgemeinen ließ Bäumel sich selten auf dem Hof blicken. Er hatte immer irgendwo zu tun und war nie zu erreichen. So schien es. Heute war er da. Und drehte seine Runden. Er lief mit weitausholenden, federnden Schritten, zu denen sein Kopf rhythmisch ruckte, verfolgt von etwa zwölf Männern, die sich hinter ihm vorwärtswühlten.
Was Bäumel anordnete, wurde von Vollzugsleiter Schlock bestätigt. Schlock bestätigte im Namen der Anstaltsleitung, und die war immer einverstanden mit den von Bäumel angeordneten und von Schlock bestätigten Maßnahmen. Bäumel und Schlock gehörten zu den

meistgehaßten Leuten in der Anstalt. Dabei blieben sie ziemlich im verborgenen. Die Meister mußten die Entscheidungen von oben ausführen, die eigentlichen Urheber bekam man nur selten zu Gesicht.

Ich drehte mir noch eine Zigarette, leckte das Papier nur kurz an und klebte es schnell zu. Das Papier war schlecht. Wenn man sich nicht beeilte mit dem Kleben, ging es nach den ersten Zügen wieder auf. Das Feuerzeug funktionierte sofort. Ich ließ die Flamme in der Luft stehen. Sie bewegte sich nicht. Ein schöner Tag heute, dachte ich. Ein richtiger Sommertag.
Der Fernsehturm stand einsam in der Stadt. Von meinem Fenster aus hatte ich ihn nur mit dem Spiegel sehen können. Wenn ich den um die Ecke hielt. Und dann auch nur das Obere der Spitze.
Auf dem Wachturm links von mir lehnte ein Meister im Fenster und beobachtete mich mit dem Fernglas. Hinter dem Turm lagen ein Feld, ein paar Kleingärten, dann die trostlos anmutenden Häuser der unteren Meisterdienstgrade. Eine Straße. Dahinter die Flußniederung.
Während meines Krankenhausaufenthaltes hatte ich durch einen Fensterspalt einen Park hinter der Mauer sehen können. Nur eine Stunde dort sitzen, im Grünen, hatte ich gedacht. Nachdem es geregnet hat. So ein kurzer Platzregen, wo die Erde wie Sandpapier aussieht. Die Luft riechen, so satt und klar, daß man fast hineinbeißen kann. Eine Stunde dort sitzen, und ich bleibe einen Tag freiwillig länger drin, in diesem Steinsarg.

Vom nahen Flughafen kam das Röhren einer Düsenmaschine. Ein leichter Wind war aufgekommen. Vielleicht fliegt sie übers Haus, dachte ich.
Bislang hatte ich die Flugzeuge nur vom Fenster aus

sehen können, nur einen Augenblick, in der Lücke zwischen Dach und Baumreihe. Das Fenster lag ziemlich niedrig, und das Geräusch war immer erst zu hören, wenn das Flugzeug schon an der Lücke war, dann war es meist bereits zu spät.
Das Röhren wurde immer lauter, ging in ein gleichmäßiges Dröhnen über. Ich sah die Nase über den Dächern auftauchen. Es war ein Jumbo.
Heute war ein Glückstag.
Ich erkannte die Beule über der Pilotenkanzel, konnte die lange Reihe der Fenster sehen, den blanken Bauch, der jetzt das Fahrgestell verschluckte. Ich dachte an die Leute da oben, die irgendwo hinflogen, ohne zu merken, daß ich sie beobachtete. Herbert fiel mir ein. Herbert hatte mal neben mir gewohnt. Zelle an Zelle. Wir hatten uns meist durch die Wand verständigt. Ein Klopfzeichen, das hieß: Komm mal ans Fenster.
Eines Morgens hatte er wieder an die Wand geklopft.
»Eh, Ben, siehst du das Flugzeug dahinten?«
»Ja«, ich konnte den dicken Punkt erkennen, mit Ohren, die breiter wurden, als er näher kam.
»Paß auf, dem winke ich jetzt mal zu«, hörte ich Herbert sagen und konnte im Spiegel sehen, wie er seinen Arm durch das Gitter gesteckt hatte und winkte. »Mal sehen, ob er zurückgrüßt.«
Es war eine Boeing, jetzt war sie fast auf unserer Höhe, so schien es, nur ein paar hundert Meter weit weg. Plötzlich wippte sie mit den Tragflächen! Sie wippte tatsächlich! Hoch, runter, hoch, runter.
»Hallo«, brüllte Herbert, »hier ist Herbert! Hallo!«
Ich staunte.
»Na, was sagst du! Der hat Augen wie ein Falke, der Pilot, was? Ja, ja, unsere Lufthansa, die haben wenigstens noch Augen im Kopf.«

»Wieso unsere?«
»Die anderen winken nicht.«
Das stimmte.
Herbert wiederholte das am übernächsten Tag noch einmal. Wieder eine Boeing, diesmal aus der anderen Richtung, die anderen Flugzeuge reagierten nicht. Ich fragte mich, wie das kam. Hier unten steht einer am Fenster und winkt, und da oben wackelt ein ganzes Flugzeug.
Ein paar Tage später erzählte Herbert mir von Ellerbek. Der kam ihn alle vierzehn Tage besuchen. Zusammen mit Frau Ellerbek und Sohn. Ellerbek war Flugkapitän und hatte eine soziale Ader. Er hatte Herbert versprochen, ihn zweimal zu grüßen, wenn er zu einer bestimmten Uhrzeit am Fenster stehen würde.
Herbert nähte in drei Tagen sechs Fußbälle. In dieser Zeit ging Ellerbek mal eben in Paris pinkeln, aß in London einen kräftigen Haferschleim und nahm in New York ein Sandwich zu sich. Mit Käse. Beim Sandwich war Herbert fast mit seinem dritten Fußball fertig. Wenn er beim sechsten die letzten Stiche machte, setzte Ellerbek wieder zur Landung an, flog an Herberts Fenster vorbei.
Es gab sie tatsächlich, diese »sozial engagierten« Bürger, die sich einen Strafgefangenen hielten. Manche machten auch mal ein Späßchen, nur um zu zeigen, daß sie »in Ordnung« waren. Der Ellerbek wippte eben. So toll sei das Fliegen nun auch wieder nicht, hatte er, laut Herbert, gesagt. Eigentlich wie eine U-Bahnfahrt. Der Unterschied sei nur, daß die U-Bahn immer auf gleicher Höhe bleibe. Und unter der Erde, wie es der Name schon sage. Er dagegen müsse schräg hoch, geradeaus und dann wieder herunter. Mit der U-Bahn ginge das nur, wenn die schräg einen Berg hinauffahren würde, dann geradeaus und den Berg wieder herunter. Die Entfernung sei zwar anders, aber sonst...

Irgendwo klirrte Eisen. Etwas gedämpft, wie wenn man hinter einem Stall steht und drinnen klirrt ein Tier mit der Kette, ganz kurz nur, weil es sich gerade umguckt. Sicher wird gleich Oberinspektor Bäumel mit seinem Pelikanschritt vorbeiwaten. Und hinter ihm im Eiertakt der ausgesuchte Trupp der Handballer.
Bäumel ist ein Pelikan, das ist klar, nein, ein Marabu. Die Inspektoren tun immer so, als seien sie die einzigen, die etwas wissen. Die Anstaltsleitung besteht aus lauter Straußen, die nie was wissen, die drehen immer nur ihren Kopf im Kreis, bereit, im richtigen Augenblick abzuhauen. Und die Meister sind Beagles. Wenn sie einen Befehl bekommen, dann rennen sie, ohne nachzudenken und aufs Geratewohl, los.
Und wir sind Kaninchen. Es heißt, Kaninchen haben nur zwei Gehirnwindungen. Vorwärts und rückwärts. Vorwärts, wenn der Feind hinten ist, und rückwärts, wenn er von vorn kommt. Vorwärts und rückwärts. Vorwärts in die Zelle, rückwärts in die Zelle, rückwärts in die Zelle, vorwärts in die Zelle, und eins und zwei und zurück und vor und das Ganze noch mal.
Ich summe ein bißchen vor mich hin.
Wenn die Beagles kommen, rennen die Kaninchen.

Da! Da war wieder so ein Geräusch. Schräg unter mir, wo die Dachluke war. Ich kletterte an den Eisen nach unten, beeilte mich. Bis zur Luke waren es nur vier Schritte. Ich ging in die Knie und legte mein Ohr auf den Deckel.
Ja, da waren sie. Genau unter mir. Ich konnte hören, wie gesprochen wurde. Ein Tisch oder etwas Ähnliches wurde hin- und hergerückt. Ich sah zu den Steigeisen. Ich werde schnell genug dort sein. Von da oben holt mich niemand runter. Ich werde springen, einfach springen. Bis zuletzt werde ich kämpfen, bis nichts mehr geht.

»Ja, das ist der richtige«, sagte eine Stimme unter der Teerpappe. Ich hatte das Gefühl, jetzt könnte etwas Endgültiges, etwas Absolutes passieren. Ich kniete mich auf den Deckel und merkte, wie er sich leicht bewegte, etwas hochkam und wieder heruntersackte. Ein Hauch von Lavendelteer-Uralt drang zu mir herauf.
»So schwer kann die ja wohl nicht sein«, tönte eine Stimme. Bäumel stand in einer Kiste, und ich saß obendrauf.
»Die klemmt«, sagte es unter mir.
Leise stieg ich von der Luke und stellte mich hinter sie.
»Das kann doch nicht sein, gehen Sie mal an die Seite.«
Einen Augenblick passierte gar nichts, dann kam der Deckel ein kleines Stück hoch. »Na also«, hörte ich Sicherheitsinspektor Bäumel.
Von der Seite konnte ich jetzt Bäumels Ohr sehen und eine Postkutsche mit vier Pferden riechen, die am Ohr vorbei auf das Dach galoppierte.
»Ich kann ihn nirgends sehen«, sagte Bäumel, schob den Deckel noch höher und drehte seinen Kopf. Für einen Moment sah ich seine großen Augen, ganz weiß und die Pupille in der Mitte, dann rumste der Deckel wieder herunter.
Ich sprang auf ihn, sprang einige Male hoch, immer mit beiden Füßen, wartete. Unten hustete jemand.
Nichts passierte.
Ich sprang noch mal, hielt inne.
»Holberg! Holberg! Können Sie mich hören? Ich will mit Ihnen reden!« brüllte Bäumel von unten hoch.
Ich antwortete nicht, stieg auf Zehenspitzen vom Deckel herunter und setzte mich zwei Schritte vor die Luke. Jetzt wurde sie erneut hochgedrückt, ich konnte sein Gesicht sehen, er hielt den Deckel und drückte ihn nicht weiter auf.

»Sie glauben, Sie glauben doch nicht im Ernst, daß Sie damit durchkommen.«
Ich schwieg.
Angst hatte er. Warum machte er die Luke nicht ganz auf. War er hochgekommen, um mir so einen Quatsch zu erzählen? Wir sahen uns schweigend an.
Er blickte nach unten, sah dann wieder mich an. Sah mir aber nicht in die Augen. »Was halten Sie von einem Gespräch?« fragte er, als sei nichts weiter geschehen, als sei er nur mal eben zufällig vorbeigekommen.
»Nichts.«
Auf ähnliche Weise hatten sie sicher damals auch Egon wieder nach unten gelockt, nach meinem Absturz: »Kommen Sie doch herunter, Herr Schermer. Der Holberg hat Sie doch nur benutzt, wenn Sie herunterkommen, dann läßt sich das schon machen, mit der therapeutischen Anstalt.« Und Egon hatte ihnen geglaubt, weil er dachte, daß sie wußten, daß er seine Zelle zerschlagen würde, wenn sie ihr Versprechen nicht hielten. Aber denen war es ganz egal, ob jemand seine Zelle zerschlug. Denen war es auch egal, ob jemand vor die Hunde ging.
»Holberg, was soll denn der Unsinn. Sie erreichen hier oben nichts, gar nichts. Ich könnte einiges arrangieren.«
»Sie können mich am Arsch lecken.« Ich stand auf und ging weg.
»Holberg, so hören Sie doch. Ich bin befugt, Ihnen mitzuteilen, daß Sie straffrei ausgehen, wenn Sie noch heute abend wieder herunterkommen!« rief er mir nach.
Ich ging weiter.
Als ich mich nach einer Weile umschaute, war die Luke geschlossen. Ich ging zurück, setzte mich drauf.
Jetzt wird Bäumel mit Vollzugsleiter Schlock sprechen. Oder telefonieren. Und Schlock wird sagen, daß er die Anstaltsleitung fragen wird. Und die wendet sich wieder

an Bäumel, denn der ist für Sicherheit und Ordnung verantwortlich. Und hier war die Ordnung gestört.
Unter der Klappe waren erneut Geräusche zu hören, ich setzte mich ein Stück weg und wartete. Nichts rührte sich. Ich legte das Ohr auf den Deckel und lauschte. Nichts. Ich sprang auf und lief immer hart an der Kante alle Dächer ab. Sie kratzen unter der Luke, dachte ich, und ich sitze da wie ein Kater und lausche, und währenddessen klettern die irgendwo hoch. Und ich werde überlistet. Nein, ich würde es hören, wenn sie über die Teerpappe liefen. Ich würde auf jeden Fall noch genug Zeit haben, um herunterzuspringen. Mist, so früh wollte ich eigentlich noch nicht abtreten.
Ich kam wieder an der Luke vorbei und verschnaufte. Auf den Höfen war nichts zu sehen. Erneut machte ich einen Rundgang und legte mich an der Kante des Berta-Flügels bäuchlings aufs Dach.

Das Konferenzzimmer der Anstaltsleitung war ganz in Rüster gehalten. Eigentlich war es das Zimmer des Anstaltsleiters. Er hatte seinen Schreibtisch in der linken Ecke, wenn man reinkam. Seitlich vor dem Schreibtisch stand ein einzelner Stuhl, der im Bedarfsfall in die Mitte gerückt werden durfte. Dort saß der Bittsteller. An der Wand ein Bücherregal und vor dem Fenster ein Blumentischchen.
Dieses Zimmer ging in ein zweites über und wurde durch eine große Schiebetür getrennt, die jedoch immer offen war, da in der Mitte ein langer Tisch stand, auch in Rüster. Um diesen Tisch herum konnte man sitzen und miteinander reden, wenn die Anstaltskonferenz abgehalten wurde oder wenn es einen besonderen Grund gab, zu dem mehrere Leute etwas zu sagen hatten.
Das war jetzt der Fall.

Fast das ganze Führungspersonal der Konrad-Adenauer-Anstalt hatte sich eingefunden. Am Kopfende des Tisches der Leitende Regierungsdirektor Schildpad, neben ihm Sicherheitsinspektor Bäumel, daneben Vollzugsleiter Schlock, dann Abteilungsleiter Hügelke. An der anderen Seite Schichtführer Mertens, Abteilungsleiter Dänicke, der Revierführer der Polizeiwache sieben, Mahlmann, und der Revierführer der Feuerwache acht, Bechner.

»Na, dann fangen Sie mal an.« Schildpad schaute auf seine Armbanduhr. »Herr Dr. Weimar wollte schon hier sein, allerdings scheint ihm etwas dazwischengekommen zu sein.«

»Ja, also der Mann ist in meiner Abteilung.« Hügelke erhob sich ein bißchen vom Stuhl, sackte aber gleich wieder zurück, weil Schildpad abwinkte.

»Vielleicht sollte ich fortfahren«, mischte sich Vollzugsleiter Schlock ein, »ich habe mir noch mal die Akte Holberg angesehen.« Er blätterte geräuschvoll, manchmal ganz langsam, dann wieder schnell, ohne daß ihn einer der Anwesenden unterbrach. »Und nach Lektüre dieser Akte steht eins fest: Dieser Mann ist nicht so leicht zu knacken.«

»Also bitte, Herr Schlock, der Mann ist ja wohl keine Walnuß, es handelt sich um einen Gefangenen, für den wir die Verantwortung tragen.« Schildpad rückte an seiner Brille.

»Ich bitte um Entschuldigung, wenn ich mich etwas leger ausgedrückt habe.« Schlock sprach ziemlich schnell. »Ich wollte damit nur andeuten, daß sich dieser Gefangene von den anderen in wesentlichen Merkmalen unterscheidet.«

»Aber was heißt denn das?« Sicherheitsinspektor Bäumel schob seine Kaffeetasse etwas von sich weg, als bekäme er so mehr Platz zum Reden. »Holberg ist ein gemeingefährlicher Krimineller, machen wir uns doch nichts vor. Er ist vor einem Jahr in diese Anstalt verlegt worden, und trotz gründlicher Leibesvisitation und Durchsuchen seiner Habe ist es ihm gelungen, Eisensägen mit einzuschmuggeln, was doch wohl heißt, daß der Mann eine Raffinesse besitzt, mit der er uns schon gleich zu Anfang übertölpelt hat.«

»Mein lieber Bäumel.« Schildpad schaute ihn an. »Das genau hat eben Herr Vollzugsleiter Schlock ausdrücken wollen, wenn ich Sie richtig verstanden habe.« Jetzt blickte er Schlock an.

Der nickte. »Herr Bäumel hat im Grunde ausgesprochen, was ich angedeutet habe.«

Die Tür öffnete sich ohne Klopfzeichen. Der Leitende Regierungsdirektor und Stellvertretende Senatsdirektor Dr. Weimar kam herein.

»Ich bitte die Herren um Entschuldigung, mir ist etwas dazwischengekommen.« Er ging nicht an die andere Seite des Tisches, wo noch freie Plätze waren, sondern zog sich einen Stuhl heran. Anstaltsleiter Schildpad rückte zur Seite, Weimar setzte sich neben ihn und zog den Stuhl noch etwas heran.

»Meine Herren, ich bin stellvertretend für Herrn Senatsdirektor Dr. Proßt hier. Wer von Ihnen ist so freundlich, mir einen kurzen Lagebericht zu geben?« Er sah sich in der Runde um.

»Das Wesentliche wissen Sie ja schon. Während des Hofrundganges ist einer der Gefangenen, ein Mann namens Holberg, an einem Abflußrohr auf das Dach geklettert.« Wieder rückte Schildpad seine Brille zurecht. »Herr Schlock war gerade im Begriff, die Charaktereigenschaften des Mannes zu umreißen.«

»Ja«, sagte Schlock und legte ein Blatt um, »ich versuchte gerade, darauf hinzuweisen, daß es sich bei diesem Gefangenen nicht um einen im herkömmlichen Sinne handelt, nein, dieser Mann scheint offensichtlich zu denken, daß heißt, wir müssen davon ausgehen, daß er diese Dachbesteigung geplant hat.«

»Wie hieß er doch gleich?«

»Holberg.«

»Holberg, Holberg? Sagen Sie mal, ist das derselbe, der bereits im Frühjahr einen Versuch unternommen hat, auf das Dach zu gelangen, und dabei abgestürzt ist?« fragte Weimar.

»Genau der ist es. Er ist seit einer Woche wieder aus dem Krankenhaus zurück.«

»Seit einer Woche erst! Und jetzt schon wieder hoch? Sagen Sie mal, wir haben doch seinerzeit diese Dornenkronen anbringen lassen. Wie konnte denn das jetzt noch passieren?«

Die Runde schwieg.

»Der Mann ist gelenkig und offenbar von den Ärzten ganz gut wiederhergestellt worden«, ergriff Bäumel das Wort. »Nach unseren letzten Informationen ist er bis zur Krone am Abflußrohr hinaufgestiegen, ist dann an den Blitzableiter übergewechselt und danach wieder ans Rohr gegangen.«

»Ja, gut, diese Einzelheiten sind im Moment nicht so wichtig.« Weimar winkte ab. »Und was haben Sie inzwischen veranlaßt, damit der Mann wieder herunterkommt?«

Bäumel setzte sich gerade hin. »Ich habe versucht, mit dem Mann Kontakt aufzunehmen, ich habe ihm großzügige Angebote gemacht, natürlich innerhalb unseres Regelrahmens, doch seine Antwort bestand nur in einer wüsten Beschimpfung. Wenn Sie mich fragen, freiwillig wird der da oben nicht herunterkommen.«

»Ich habe Sie aber nicht gefragt«, antwortete Weimar knapp und sah dann zu Feuerwehr-Bechner und Revierführer Mahlmann hinüber: »Und wie schätzen Sie die Möglichkeiten ein?«
Bechner zog die Schultern hoch. »Also mit unseren Leitern kommen wir da ohne weiteres hoch, nur was machen wir, wenn wir oben sind? Meine Männer sind für so etwas nicht ausgebildet. Wenn der da runterspringen will, dann können wir das im Endeffekt nicht verhindern, und von meinen Männern will ihn dabei keiner begleiten.«
»Nun ja, da gäbe es eine Möglichkeit.« Mahlmann skizzierte mit dem Finger auf der Tischplatte herum. »Also wenn er zum Beispiel hier wäre«, er tippte auf einen Punkt, »wenn er hier abgelenkt würde, dann könnten meine Leute über diese Seite hoch und ihn mit einem gezielten Schuß kampfunfähig machen.«
»Wenn er da wäre«, unterbrach ihn Weimar, »aber wir müssen davon ausgehen, daß er nicht da ist. Also, was machen wir dann?«
Revierführer Mahlmann zuckte die Achseln.
»Auf keinen Fall darf bei dieser Aktion jemand gefährdet werden«, sagte Weimar, »weder Holberg noch irgend jemand sonst. Gibt es eine Möglichkeit, auf normalem Wege mit ihm Kontakt aufzunehmen?«
»Nur über die Dachluke oder mit dem Megaphon.«
»Ach was, Megaphon, da hören ja alle zu. Weshalb ist Holberg eigentlich inhaftiert?«
»Zuletzt Banküberfall und die damit verbundenen Nebenstraftaten.« Schlock leckte seinen Blätterfinger. »Und zwar nicht nach der Hauruck-Methode.«
»Wie ist das zu verstehen?«
»Nun ja, der Mann fiel nicht über das Objekt her, sondern er fragte gewissermaßen vorher die Beteiligten, ob es

ihnen auch recht sei, und daß sie sich um Gottes willen keine Sorgen zu machen brauchten.«

»Ich halte diese Art Humor in dieser Situation für gänzlich unangebracht, Schlock.«

»Bitte, bitte, ich gebe nur wieder, was in der Akte steht.« Schlock bemühte sich um einen neutralen Ton in der Stimme. »Zur Zeit läuft noch ein Verfahren gegen Holberg, bei dem er, ich will mal sagen, bei vorsichtiger Schätzung, runde zehn Jahre bekommen wird. Es war tatsächlich so: Während er seine Überfälle verübte, unterhielt er sich mit seinen Opfern, daß es ihm peinlich sei, zu so später Stunde noch so viele Unannehmlichkeiten bereiten zu müssen. Letzteres habe ich jetzt fast wörtlich zitiert, aus dem Vernehmungsprotokoll eines Geschädigten.« Schlock schien damit fertig zu sein.

»Also ein Dummer ist das ja wohl nicht«, sagte Feuerwehr-Bechner, »diese Sorte ist viel schwieriger. Bei denen weiß man vorher nie, was sie hinterher tun. Oder ist es nicht so?« Er sah Revierführer Mahlmann an, der nichts erwiderte.

»Ich habe hier den offenen Brief, den er, wie Sie ja wohl alle wissen, in mehrfacher Ausführung, mit einem Verteiler, in den Briefkasten gesteckt hat. Wie schon bei seinem ersten Versuch.« Schlock hob die Stimme: »Als Mittel des gewaltlosen Protestes werde er mit obigem Datum in einen öffentlichen Hungerstreik treten. Er sei weder renitent noch aufsässig, aber jetzt an einem Punkt, an dem er psychische wie physische Belastungen nicht mehr ertragen könne. Er weise besonders die Anstaltsleitung, das sind wir ja wohl, darauf hin, daß er ohne Rücksicht auf die eigene Person vom Anstaltsdach springen werde, falls wir versuchen sollten, seinen Hungerstreik mit Gewalt zu unterbinden.«

»Wir sollten dem Mann ein gutes Angebot machen, da-

mit er erst mal wieder herunterkommt«, ließ sich Abteilungsleiter Dänicke vernehmen, »danach sehen wir weiter.«
Bäumel lachte. »Wenn das so einfach wäre, dann säßen wir jetzt nicht hier. Wir könnten gegebenenfalls von der Turmseite her über das Kirchendach ...«
Weimar ließ ihn nicht ausreden: »Nein, das geht nicht. Das fehlt uns noch, daß hier was passiert. Ich werde morgen versuchen, mit dem Mann Kontakt aufzunehmen. Ansonsten möchte ich über alle Schritte in dieser Sache informiert werden.«
»Ich empfehle Ihnen, nicht direkt vorzugehen«, sagte Schlock und beugte sich verbindlich vor.
»Danke.« Weimar schaute ihn an. »Wie lange, mein lieber Schlock, sind Sie eigentlich schon bei uns?«
»Jetzt im zehnten Jahr, Herr Leitender Regierungsdirektor.«
»Ah, dann haben Sie also Anfang der Siebziger angefangen. Zu dem Zeitpunkt leitete ich bereits die Teufelsinsel.«
Die Teufelsinsel war eine Jugendstrafanstalt.
»Wie ist Ihr Name?« wandte er sich an Mertens.
»Mertens, Schichtführer Mertens, Herr Doktor.«
»Gut, Herr Mertens. Sorgen Sie dafür, daß ich morgen das Dach begehen kann.«
»Wie? Wollen Sie aufs Dach?« fragte Anstaltsleiter Schildpad.
»Natürlich nicht. Aber so weit, daß ich mit diesem Mann reden kann. Also, meine Herren, wir sehen uns morgen.«
Damit verließ Weimar den Raum.
»Die Sitzung ist beendet«, sagte Schildpad, nahm die Brille ab, rieb sich die Augen und setzte sie wieder auf.
»Herr Bäumel, halten Sie mich auf dem laufenden.«

Unten kam der Hundemeister mit einem Rottweiler. Er führte ihn an einer Stange, wie einen Bullen, quer über den Hof zu seinem Zwinger. Der Hund war ein ganz wilder. Er hatte seinen Meister schon zweimal gebissen, weil der hundsmäßig mit den Hunden umging. Der Meister hatte dann gesagt, das sei alles ein Mißverständnis gewesen. Aber Kittel und Hose waren hin. Und ein Stückchen Meisterschenkel.
Er habe nur unter seinen Schuh sehen wollen, hatte der Meister gesagt, weil er gemeint habe, in ein Kaugummi getreten zu sein. Und der Rotti habe gemeint, er wollte ihn treten.
Nachdem das Bein schließlich wieder verheilt war, sorgte der Hund gleich noch einmal für eine Auszeit seines Meisters. Diesmal erwischte er nur den Kittel und ein klitzekleines Stück Meisterschulter. Wohl weil der Hals zu kurz war.
Nun wurde er an der Stange geführt. Alle anderen Hunde auch, obwohl die gar nichts damit zu tun gehabt hatten. Eines Tages würden ihnen sicher Hörner wachsen.
In zwei Meter Abstand von der Innenseite der Außenmauer verlief ein mannshoher Maschendrahtzaun mit einer Stacheldrahtkrone, der Zwinger. Etwa alle fünfzig Meter war dieser Zwinger noch einmal unterteilt, und in jedem Abschnitt lief ein Hund. Der Meister hakte die Stange ab und drückte die Drahttür auf. Der Rottweiler raste sofort alles ab, bellte in alle Richtungen, setzte sich dann unter den Turm und leckte seinen Hintern.
Ich rutschte vor und legte mich über die Kante, unter mir ein offenes Fenster, ein Stuhl und das Ende eines Bettes. Auf dem lag ein nackter Fuß und einer mit einem Schuh.
»He, du!«
Die Füße verschwanden mit einem Ruck.
»Was ist los?«

»Komm mal ans Fenster, damit ich sehen kann, wer du bist. Ich brauch ein Glas Wasser, ich habe Durst.«
»Wenn ich dir was zu trinken gebe, bin ich weg vom Fenster«, sagte der Mann.
»Hör mal, ich brauche was zu trinken. Damit ich länger durchhalte. Du kannst das Wasser doch oben auf die Querstrebe des Gitters stellen, und da hole ich es mir weg. Klar?«
»Von mir aus, aber warte wenigstens eine Weile, sonst kriege ich Ärger.«
»Ja. Wie heißt du?«
»Hartmut.«
»Gut. Ich komme nachher wieder vorbei.«
Unten auf den Höfen flammten die Flutlichtkästen auf. Erst zuckten sie nur rot, doch dann wurden sie langsam immer heller, bis das Licht kaltgrell war. Bis zum Dunkelwerden würde sicher noch eine Stunde vergehen. Die Kästen gingen schon immer sehr viel früher an. Damit sich keine verdächtigen Schatten einnisten konnten.

Die Sonne war jetzt weg.
Ich ging zu Hartmuts Fenster. Auf der oberen Querstrebe stand ein Glas Wasser.
»He, danke.« Ich sah Sachen unter dem Fenster herumliegen, das Bett war verschoben, der Stuhl umgefallen.
»He, Hartmut! Hartmut!«
Er antwortete nicht.
So schnell ging das. Der Turmmeister hatte uns sicher beobachtet und im Haus angerufen, und sie hatten ihn aus der Zelle geholt. Erst mal nach unten verlegt. Seine Sachen bekam er später.
Ich trank das Glas aus und warf es in den Hof.
»He, Ben, hier.« Von der zweiten Station des C-Flügels winkte eine Hand. »Ich bin jetzt hier. Du warst kaum

weg, da waren sie schon bei mir drin. Ich konnte dir gerade noch das Wasser herausstellen. Es hat ganz schön Theater gegeben.«
»Das ändert sich wieder«, brüllte ich über den Hof, »sie wollen dich und euch alle nur sauer auf mich machen.«
»Na, ist das kein Grund?«
»Du solltest lieber auf die Meister sauer sein.«
»Bin ich ja auch. Der eine Heini hat mich einfach am Sack gepackt, weil sie mich nicht rauskriegten.«
»Und du?«
»Und du! Ich bin auf Zehenspitzen raus, was willst du denn machen, die waren zu sechst.«
»Kann ich dir einen Faden runterlassen, wenn ich wieder Durst habe?«
»Ja, ja, ist schon in Ordnung. Jetzt ist sowieso alles egal.«

Inzwischen war es dämmerig geworden. Ich lauschte noch mal an der Luke, kletterte die Steigeisen hoch auf das Kirchendach und versuchte, es mir in einem der beiden Schornsteinwinkel bequem zu machen.
Ich bin nie in die Kirche gegangen, und jetzt sitze ich oben auf ihrem Dach.
Die ganze Nacht. Was Gott wohl über die ganze Sache dachte. Wenn es ihn tatsächlich gab und wenn er tatsächlich alles mitbekam, dann würde er mich sehen, hier auf seinem Dach.
Ich mußte an ein Gleichnis denken. Oma hatte es mir erzählt. Sie hatte immer solche Sachen erzählt. Als wenn sie dabeigewesen wäre. Da sind zwei an einem Strand entlanggegangen. Einer war ein Mensch, der andere war Gott. Und sie haben sich unterhalten, über das Leben und was alles so passieren kann. Und der Mensch, der hat sich dauernd umgesehen, weil er dachte, da liefe jemand hinter ihnen her. So war ihm zumute. Er meinte immer,

Schritte zu hören. Da war aber keiner. Nur Strand. Und die Spuren von vier Füßen waren im Sand abgedrückt, sie führten ganz weit zurück. Und plötzlich fiel ihm auf, daß da eine Lücke war, wo er nur zwei Fußspuren ausmachen konnte.

Und er sagte zu Gott: »Hör mal, als wir diesen Spaziergang angefangen haben, da hast du mir versprochen, daß du mich immer begleiten würdest, egal, was geschieht. Da hinten, wo bist du da gewesen, da ist nur eine Spur zu sehen, und genau an der Stelle ist es mir verdammt drekkig gegangen.«

Und Gott hatte geantwortet: »Da habe ich dich getragen.«

Ich hatte plötzlich Angst, ich könnte einschlafen und in einer Arrestzelle wieder aufwachen, falls es ihnen gelingen sollte, mich zu überraschen. Drei Wochen verschärfter Arrest. Jeden Tag Roggenkörnerkaffee und ein Stück Brot. Jeden Tag Liegestütze, Kniebeugen, auf der Stelle laufen und einmal onanieren. Jeden Tag versuchen, so wenig wie möglich nachzudenken. Und an jedem dritten Tag warmes Essen, einen Hofrundgang und nachts eine Matratze.

Vielleicht würden sie mich auch in die Klapsmühle bringen. Irgendein Psychiater würde ein paar Worte mit mir wechseln und dann sehr wichtig sagen: »Dieser Mann ist psychisch gestört. Er findet sich nicht mit den Gegebenheiten ab. Das eigentliche Ausmaß dieser Störung läßt sich nur durch eine längere stationäre Behandlung feststellen.«

Und dann würde ich so lange beobachtet, bis man etwas feststellte. Eines Tages käme ich dann als Opa nach draußen. Als verrückter Opa. Eine gute Methode, um jemanden auszuschalten. Jemand wird isoliert, und nach einer Zeit beginnt er zu singen, um überhaupt mal eine

Stimme zu hören. Und die Wärter sagen: »Na, sieh mal an, der singt auch noch, dem macht das gar nichts aus, das ist ein ganz harter Typ.« Oder sie sagen: »Siehst du, wir wußten es, der Typ hat einen an der Waffel. Der singt am hellichten Tag.«

Ich würde wach bleiben heute nacht. Es ging schließlich um alles oder nichts. Niemand hatte damit gerechnet, daß ich es noch einmal probieren würde.

Das erste Mal, das war im Frühjahr gewesen. In den Nächten hatte es manchmal noch Frost gegeben. Beim Hofrundgang hatten wir darüber gesprochen. Egon war dabei, aus dem B-Flügel, und Erwin Mattes, der Schweißer. Und am anderen Tag war Erwin rauf aufs Dach und hatte gebrüllt, seine Freundin solle ihn besuchen kommen, sonst würde er springen.

Was hatte die Anstalt damit zu tun?

Nach zwei Stunden kam er wieder runter, durch die Dachluke, und klapperte mit den Zähnen, als würde er an einer Dreihundertachtzig-Volt-Leitung hängen. Die Temperatur hatte irgendwo um den Gefrierpunkt gelegen, und es hatte ein starker Nordost geweht.

Seine Freundin kam dann auch. Drei Tage später. Da hatte er noch elf Tage Arrest zu verbüßen, und die Freundin fuhr wieder weg.

Ich dachte über alles nach und wartete, bis die Tage wärmer wurden. Dann sprach Egon mich wieder auf die Sache an. Was denn nun wäre, ob wir das nicht auch mal versuchen wollten. Er wolle schon seit langem in die therapeutische Anstalt verlegt werden. Dauernd sei ihm das versprochen worden, aber irgendwie scheine das so nicht recht zu klappen, das mit dem Dach sei schon eine gute Sache.

Egon hatte im Haus den Jagdschein. Das hieß, er hatte

schon so viel Arrest abgesessen, daß er nur noch dann welchen bekam, wenn es unumgänglich war. Wenn er zum Beispiel seine Zelle zerschlug, weil sein Abteilungsleiter keinen Sonderbesuch genehmigen wollte, dann wurde das noch einmal überprüft, und dem Sonderbesuch wurde stattgegeben. Wenn er jedoch seinen Abteilungsleiter vor anderen mit »du alter Arschkriecher« und »du stinkender Plattfisch« betitelte und ihm dabei den Schlips abriß, dann gab es Arrest und den Sonderbesuch erst später.

Jagdschein, das hieß »manchmal unzurechnungsfähig«. Wie ein Tier. Vielleicht auch, weil man oft über die Gänge gejagt wurde, von einer Horde knüppelschwingender Meister.

Wer so einen Schein hatte, der genoß Vergünstigungen, die die anderen nicht bekamen. Wenn alle anderen in ihren Zellen eingeschlossen waren, konnte ein Jagdscheininhaber auf den Flur hinausgelangen. Er trat einfach gegen seine Zellentür, und der diensthabende Meister kam im Eilschritt. Um einem totalen Durchdrehen vorzubeugen, wurde der Mann dann rausgelassen und durfte den Flur bohnern. Um sich abzureagieren. Zwar zog er den Bohnerbesen nur hinter sich her, doch es war wieder Ruhe im Haus. Und die anderen in den Zellen konnten hören, da wird gebohnert. Wenn Jagdscheinleute ihren Willen bekamen, waren Sicherheit und Ordnung nicht gefährdet.

Ich hatte mit Egon über alles gesprochen. Wenn wir zusammen auf das Dach gehen würden, dann nicht wegen seiner therapeutischen Anstalt, sondern um zusammen zu demonstrieren. Gegen die Zustände. Wenn die sich veränderten, dann kam ihm das auch zugute. Und zwei Demonstranten waren mehr als einer. Schaffen würde er es, bis auf das Dach.

Einer der Wachtürme fingerte mit seinem Scheinwerfer durch die Gegend. Der weiße Strahl tastete die Schornsteine ab, aber in meinem Winkel war ich nicht erreichbar. Sicher wollten sie feststellen, wo ich jetzt war.

An jenem Morgen waren wir pünktlich zum Hofrundgang ausgerückt. Ich ging erst mit den anderen Leuten im Kreis herum, dann mit Egon, der sich eine Pudelmütze aufgesetzt hatte. Die Sonne schien.

»Warum hast du deine Ski nicht mitgebracht? Das wäre noch unauffälliger.«

»Ich setze die Mütze sonst auch auf«, sagte er.

Pudelmützen gehörten zur Zivilkleidung und waren nicht erlaubt. Egon hatte eine, ohne daß sich jemand darum kümmerte. Hätte ich ebenfalls eine Pudelmütze gehabt, so wäre sofort der nächste Meister gekommen und hätte gesagt: »Die Mütze müssen Sie abgeben, die ist nicht erlaubt.«

Ich hatte auch damals schon einen offenen Brief geschrieben und einige Durchschläge morgens in den Postkasten geworfen. Die Kästen wurden um zehn Uhr beim Abteilungsleiter ausgeleert, die restlichen Durchschläge trug ich im Hemd bei mir. Mir fiel auf, daß an den Abflußrohren oder in deren Nähe immer ein Meister stand. Als habe man etwas von unserem Vorhaben erfahren.

»Was ist denn nun, Ben?« Egon sah mich an.

»Noch nicht, noch nicht«, ich fühlte, wie aufgeregt ich war, »wir müssen den richtigen Zeitpunkt abwarten, ich glaube, die haben was gemerkt.«

»Woher denn? Wir laufen einfach auf den anderen Hof und klettern am D-Flügel hoch. Ich habe keine Lust, das wieder auf morgen zu verschieben.«

»Morgen geht auch nicht mehr. Ich habe einen Brief in den Kasten geworfen, wenn sie den lesen, dann sitze ich auf Eis. Wenn nebenan auch welche stehen?«

»An denen kommen wir schon vorbei. Warum schreibst du denen denn noch Briefe?«

»Damit sie wissen, warum ich da raufklettere.« Ich sah, daß der Meister, der am Haus stand, jetzt zur Tür ging und sie aufschloß. Das Zeichen zum Einrücken. Ich fühlte, wie mich die Anspannung fast lähmte, als würde mein Inneres von Seilen zusammengehalten, die jetzt eins nach dem anderen straffgezogen wurden, unerbittlich. Von der Brust zum Bauch, vom Bauch quer nach hinten zu meinen Schultern, von dort zu den Füßen, von den Füßen senkrecht hoch zum Kopf, von dort in die Arme.

Ich ballte meine Hände zu Fäusten, öffnete sie wieder und fühlte, wie die Seile sich bewegten.

Es kribbelte.

Wie beim Kugelstoßen, das Auswiegen der Kugel, das Schrittmaß, die Entfernung, das leichte Tänzeln. Der Körper lud sich richtig auf. Ein Zusammenkauern inmitten der Zuschauer, die nicht zu sehen waren, obwohl sie dichtgedrängt standen. Die Konzentration löschte alles aus.

Wir gingen am äußeren Rand des Kreises.

»Egon?« fragte ich. Als wollte ich mich vergewissern, daß er noch da sei. Dabei ging er neben mir.

»Ja?«

»Jetzt!« Ich raste los, nach vorn gebeugt, die Arme angewinkelt, hörte Egon dicht hinter mir.

»Halt! Halt! Haaaaalt!« Der Meister am ersten Abflußrohr brüllte und kam uns mit weit ausgebreiteten Armen entgegen, bewegte sich hin und her, weil er nicht wußte, wen er festhalten sollte. Dann waren wir an ihm vorbei, um die Ecke des C-Flügels. Hier stand niemand.

«Du das erste, ich das andere.« Ich lief weiter, erreichte das zweite Abflußrohr, umklammerte es und zog mich

hoch. Meine Turnschuhe rutschten ein paarmal an der Mauer ab, dann hatte ich die erste Halterung, mit der das Rohr an der Wand befestigt war, unter dem Schuh, hörte, wie der Meister angetrampelt kam.
»Kommen Sie runter! Sie sollen sofort runterkommen!«
Er faßte mit den Händen an das Rohr und rüttelte. Als wollte er mich wie einen reifen Apfel herunterschütteln. Doch das Rohr war fest. Ich stand drei Meter über ihm und grinste.
Egon hing am anderen Rohr, unter ihm ebenfalls ein Meister. Um uns herum waren die Männer an den Fenstern und johlten, klapperten mit den Töpfen gegen die Gitterstäbe. Ich kletterte weiter.
»Sie sollen herunterkommen!« brüllte der Meister. »Wenn Sie nicht sofort herunterkommen, schreibe ich eine Meldung!«
Diese Meister, dachte ich und zog mich verbissen weiter hoch, morgens steckt man ihnen eine Dienstanweisung in den Kopf, und dann ticken sie ihre Stunden hier ab. Stehen herum. Immer das gleiche reden sie. Sie plappern nach, was man ihnen vorsagt. Warum tragen sie eigentlich keine bunten Uniformen. Wie Innenhofnarren.
Jetzt war ich im vierten Stock.
Ringsherum war es still geworden.
Zwischen dem vierten und fünften Stock verlief ein etwa fünfzig Zentimeter breites Sims. Das war die Kante des Dachs, auf das der fünfte Stock später draufgebaut worden war. Das Abflußrohr lief durch das Sims hindurch, war eingemauert, der Blitzableiter nicht. An dem versuchte ich mich hochzuziehen. Der Befestigungshaken über dem Sims knirschte. Ich stand jetzt nur mit einer Schuhspitze auf der letzten Halterung des Rohres, fast schon konnte ich die Ellenbogen auf das Sims stützen. Wieder knirschte es. Ich sah, wie die Blitzableiterschelle

aus dem Putz riß, fiel zurück, der Draht gab gut einen halben Meter nach, die zweite Schelle riß aus der Wand, ich merkte, wie sich meine Finger öffneten, ich konnte nichts dagegen tun, der Ruck war so stark, ich rutschte mit dem Fuß ab und fiel, ich hörte Stimmen, wie jemand schrie, und sah den Himmel über mir, ich versuchte mich zu drehen, es ging alles rasend schnell, so ist das also, dachte ich und versuchte den Arm auszustrecken, als könnte ich mich damit abfangen ... und klatschte auf den Boden.

Dicht vor meiner Nase war die Erde, ich roch sie.

Ich lag da, wie ein Klumpen, der zum Hof gehörte, ohne Schmerzen, ganz leicht, als habe ich schon immer da gelegen. Oder träumte ich? Vielleicht war er das ja, der Himmel. Ich versuchte mich zu bewegen und fühlte, wie der Schmerz in mir aufklappte, ich wurde ganz steif. Jetzt roch die Erde nach Wiese und Blumen.

»Nicht anfassen! Nicht anfassen!« hörte ich jemanden rufen. »Der Notarzt ist schon verständigt.«

Neben mir war Seidelmann. Er beugte sich herunter und guckte mir von der Seite her ins Gesicht. »Ganz ruhig liegenbleiben«, sagte er, »gleich kommt ein Arzt, haben Sie Schmerzen?«

Er roch nach Kirche, aber er war in Ordnung. Zweimal schon war er der Unterschlagung verdächtigt worden, von der Anstaltsleitung. Zweimal war nichts dabei herausgekommen.

Ich versuchte zu sprechen. »In meinem Hemd, Briefe, sie müssen abgeschickt werden«, hörte ich mich flüstern. Er faßte vorsichtig in mein Hemd, holte die Briefe hervor und steckte sie weg. Plötzlich standen Sanitäter da. Und ein Arzt. Er schob meinen Ärmel hoch. Ich fühlte mich wie ein Schrei, dann wurde es besser. Ich merkte nicht, daß ich weggetragen wurde, sah Egon nicht, der oben auf

dem Dach stand und mir nachschaute. Als ich aufwachte, lag ich in einem weißbezogenen Bett, neben dem zwei Männer in Kitteln standen.
»Ich bin Seggenberg«, sagte der eine. Er hatte einen dünnen, blonden Bart. »Und das ist mein Kollege Ernst. Sie haben sich das Becken gebrochen, genauer gesagt, es ist angebrochen. Außerdem ist Ihr Schlüsselbein verschoben. Aber das kommt wieder in Ordnung. Was Sie brauchen, ist Ruhe, absolute Ruhe. Je weniger Sie sich bewegen, desto schneller sind Sie wiederhergestellt.«
»Bin ich jetzt schief?«
»Nein. Bei dem Sturz hat sich Ihre Symphyse verzogen. Das ist eine Knorpelschicht zwischen den beiden Bekkenhälften. Diese Knorpelschicht bildet sich nach, wächst an der Bruchstelle wieder zusammen. Wenn Sie Schwierigkeiten mit dem Liegen haben, legen wir Ihnen einen Gummiring unter das Gesäß. Es wird rund vier Wochen dauern, bis Sie sich wieder bewegen dürfen.«
»So lange dauert das?«
Seggenberg nickte. »Damit wir uns nicht mißverstehen, im ganzen wird es sicher zehn Wochen dauern. Aber hier haben Sie es doch besser als da drüben, oder nicht?«
»Das Essen ist besser.«
Er lachte ein bißchen, und sie gingen zum nächsten Bett. Außer mir gab es noch vier andere Betten mit Kranken, die aber alle aufstehen konnten. Sie setzten sich an den Tisch, als die Visite gegangen war, und spielten Skat.
»Kann mir mal einer was zum Trinken geben?« fragte ich.
»Klar«, sagte einer der Spieler und brachte mir ein Glas Wasser. »Ich kann dir nachher etwas Apfelsaft geben, ich kriege jeden Tag eine Flasche. Du brauchst das nur dem Seggenberg zu sagen, der verschreibt dir welchen. Der ist schwer in Ordnung, der macht, was er kann.«

»Kommt er jeden Tag hier durch?«
»Jeden zweiten. Aber jetzt wird er wohl täglich kommen, wegen dir. Wenn einer wirklich was hat, dann kümmert er sich um ihn.«
»Eh, Paul, was ist los, du bist am Geben.«
»Ich habe jetzt keine Lust.« Paul hatte sich auf sein Bett gesetzt, das neben meinem stand. »Du hast ja einen ganz schönen Abflug gemacht, zwölf Meter waren das. Bist gut weggekommen.«
»Weshalb bist du hier?«
»Ich? Hier im Krankenhaus?«
»Ja.«
»Bin Raumfahrer.«
»Aha. Und was? Eine Bettfeder?«
»Nein, die verrotteten Dinger kriege ich nicht runter. Ich hab mir einen Sputnik gebaut. Das ist hundertprozentig sicher. Der Seggenberg legt 'ne saubere Naht hin, hier.« Er schob sein Hemd hoch. Sein Bauch sah aus wie eine Glasscheibe, vor die mehrere Steine geflogen waren, die aber immer noch hielt. Überall Narben und feine, rote Verästelungen.
»Wie oft hast du das schon gemacht?«
»Ach, weiß nicht, zwanzigmal oder so, ist wie Urlaub, nach der Operation spanne ich so richtig aus.«
»Paul, was ist denn nun, spielst du weiter oder nicht?«
»Also gut, ich komme, wir können ja nachher weiterreden.« Er ging zu den anderen.
Da hatte er recht. Ein Sputnik war absolut sicher. Ohne Eingriff war der nicht zu entfernen. Das waren zwei fingerlange Drähte, die in der Mitte mit einem weiteren Draht zu einem Kreuz gebunden wurden. Dann bog man jeweils zwei Drahtenden zusammen und umwickelte sie mit einem Gummi, so rutschte das Ding durch den Hals. Mit viel Fett und nach hinten gelegtem Kopf. Wie eine

Möwe einen Fisch schluckt. Im Magen wurde das Gummi von der Magensäure aufgelöst, und die Drähte öffneten sich zu einem Kreuz. Da half kein Abführmittel. Bei einem Löffelstiel, bei einer Bettfeder oder bei einer kleinen Flasche wurde erst beobachtet. Der Betreffende bekam dann laufend irgendwelche Mittel, und wenn der verschluckte Gegenstand in die richtige Lage geriet, kam er auf natürlichem Weg wieder aus dem Körper. Bei einem Sputnik wurde nicht beobachtet, weil die Drahtenden die Magenwand durchstechen konnten. Und das gäbe einen Skandal.
Es wurde geröntgt und operiert.
Ich hatte mal einen gekannt, der hatte sechsunddreißig Sputniks geschluckt. Der Arzt hatte sie ihm immer wieder herausoperiert. Beim siebenunddreißigsten Mal war es schiefgegangen. Da hatte der Mann mit seinem Sputnik seine letzte Raumfahrt angetreten, gleich vom OP-Tisch aus.

Die anderen waren zum Hofrundgang.
Seggenberg kam ins Zimmer. »Hallo, wie geht's?«
»Es geht.«
Er zog einen Stuhl heran und betastete meine Schulter. »Haben Sie da Schmerzen?«
»Nein, kaum.«
»Das Schlüsselbein hat sich etwas verschoben. Wenn es Sie in Zukunft nicht behindert, würde ich keinen Eingriff vornehmen lassen. Wir haben hier nicht die Möglichkeit, um so etwas korrekt zu behandeln. Wie geht es mit dem Liegen?«
»Gut. Ich kann schon wieder gehen, die anderen stützen mich.«
»Wie? Sie laufen?« Er sah mich erstaunt an.
»Ja, aber nur, wenn ich zur Toilette muß, ich kann nicht

auf die Pfanne. Außerdem denke ich, es ist schon so ein bißchen Training, um wieder fit zu werden.«

»Das ist zu früh, Herr Holberg. Sie sind jetzt gerade vier Wochen hier. Die Knorpelschicht, die sich gebildet hat, die ist noch sehr dünn, bei der geringsten Belastung reißt sie, und alles geht wieder von vorne los. Ganz abgesehen von den Schmerzen, die Sie dann wieder haben werden. Vor einigen Tagen haben Sie doch gesagt, Sie wollten möglichst schnell auf die Beine kommen.«

»Ja, eben.«

»Aber nicht so. Sie müssen Geduld haben.« Er machte ein nachdenkliches Gesicht. »Wenn Sie schon in so einem Haus sind, dann sollten Sie zumindest sehen, daß Sie es gesund verlassen.«

»Ja, ja, aber was nützt mir der aufrechte Gang, wenn ich schon beim ersten Stein ins Stolpern komme.«

»Sie sagen mir da nichts Neues.« Er dachte nach. »Haben Sie eigentlich jemanden, der an Sie glaubt, ich meine da draußen?«

»Ich stelle mir vor«, unterbrach ich ihn, »so redet ein Blinder über Farben. Rot zum Beispiel. Das leuchtende Purpurrot des Glaubens, ein pastellener Sonnenuntergang oder das Rot der Ampeln vielleicht. Wenn ich auf die achte, dann kann ich gesund werden. Oder das Rot eines Gesichts, unter dem der Hals mit Ungerechtigkeiten, mit Demütigungen zugedrückt wird. Na, und da haben wir noch Weiß. Eine Farbe, die keine ist und bei der man rot sieht...« Ich schwieg, weil ein Pfleger hereingekommen war.

»Herr Doktor, Sie möchten bitte mal nach fünfundzwanzig kommen, da hat einer Beschwerden.«

»Ja, ich komme.« Seggenberg stand auf. »Wir reden weiter. Sie hatten gerade so schön ausgeholt.« Er grinste leicht und folgte dem Pfleger. Der schloß ab.

Paul hatte Tabak organisiert und drehte Zigaretten. »Willst du auch eine?« fragte er mich.
Ich überlegte, zögerte. Vier Wochen hatte ich jetzt nicht geraucht. Wenn ich nicht mehr rauchte, könnte ich mir dafür Obst kaufen, in Zukunft. Rauchen war teuer. Aber das Obst war nach einer Woche alle. Der Tabak reichte den ganzen Monat. Doch wer plante schon so lange im voraus.
»Was ist? Überlegst du vor jeder Zigarette so lange?«
»Nein, gib schon her.«
Nach den ersten Zügen wurde mir schwindelig, weich eingepackt schwebte ich über dem Bett. Paul hatte sich zu mir gesetzt. »Mensch, alles Scheiße hier«, stellte er fest.
Ich machte schnell zwei, drei Züge hintereinander, vielleicht kam ich noch höher, doch es ging nicht. Pauls verschwommenes Gesicht wurde wieder klar.
»Jahr für Jahr das gleiche hier«, sagte Paul mehr zu sich selbst, »früher hatten sie hier zumindest noch eine Krankenschwester.«
»Wirklich?«
Eine Frau war etwas Ungewöhnliches. Darüber gab es immer was zu reden.
»Eine richtige Schwester?«
»Ja. Ein flotter Feger.«
»Und?«
»Nichts. Angefaßt hat sie keiner, aber wenn sie sich bückte, dann konntest du ihre Hose sehen, unter dem Kittel. Ich hab mir nach jeder Visite einen geklopft.«
»Wie oft war Visite?«
»Wie, wie oft? Jeden Tag.«
»Ist sie heute nicht mehr da?«
»Nein, die haben sie abgesägt. Weil sie dauernd was aufgehoben hat«, er griente, »die war in Ordnung, mit der

konnte man quatschen.« Paul drückte seine Kippe aus und legte sie in eine Blechschachtel.
»Aber in der Röntgenabteilung, ist da nicht auch eine Schwester?«
»Das ist keine Schwester. Das ist ein Schluck Spucke mit Bleischürze. Aber wenn du an dem Röntgenzimmer vorbeigehst, den Gang runter und um die Ecke die dritte Tür links, da ist das kriminalpsychologische Institut. Da ist so ein Typ, Sturm heißt der, Dr. Sturm. Der ist in Ordnung. Wenn du von dem was willst, der ist sofort da. Ich bin schon zweimal bei ihm gewesen. Du brauchst nur einen Antrag zu schreiben.«
»Warum sollte ich?«
Er zuckte mit den Schultern. »Sag ich doch, ich bin schon zweimal dagewesen. Der ist richtig nett. So einer müßte drüben im Bau sein, aber er ist nur fürs Krankenhaus zuständig.«

Irgendwo auf dem Hof klappen Türen. Ich richte mich auf und spähe nach allen Seiten. Einer der Turmmeister funzelt mit seinem Scheinwerfer in den Gärten hinter der Mauer herum. Ich kann nichts Verdächtiges bemerken.

Paul hatte noch einen Antrag, und er gab mir einen Kugelschreiber und ein Buch als Unterlage.
Es waren überall die gleichen Formulare. *Ich* stand da vorgedruckt, dann *Nachname, Vorname, geboren,* dann *bitte mir folgende Bitte gewähren zu wollen: Rücksprache mit dem Herrn Anstaltsleiter – Anstaltsgeistlichen – Abteilungsleiter – Sozialarbeiter – Urkundsbeamten – Geschäftsstelle.* Ich trug meinen Namen ein, strich alles andere durch und schrieb: Ich möchte mit Dr. Sturm sprechen.

»Kannst du ihn einstecken?« fragte ich Paul.
»Gib her.«
Neben der Tür befand sich eine an die Wand geklebte Tüte, in die man die ausgehende Post steckte. Sie wurde morgens vom diensthabenden Meister-Pfleger mitgenommen.
»Wer hat Bock auf 'ne Runde?« fragte Klaus. Er saß am Tisch und spielte mit den Karten herum.
»Bloß nicht.«
»Keine Lust, dauernd Karten. Fällt dir nichts anderes ein?«
»Klar. Bockspringen, viermal hin und viermal zurück.« Er ging ans Fenster. »Mensch, die laufen ja immer noch hier rum, die Bullen«, sagte er.
»Warum sollen sie nicht laufen. Solange der Terrorist hier sitzt, solange laufen sie Streife. Damit ihn niemand befreit.«
»He, ihr Schweine, ihr Misttypen!« brüllte Klaus aus dem Fensterspalt. »Ihr Witzfiguren, ihr alten Scheißer!«
»Mensch, warum schreist du denn so?« fragte ich, als er Luft holte.
»Warum, warum! Sie laufen da wirklich herum, oder meinst du, ich schrei nur so in die Gegend?«
»Meine ich. Oder hast du jemanden getroffen, mit deinem Schrei?«
Die anderen lachten.
»Du scheinst ja ein ganz schöner Spinner zu sein«, erwiderte Klaus gereizt, »ist doch wohl meine Sache, wen ich anschreie und wie lange, meinst du nicht?«
»Sicher, aber nur, wenn du auf einer schalldichten Zelle liegst. Hier müssen wir alle mithören. Gut, daß hier kein Wald ist, sonst gäbe es noch ein Echo.«
Die anderen lachten wieder.
»Sag mal, du bist wohl der Größte, was?« Er trat mit dem

Fuß gegen meinen Bettpfosten. Ich spürte es bis in den Bauch. »Was willst du Blödmann eigentlich? Ich kann dir auch einen Elfmeter in die Bauchgegend geben, dann schreist du ja vielleicht mit!«

Ich schwieg.

»Laß ihn doch in Ruhe«, mischte Paul sich ein.

»Ach, halt die Klappe, du bist auch nur ein Arschkriecher.« Dann war Ruhe.

Klaus war erst ein paar Tage hier. Gleich vom Prozeß weg hatte man ihn hierherverlegt. Er hatte Diabetes und noch einen anderen Prozeß offen. Er rechnete mit einem Freispruch. Weil die Mädchen, die für ihn gearbeitet hatten, ganz schlaue Weiber seien, sagte er. Sie hätten ihre Anzeigen zurückgenommen, weil sie ihn, Klaus, kennen würden. Immer hatte er was zum Rauchen, doch er gab nur ungerne was ab. Er sei nicht Rockefeller.

Ich malte mir genüßlich aus, wie ich ihm eine kleben würde. Irgendwann war es soweit. Wenn meine Hüfte in Ordnung war. Ganz unvermittelt. Einfach klatsch!

Dr. Sturm kam zwei Tage nachdem ich den Antrag abgegeben hatte. Er war ein Mensch, den man nach dem ersten Sehen sofort wieder vergißt. Er war völlig unauffällig. An diese Unauffälligkeit erinnerte man sich jedoch sofort, wenn von ihm die Rede war.

Er schloß die Tür ganz leise auf. Ich hörte es trotzdem, weil ich neben der Tür lag und weil ich sowieso auf jedes Geräusch achtete, das vom Flur kam.

»Hallo, guten Tag.« Er sah sich suchend um.

Alle grüßten zurück. Auch Klaus.

Wenn ein Meister-Pfleger hereinkam und lautstark »guten Morgen« wünschte, drehte sich niemand nach ihm um. Egal, in welcher Tonlage er es versuchte.

»Sind Sie Herr Holberg?«

»Ja.«

»Ich habe Sie wiedererkannt, in ihrer Personalakte ist ein Bild.« Er reichte mir die Hand und setzte sich auf die Kante des Nebenbettes, betrachtete die Dinge auf meinem Nachtschrank. Ein Kugelschreiber, eine Flasche Apfelsaft, ein Becher mit Zahnbürste daneben, ein Buch von Wiechert, darunter zwei schon reichlich zerfledderte Dagobert-Duck-Hefte.
Sturms Gesicht wirkte wie das eines Gefangenen, der schon zehn Jahre hier war und der gerade an die zehn Jahre denkt, die er noch hierbleiben muß. Die Augenbrauen waren drahtig und etwas dunkler als die Haare auf seinem Kopf, von denen eine Strähne seitlich nach unten hing. Er trug ein Schlipshemd ohne Schlips, die oberen beiden Knöpfe waren nicht geschlossen, die Ärmel hatte er hochgeschlagen.
»Haben Sie erst mal nachgesehen, in meiner Akte?« fragte ich.
Er strich sich die Strähne zurück, die gleich wieder herunterrutschte. »Ich habe mir nur Ihre Personalien angesehen. Können Sie schon aufstehen?«
»Eigentlich nicht, aber in zwei Wochen bekomme ich Krücken, sagt der Arzt, obwohl ich mich schon jetzt in der Lage fühle.«
Er schüttelte den Kopf. »Das geht nur mit Zustimmung des Arztes. Wenn Sie es ganz eilig haben, dann müssen Sie mit der Trage nach unten gebracht werden. Sonst würde ich vorschlagen, Sie warten noch vierzehn Tage und kommen dann zu mir herunter.«
»Ich warte. Ich wollte auch nur mal mit Ihnen reden, einfach so. Von Ihnen wird gut gesprochen.«
Er lachte. »Vielleicht haben Sie nur Gutes gehört. Also, wenn Sie soweit sind, dann lassen Sie mich durch den Diensthabenden verständigen.«
Er grüßte und ging.

»Ist auch nur so ein Knecht«, sagte Klaus in das Schweigen.
»Wenn hier einer ein Knecht ist, dann bist du das«, erwiderte Paul.
»Wenn hier einer eines Tages tierisch was aufs Maul kriegt, dann bist du das. Das geht so schnell, daß du gar nicht weißt, wie!«
Paul schwieg.

Ich schrecke hoch, ich meine, ein Geräusch gehört zu haben. Nach einer Weile Lauschen steige ich die Eisen herunter und untersuche den Lukendeckel. Er ist dicht. Ich gehe alle Flügeldächer ab und mache einen Kontrollgang.
Gegenüber, auf der oberen Station, verlöscht mit einem Schlag das Licht, wie jeden Abend.

Am Anfang jedes Zellenflurs war in der Wand ein Türchen mit zwei Riegeln. Hinter der Tür war ein abschließbares Kästchen. Kurz vor zweiundzwanzig Uhr ging der Nachtmeister eines jeden Flügels zu diesem Türchen, dort öffnete er die zwei Riegel, einen oben und einen unten, dann schloß er mit einem kleinen Schlüssel, der an einem langen Kettchen hing, das Kästchen auf, und da war der Lichtschalter. Einige Meister trugen diesen Schlüssel an einem goldenen Kördelchen in der oberen Tasche des Uniformrocks, gleich einem geflochtenen Königswürstchen hing es da auf dunklem Grund. Jeder wußte, daß an dem einen Ende des Kördelchens etwas Wichtiges hing und daß das andere Ende fest mit dem Taschenknopf verbunden war.
Klack! Und achtundfünfzig Männer saßen gleichzeitig im Dunkeln.
Einer hatte sich beschwert. Der hatte an die Anstaltslei-

tung geschrieben, er fühle sich benachteiligt dadurch, daß die Nachtmeister ihre Lichtrunde immer im oberen Stockwerk begännen. Da er auf der fünften Station liege, sei er gegenüber den Männern auf den anderen Stationen benachteiligt, denn diese hätten immer etwas länger Licht in ihren Zellen.

Die Anstaltsleitung erteilte einen abschlägigen Bescheid. Wenn der Beschwerdeführer diese paar Minuten für sich als so wichtig erachte, dann stünde ihm frei, sich je nach Lichtmehrbedarf auf eine der unteren Stationen verlegen zu lassen.

Der Mann ging bis vors Oberlandesgericht. Dort wurde fast ein Jahr nachgedacht, und man hatte großes Verständnis für ihn. Er bekam den Bescheid, als er schon gut ein halbes Jahr auf der zweiten Station lag, wohin er wegen einer anderen Sache verlegt worden war: Dem Beschwerdeführer wird stattgegeben, hieß es. Seine Benachteiligung gegenüber anderen Gefangenen sei auf den nicht richtig organisierten Lichtlöschungsvorgang zurückzuführen, er sei einer unzumutbaren Härte ausgesetzt, für die es keine Grundlage gebe.

Seitdem wurde das Licht nach einem sorgfältig ausgearbeiteten System ausgemacht. Jede Woche wurde die Anfangsstation gewechselt. In der ersten Zeit waren viele Nachtmeister sauer und ließen das Licht einfach an. Das war sehr praktisch. Warum ließen sie das Licht nicht einfach immer an? Wenn jemand müde war, konnte er doch die Birne losdrehen.

Bevor der Nachtmeister den Generalschalter betätigte, machte er noch einen Rundgang über die Station, ging von Tür zu Tür und schob lautlos ein kleines Eisendekkelchen zur Seite, hinter dem sich ein kreisrundes Loch mit einer Glasscheibe befand. Lautlos deshalb, weil mal einer der Männer durch das dauernde Beobachtetwerden durchgedreht war. Er hatte auf den Nachtmeister gewartet, und als dieser durch den Spion sehen wollte und noch einen Witz erzählte, vor der Tür, hatte der Mann einen Besenstiel in das Loch gestoßen. Seitdem trug der Nachtmeister eine Augenklappe, und Besen mit Stielen waren offiziell auf den Zellen verboten. Er hätte einen Gitterstab nehmen sollen.

Jetzt verlöschte die zweite Station.

»Ihr blöden Schweine!« schrie jemand.

Irgendwo flog ein Glas auf den Hof und zersplitterte unten auf den Steinen. Einige bollerten kurz an die Türen. Vertraute Geräusche. Vielleicht schrieb gerade einer einen Brief, oder er malte, oder er leimte irgend etwas zusammen. Und fluchte, weil er plötzlich im Dunkeln saß und der Leim ihm über die Finger lief. Da konnte schon mal ein Hocker gegen die Tür fliegen.

Ich zählte. Bei achtundzwanzig ging das Licht auf der dritten Station aus, bei neunundzwanzig auf der zweiten. Einen richtig gleichmäßigen Schritt hatte er drauf, der Nachtmeister da drüben. Dann ging ich zurück zum Kirchendach und kletterte nach oben, in meine Ecke. Immer wieder fielen mir die Augen zu. Ich wußte nicht mehr, was ich denken sollte, um mich wach zu halten.

Nur etwas Ruhe, dann mache ich wieder einen Rundgang. Die ganze Nacht...

In den Zwingern bellen die Hunde. Immer nacheinander. Das Bellen pflanzt sich fort, um den ganzen Komplex herum, wird ein bißchen leiser, taucht auf der anderen Seite wieder auf. Ein Hund fährt mit dem Fahrrad an der Mauer entlang. Anstatt zu klingeln, bellt er.

Eine Fahrradklingel ist nicht sehr laut, das Bellen aber ist auf jedem Wachturm zu hören. So weiß der Turmmeister: Aha, der Hund ist unterwegs und paßt auf.

Aus dem Kirchturm kommen Geräusche. Ich brauche

eine ganze Zeit, bis ich merke, daß es Tauben sind. Dann höre ich ganz deutlich, wie ein Fahrrad herankommt, wie jemand absteigt und es an die Mauer lehnt. Dabei schabt der Lenker etwas am Putz entlang. Dann sehe ich den Hund vor mir. Nur durch den Maschendraht sind wir getrennt.

Er sieht mich mit schiefgeneigtem Kopf an und setzt sich bequem hin. Ich schaue weg. Das ist eine Mißachtung, und die ist schmerzlich. Mal sehen, ob er jault. Plötzlich redet er, quasselt einfach los.

»Meinst du, ich belle hier zum Spaß herum? Oder weil ich eure Nachtruhe stören will, die euch laut Vorschrift zusteht? Auch ich habe meine Vorschriften.«

»Du hast, wie bitte?«

Er knurrt beleidigt. »Denkst du, die gibt es nur für dich? Ich bin ein Diensthund und arbeite nach vorgegebenen Richtlinien, dafür hast du doch Verständnis.«

Ich grinse.

»Na gut«, knurrt er, »normalerweise darf ich mich gar nicht mit dir unterhalten.« Er läuft zu seiner Hütte, kommt wieder, hat einen DIN-A4-großen Zettel im Maul, den er dicht am Zaun fallen läßt. »Hängt in jeder Wachhütte, so eine Anordnung«, keucht er, »beeil dich mit dem Lesen, die Schicht wechselt gleich, wenn du Ziffer zwo und Ziffer acht liest, dann kannst du dir schon ein Bild machen.« Er rennt kläffend ein Stück weiter, weil dort eine Libelle durch seinen Zwinger fliegt, wakkelt dabei mit seinem Stummelschwanz.

Dienst- und Vollzugsordnung für Anstaltshunde lese ich, das Blatt mit zwei Fingern an einer Ecke haltend. Es ist verschmutzt und weist unregelmäßig durcheinanderlaufende Ränder auf. Als sei schon mehrmals dagegengepinkelt worden. Ich kneife die Augen zu und öffne sie wieder.

»*Ziffer II:* Der Anstaltshund hat, außer an den dafür sonst vorgesehenen Zeiten und von Notfällen abgesehen, des Abends mit dem Glockenschlag zehn Kunde davon zu geben, daß er die Obliegenheiten seines Wachdienstes nicht vernachlässigt, sei es durch Schlaf oder auch durch anhaltendes Schnüffeln in einer entfernten Ecke, von der aus die gebotene Übersicht nicht mehr gewährleistet ist und somit Sicherheit und Ordnung einer nicht vertretbaren Gefährdung ausgesetzt sind.
Nach dem Bellen, das nicht länger als fünfzehn Minuten dauern sollte, zwei Drittel dieser Zeit jedoch nicht unterschreiten darf, hat er seine Wachgänge in mäßigem Tempo auf dem dafür angelegten Streifen zwischen Maschendraht und Mauer fortzusetzen. Es ist nicht statthaft, daß ein Hund für alle bellt. Leisebeller haben sich unverzüglich beim Tierarzt zu melden.«
Ich schaue den Hund an, wie er dasitzt und mir in die Augen sieht. Ich möchte ihm etwas Aufmunterndes sagen, doch mir fällt nichts ein.
»Wenn das so ist«, sage ich nur, »aber ich kann nicht verstehen, warum ihr vormittags in einer Tour bellt. Da ist überhaupt nichts los. Und ich sitze da in meinem kleinen Loch und muß mir das anhören.«
»Nicht in einer Tour«, sagt er, »genau zwei Stunden. Training haben wir dann.« Er rennt mit tierischem Gebell davon, weil ein Flugzeug über den Häusern auftaucht, kommt wieder, weil er es nicht kriegen kann.
Ich lese weiter: »*Ziffer VIII:* Der Anstaltshund ...«
»Gib her«, sagt er hastig. Oben auf dem Turm ist Wachablösung.
»Mußt dir nichts daraus machen«, sage ich, »wenn sie dir aus den Fenstern zurufen, daß du eine Blutsau bist, ein Dreckstier. Die denken, du bist dazu da, sie zu beißen, wenn abends noch jemand in die Stadt möchte.«

»Beißen«, knurrt er verächtlich. Und öffnet das Maul, als gähne er. Unten rechts steht ein kleiner brauner Pfeiler. Sonst nichts. »Mein letzter«, sagt er müde, »bin immerhin schon zwölf Hundejahre alt.«
»Zwölf Jahre!«
»Wenn ich an letztes Jahr denke! Da sollten wir doch tatsächlich Uniformen tragen, aber wir haben dauernd die Knöpfe abgebissen. Oh, die Glocke, das Morgenbellen. Hätte ich beinahe vergessen.« Die Glocke klingt wie die vom Milchmann morgens in unserer Straße. Aber der hat doch keinen Sechzehntonner? Immer lauter wird sie, der Klang läßt die Kopfhaut zu Sandpapier werden, bei jedem Schlag lösen sich feine Körner und rieseln den Rücken hinunter.
Ich war wach.
Die Hunde bellten immer noch.

ZWEITER TAG

Es roch nach Rauch.
Der Schornstein über mir qualmte leicht, der Himmel war verhangen. Ein Fuß war mir eingeschlafen. Ich zog mich nach oben und setzte mich rittlings auf den Dachfirst.
Im Glockenturm flatterten die Tauben.
Gegenüber auf dem Turm wurde ein Eckfenster geöffnet. Ein Meister tauchte auf. Er trug keine Uniformjacke, das Hemd hing ihm aus der Hose. Er stopfte es wieder hinein und löste dabei den Gürtel. Er rückte seine schief sitzende Mütze gerade und gähnte. Jetzt hob er beide Arme nach oben und machte vier, fünf Kniebeugen, blieb bei der letzten einen Augenblick unten, und ich konnte nur die Arme mit den Händen sehen. Dann kam er wieder hoch und gähnte erneut. In seinem Gesicht war ein richtiges schwarzes Loch zu sehen. Er trat ein paar Schritte zurück, und ich sah, wie er seine Jacke anzog, sich wieder in das offene Fenster stellte und seine Krawatte hin- und herschob, sie festzurrte. Dabei sah er auf den Hof. Nun knöpfte er seine Jacke zu, einen Knopf, dann den zweiten, dann den dritten. Als er jetzt gähnte, hielt er sich eine Hand vor den Mund, machte mit der anderen den letzten Knopf zu. Er steckte sich einen Finger ins Ohr und wakkelte damit, wobei er den Kopf schräg hielt. Als sei er gerade aufgetaucht und habe noch Wasser im Ohr.
Dann holte er Zigaretten aus seiner Brusttasche, schnippte mit dem Zeigefinger eine aus der Schachtel,

steckte sie sich an, lehnte sich mit verschränkten Armen auf die Fensterbrüstung und rauchte.

Unten auf dem Hof klapperten Metallkannen. Das Frühstück wurde gebracht. Ich hangelte mich an den Eisen hinunter auf das Zentraledach. Der Himmel schien etwas dunkler geworden zu sein.

Unten gab es jetzt drei Scheiben Brot, ein Stück Margarine und ein Glas Marmelade. Das gab es einmal in der Woche. Die Marmeladenverteilung war reformiert worden. Früher war der Kalfaktor mit einer großen Schüssel von Tür zu Tür gegangen, und jeder hatte seinen täglichen Schlag auf den Teller bekommen, wo er sich wie Soße ausbreitete. Vor der Verteilung war da immer etwas abgezweigt worden, und damit der Rest gleiche Portionen ergab, wurde mit Kaffee verdünnt. Das war heute nicht mehr möglich. Ich hatte daran gedacht, das Glas noch mitzunehmen, es an einem Tag aufzuessen und erst dann aufs Dach zu klettern. Ein Glas Marmelade ließ sich auf sechs Scheiben Brot verteilen.

»Die Einteilung der Marmelade kann jeder eigenverantwortlich vornehmen«, hatte Abteilungsleiter Hügelke einmal einer Gruppe erklärt, die zur Besichtigung in der Anstalt war, als einer nach dem Essen fragte.

Mein Magen knurrte. Ich hörte, wie im Haus Türen geschlossen wurden.

Jeden Tag war um sechs Uhr Wecken. Dann mußte man aufstehen, sich waschen, die Zähne putzen, den morgendlichen Klogang absolvieren, sich anziehen und das Bett machen. Dazu hatte man dreißig Minuten. Dann wurde die Tür aufgeschlossen, und es gab Frühstück.

Wieder hatte man dreißig Minuten Zeit. Bei Hügelke reichte das schon in die individuelle Freizeitgestaltung hinein. Genaugenommen hatte er ja recht. All das, was vor dem Frühstück getan wurde, konnte auch nach dem

Frühstück erledigt werden. Wenn man schneller frühstückte. Hügelke sagte, das seien die Fundamente eines Mitbestimmungsmodells, an dem eine Projektgruppe arbeite. Auch der Anstaltspsychologe nehme daran teil. Als wissenschaftlicher Berater.
Ich hatte Durst. Ich legte mich auf den Bauch und blickte in das unter mir liegende Zellenfenster.
»Gib mal ein Glas Wasser hoch.«
Der Mann schrak zusammen. Er saß am Fenster und frühstückte gerade. »Hau bloß ab, ich will mit dir nichts zu tun haben.«
Ich grinste. »Du mußt mir ganz schnell ein Glas Wasser hinstellen.«
»Da kannst du lange warten.«
»Ich bleib hier so lange liegen, bis du es kapiert hast. Wie geht's denn so, liegst schon lange hier oben, was, auf so einer schönen Zelle. Da möchte man gar nicht wieder raus, wie?«
»Laß mich endlich in Ruhe!» brüllte er.
»Und wenn du mal raus mußt, aus deiner schönen Zelle, kann es passieren, daß du eins aufs Maul kriegst. Und das war dann ich.«
Schlüssel klirrten.
»Brettschneider, Sachen packen!« hörte ich.
»Aber ich habe doch nichts gemacht«, brüllte Brettschneider, »der quatscht mich dauernd voll!«
»Sie werden verlegt! Packen Sie sofort Ihre Sachen! In zehn Minuten sind Sie fertig.«
Die Tür rumste zu.
»In zehn Minuten. Ihr habt doch eine Meise, ihr Schweine.« Er zog das Schweine sehr in die Länge, als habe er einen Finger eingeklemmt. »Und du da oben auch!« Ein Glas splitterte gegen das Gitter.
Ich zog den Kopf über die Dachrinne. Sofort waren die

Fenster des gegenüberliegenden Flügels voller Köpfe. Wieder flog etwas in die Gitter.
»Noch ein Wurf, und du hast die freie Auswahl!«
»Leute, da trainiert ein Zehnkämpfer!«
»Dafür gibt es nicht zehn, sondern einundzwanzig Tage!«
»Stimmuuuuung!«
Unter mir knirschte es laut. Wasser rauschte. Berstend krachte das Klobecken in die Gitterstäbe, Porzellanbrokken fielen nach unten. Dann kam das Waschbecken, ähnlich im Geräusch. Das Gitter wirkte wie ein Sieb. Auf der einen Seite warf man ein Becken oder etwas Ähnliches am Stück hinein, und auf der anderen kam es dann zerkleinert wieder heraus. Jetzt wurde der Tisch zerschlagen. Ich hörte, wie die Beine knirschend aus den Zargen gedreht wurden. Mit so einem Tischbein ließ sich fast alles in einer Zelle zertrümmern.
Zwischendurch schrie er, der Brettschneider. Aber ich konnte nicht verstehen, was. Seine Stimme überschlug sich dauernd. Im Silbentakt seiner Worte hackte er die ganze Zelle kaputt. Im Haus ertönte das Alarmhorn. Türen schlugen, auf den Gängen wurde gelaufen.

Hier Doktor Weimar. Ich möchte Herrn Oberinspektor Riechert. Ich habe es vor fünfzehn Minuten schon einmal versucht.«
»Moment bitte.«
Weimar trommelte mit den Fingern seiner freien Hand auf der Schreibtischplatte herum.
»Riechert.«
»Tag, Herr Riechert. Hier ist der Stellvertretende Senatsdirektor Weimar. Wir haben da ein Problem.«
»Wer hat heutzutage schon keine Probleme«, antwortete Riechert jovial und lachte abgehackt.

»Ja, natürlich«, Weimar war ungeduldig, »aber hier geht es um ein wirkliches Problem. Ich hoffe, daß Sie uns helfen können.«
»Na, dann schießen Sie mal los.«
»Die Sache ist schnell erzählt. In einer unserer Anstalten, der Konrad-Adenauer-Anstalt, sitzt ein Mann auf dem Dach. Es ist zu befürchten, daß der Betreffende weitere Insassen aufwiegeln wird, was eine Meuterei von nicht absehbarem Ausmaß hervorrufen könnte. Also, um es im Klartext zu sagen: Der Mann muß vom Dach.«
»Ja, ja, ich habe bereits davon gehört. Da hat schon jemand aus der Senatskanzlei angerufen.«
»Wer war das?«
»Fragen Sie mich nicht, wer das war, ich habe so viele Namen im Kopf. Es ging genau um diese Angelegenheit. Ist das wirklich so ein Kamikaze-Mann? Aber wie auch immer, nur ruhig Blut. Ist doch noch keiner oben geblieben, oder?« Wieder das abgehackte Lachen. »Notfalls müssen wir eben mit ein paar Verlusten rechnen.«
»Ein paar?!«
»So was läßt sich vorher nie genau sagen. Also der Mann beißt dabei sicher ins Gras, wenn er seine Worte ernst meint. Hängt aber auch davon ab, wie dicht wir herankommen.«
»Es böte sich vielleicht eine Gelegenheit«, sagte Weimar schnell. »Ich werde schon bald mit dem Mann reden. Ich werde in einer Dachluke stehen, der Mann wird vor mir hocken und mir zuhören. Wenn Sie und Ihre Männer ihn dann von hinten überrumpeln ... Damit rechnet er sicher nicht.«
»So dicht kommen wir nicht heran.«
»Brauchen Sie doch gar nicht. Wenn Sie erst mal auf dem Dach sind, dann könnten Sie ihn doch durch einen gezielten Schuß außer Gefecht setzen.«

»Nein«, sagte Riechert, »ungesehen kommen wir da nicht hoch. Die übrigen Häftlinge würden ein Höllenspektakel veranstalten.«
»Und wenn Sie es von einem Haus aus versuchen? Ich meine, Sie haben doch Präzisionswaffen.«
»Also, lieber Herr Weiner ...«
»Weimar, Doktor Weimar.«
»Also, lieber Herr Doktor Weimar, so wie ich die ganze Sache verstanden habe, sollten wir zunächst versuchen, die Sache ohne Einsatz von Gewalt zu lösen. Jetzt kommen Sie daher und reden von Schußwaffengebrauch. Wer hat denn hier das Sagen? Ich kann mit meinen Leuten sowieso nur handeln, wenn ich grünes Licht von ganz oben habe. Ich erhalte meine Order aus der Polizeidirektion. Ich fürchte, da kann ich Ihnen auch nicht weiterhelfen.«
»Gut«, sagte Weimar beherrscht, »Sie hören wieder von mir. Ich werde mich informieren.« Er legte auf. Das kann nur Proßt gewesen sein, dachte er, der da schon angerufen hat. Oder der Baumgärtner. Während er hier am Einsatzort versuchte, die Geschichte unter Kontrolle zu bekommen, telefonierten die munter in der Gegend herum. Das ging doch alles aneinander vorbei, da fehlte die Koordination. Aber das würde sich ändern. Bei der nächsten Amtsbesprechung würde er diesen Punkt auf die Tagesordnung setzen lassen. Das wäre ja noch schöner. Womöglich stieg er auf das Dach, um mit dem Mann Kontakt aufzunehmen, und der lag schon unten.
Schichtführer Mertens kam herein. »Entschuldigung, ich dachte ...«
»Nein, schon gut. Sagen Sie mal, Mertens, unter Ihren Leuten, gibt es da nicht ein paar besonders fähige Männer, ich meine solche, denen man auch eine Sonderaufgabe zutrauen kann?«

Mertens zuckte die Schultern. »Was meinen Sie denn da?«
»Ich meine den Mann da oben.«

Ein Stück vor mir flog ein kleines Päckchen auf das Dach. Tabak. Ich blickte über die Dachrinne und sah, daß der Faden aus einem Fenster der vierten Station kam.
»Ben, hier ist Paul.« Paul konnte mich in seinem Spiegel sehen. »Ist für dich, der Tabak, zieh mal die Schnur ein, ich habe hier noch fünfzig Meter, die kannst du sicher gebrauchen.«
»Auf jeden Fall.« Ich freute mich richtig. Paul, der Klopfer. Er war ein paar Wochen vor mir hierher zurückverlegt worden, seitdem hatten wir uns nicht mehr gesehen.
»Wie ist es denn so da oben?«
»Prima. Hügelke und Co. werden sich noch umgucken.«
»Wenn du irgendwas brauchst, dann sag Bescheid.«
»In Ordnung. Danke.«
Ich lief auf dem Dach herum und legte mich wahllos über einigen Zellen bäuchlings auf die Teerpappe und tat so, als würde ich mich mit dem Mann unter mir unterhalten. Bis zum Ausrücken in die Betriebe wurden noch ein paar Männer verlegt. Ich sah Paul gegenüber am Fenster stehen und winkte zu ihm hinüber. Er antwortete. Durch die Kuppel der Zentrale konnte ich sehen, wie unten alles durcheinanderlief. Ich fragte mich, was sie wohl machten, wenn sie dahinterkamen, daß ich mir auch von der ersten Station Wasser hochziehen konnte. Noch tiefer konnte niemand verlegt werden. Das Haus war nicht unterkellert.
Überall wurde gegen die Gitter geschlagen. Seit Brettschneider ausgeflippt war, hatte es sich noch nicht wieder beruhigt. Eine richtig schöne Randale. Und das morgens um halb acht. So was hatte es noch nicht gegeben.

Eine Symphonie auf Eisen und Holz, mit Leichtmetalleffekten. Dazu johlten alle durcheinander.
Mir war, als müsse jeden Augenblick eine Wand umfallen, ganz langsam in einer aufwirbelnden Staubwolke auseinanderbrechen, dann die nächste und immer so weiter. Bis alles ein großer Schutthaufen war.
Als der Lärm nachließ, war es halb neun. Das Ausrücken in die Betriebe fand an diesem Morgen mit fast zwei Stunden Verspätung statt. Gleich danach wurde zum Hofrundgang geläutet. Ich saß auf der Kante des C-Flügels und ließ die Beine baumeln. Die Männer wanden sich unten wie eine braune Raupe aus der Tür. Ich zählte zweiundsechzig. Ein Hundertvierundzwanzigfüßler, der sich auf dem Hof zu einem Kreis zusammenbog, sich in den Schwanz biß und nicht mehr losließ. Manchmal winkte mir einer der Männer verstohlen zu.
Mir fiel auf, daß es von Meistern nur so wimmelte, besonders in der Nähe der Abflußrohre. Obwohl doch schon überall diese Kronen angebracht worden waren. Die Hunde waren noch in den Zwingern, sonst wurden sie morgens in den Stall gebracht.
Ich blieb auf der Kante sitzen, bis die Hofrunde wieder einrückte. Der Himmel lockerte sich auf. Manchmal brach eine ganze Weile die Sonne durch, immer länger, es wurde warm. Ich legte mich auf den Rücken und sah in den Himmel. Warten. Was blieb mir anderes übrig. Ob ich nun unten in einer Zelle wartete oder hier oben.
Warten ist warten. Nein, hier oben ist es angenehmer, das Warten. Und es dauert nicht so lange. Und nach dem Warten wird etwas passieren. Unten passiert nie etwas. Ein Tag hängt sich an den anderen. Wie eine Klette. Dann wird ein Monat daraus, eine Ewigkeit, ein Jahr...

Ein Jahr nachdem sie mich damals aus Vire entlassen hatten, hatte meine Mutter mir gesagt, daß sie sich scheiden lassen wollten, mein Stiefvater und sie. Neunzehn, ich war gerade neunzehn geworden. Er war unterwegs, um die Beiträge für seine Partei zu kassieren. Als ich nach Hause kam, saß meine Mutter in der Küche.

»Hast du geweint?«

»Manchmal muß ich einfach weinen.« Sie fing wieder an.

»Was ist denn passiert?«

»Nichts, nichts ist passiert. Es ist nur so, ich meine, ich muß es dir sowieso sagen, also Heinz und ich, wir ...«

»Sag bloß, du bist schwanger.«

»Nein, wir lassen uns scheiden.«

»Ihr laßt euch scheiden? Aber ...« Ich schwieg, weil sie jetzt noch heftiger weinte. Ich merkte plötzlich, daß sich etwas verändern würde, zu Hause, es kam alles so schnell. Sicher, dieser Heinz hatte seine Macken, aber zumindest verprügelte er mich mittlerweile nicht mehr.

»Sag mal, hat er dich geschlagen?«

»Nein.« Sie wischte sich das Gesicht ab. »Das hat andere Gründe.«

»So was geht doch nicht von heute auf morgen.«

»Wir wollten uns schon scheiden lassen, als du nach Vire gekommen bist, aber da haben wir gesagt, es ist nicht gut für dich, wenn auch noch dein Zuhause kaputtgeht, und da haben wir gesagt, wir warten, bis du wieder da bist.« Sie suchte nach Worten. »Du hast doch jetzt eine Freundin, Katrin weiß schon alles, ich habe es ihr gestern gesagt.«

»Wieso Katrin? Was hat die denn damit zu tun?«

»Was die damit zu tun hat? Schließlich seid ihr doch befreundet und wollt zusammenziehen, da ist es doch leichter.«

Ich schwieg, meine Mutter weinte immer heftiger. »Mensch, Mama, komm, hör auf, wir kriegen das schon wieder hin.« Ich streichelte sie. »Wir ziehen hier aus. Du bekommst die Hälfte vom Haus, wir verkaufen es und bauen uns irgendwo ein neues. Häuser werden jeden Tag gebaut.« Ich konnte nichts mehr sagen, es war wie eine große Woge, der ich nicht ausweichen konnte. Ich würde einmal alles anders machen.

Da! Da ist was!
Ich meine, ein Geräusch gehört zu haben, von der Dachluke her. Doch es ist nichts. Gestern habe ich noch Angst gehabt. Heute nicht mehr. Ich habe ein Ziel, und ich kann nur gewinnen. Selbst wenn sie hier hochkommen. Ich stelle mich auf die Kante und warte. Mal sehen, wie nahe sie herankommen, das wollen wir doch mal sehen. Einer muß den Befehl an die Meister geben. Los, holt ihn herunter, egal, wie. Und der ist verantwortlich. Oder der, der es ihm gesagt hat. Oder der über ihm. Und der gehört einer Partei an.
Mir wird es in jedem Fall besser gehen, schlechter sicher nicht. Gott muß mir einen Bonus einräumen. Ich habe nie einen Menschen getötet. So was zählt doch sicher.
Wenn in der Anstalt was los ist, macht das schnell seine Runde. Und jeder will wissen, was es ist, in den Konradi-Katakomben. Der Betrieb hat doch immer reibungslos funktioniert. Es kommt zwar schon mal vor, daß einer versucht auszubrechen, natürlich. Aber weit kommen die alle nicht. Alle werden sie erwischt, alle! Und jetzt? Ein Insasse auf dem Dach? Wieso auf dem Dach? Wieso bricht der nicht aus? Ist das Dach überhaupt ausbruchssicher?
Selbstverständlich, Herr Kollege. Die soeben beendeten Messungen haben ergeben, daß es von jedem Punkt des

Daches bis zur Mauer etwa einhundert Meter sind, und aus sicherer Quelle wissen wir, daß der Mann dort oben ohne Gerätschaften ausharrt.
Dann lassen wir ihn doch ganz einfach da ausharren. Irgendwann wird er ja wohl Hunger kriegen und von selbst herunterkommen.
Das ist es ja, Herr Kollege, wenn wir den Informationen glauben dürfen, dann macht der Mann dort oben einen Hungerstreik.
Hungerstreik? Wie lange dauert denn so was?
Das läßt sich nie genau vorhersagen.
Gut, dann warten wir's doch ab.

Unter der Luke kippte ein Stuhl um. Auf die Lehne, es war ein federndes Geräusch. Ein Schlüssel dicht unter mir. Jemand schloß das Gitter auf, bewegte den Riegel. Dann war eine dumpfe Stimme zu vernehmen.
»Herr Holberg? Herr Holberg, falls Sie auf der Luke sitzen, gehen Sie doch bitte herunter, ich möchte mit Ihnen reden.«
Ich setzte mich einen Schritt vor die Klappe und wartete. Bevor da jemand herausgeklettert war, würde ich an den Steigeisen sein.
Die Dachluke wurde vorsichtig hochgeschoben, bis ein Schlitz frei war. Durch den wurde ich zunächst angesehen, dann ging sie ganz hoch. Ein Kopf ohne Mütze und ein zum Ohr rechtwinklig gezogener Scheitel. Das war jemand aus dem Amt. Weinberg oder so.
»Ah, da sind Sie ja. Sie kennen mich sicher nicht, ich bin Dr. Weimar.« Er kam etwas höher, war jetzt bis zum Hals sichtbar. »Na, wie geht's?« fragte er ganz jovial.
»Danke, gut. Und selbst?« Ich tat so, als entfernte ich ein Staubkörnchen von meinem Arm.
»Ach, wissen Sie«, sagte er und stellte sich anders hin.

Sein Kopf sackte etwas tiefer. Wenn er ihn vorschiebt, kann er das Kinn auf die Kante der Lukenöffnung legen, dachte ich. Ganz langsam lehnte ich mich nach hinten. Jetzt sah es aus, als habe jemand den Kopf auf das Dach gelegt. Ich richtete mich wieder auf.
»Wenn ich mir vorstelle, daß Sie hier einen Fehltritt machen könnten, dann geht es mir gar nicht gut dabei.« Er schaute einmal über das gesamte Dach, dann wieder auf mich, wie von einem unsichtbaren Faden bewegt. Wie ferngesteuert. »Sie hatten doch erst vor ein paar Monaten so ein Mißgeschick.«
»Ja, manchmal bin ich ein richtiger Tolpatsch.«
»Und jetzt riskieren Sie es wieder.« Weimar ließ sich nicht aus der Ruhe bringen. »Meinen Sie im Ernst, daß Sie mit Ihrer Aktion etwas erreichen?«
Ich antwortete nicht. Der übliche Spruch. Was soll der ganze Blödsinn, Holberg, so kommen Sie niemals zum Ziel. Sie sind doch intelligent.
»Holberg, Sie sind doch intelligent, ich meine, Sie können sich doch ausrechnen, daß Sie mit Gewalt überhaupt nichts erreichen werden.«
Intelligent. Dabei wurde man wie ein Stumpfsinniger eingepfercht. Wie ein Tier im Zwinger. Intelligenz von Zellenwand zu Zellenwand. Bäumel hatte vor ein paar Monaten bei Egon genauso angefangen: »Sie sind doch intelligent, Schermer.« Das war wie ein Lutscher. Der wurde weggelutscht. Süßigkeiten waren teuer. Und dann blieb nur der Holzstab übrig. Mit dem ließen sich die abgesessenen Arresttage in die Wand ritzen.
»Meinen Sie, daß hier jemand von Ihnen Notiz nimmt?«
»Ja. Sie. Und gestern war Bäumel da. Sicherheitsinspektor Bäumel, na ja, das wissen Sie sicher. Mal sehen, wer morgen kommt. So was spricht sich herum.«
»Ich finde, Sie gehen ein bißchen zu weit.« Weimars

Stimme hob sich etwas. »Bleiben Sie doch mal bei dem, was ich Ihnen sagen will.« Er sah mich an. »Warum sagen Sie denn nichts?«
»Wieso ich?« erwiderte ich. »Gerade haben Sie gesagt, Sie wollten was sagen.«
Weimar zog die Luft durch die Zähne, sah wieder nach allen Seiten, so als überlegte er.
Ich stellte mir einen Panzerfahrer vor: Er hat seine Turmluke geöffnet, langsam taucht der Kopf auf, vorsichtig linst er in die Gegend. Wo bin ich hier überhaupt? Vielleicht will er nur Zeit herausschinden, mich beschäftigen. Vielleicht versuchen sie jetzt schon überall hochzusteigen. Irgendwo wird aber eine Lücke sein, niemand wird versuchen, mich festzuhalten. Ich muß springen, was bleibt mir sonst. Eigentlich ein schönes Gefühl. Tote mögen sie nicht, mit denen müssen sie sich richtig befassen. Warum alles so gekommen ist, warum man das nicht verhindern konnte, was man gedenkt, in Zukunft zu tun, wird dann gefragt. Ich werde springen.
Sonst sitzte ich hier nur herum. Jahr für Jahr. Eines Tages werde ich entlassen, Arbeit zu bekommen ist schwer. Wenn ich keine Ausbildung habe, ist es noch schwerer, und als Vorbestrafter hebe ich mir einen Bruch. Und ich soll meine Schulden bezahlen. Ich kann überhaupt nichts machen, der Gerichtsvollzieher sitzt mir auf der Pelle, irgendwann bin ich wieder hier. Die Strafen werden länger, und dann werde ich endgültig entlassen. Mit den Füßen zuerst.
»Sie können mich hier ablenken«, sagte ich, »und irgendwo krabbeln ganz heimlich Ihre Schergen aufs Dach, um mich zu überlisten. Ich sage Ihnen, ich springe, ich springe auch dann, wenn sich jemand an mir festhält.« Ich hatte ganz langsam gesprochen, weil meine Stimme zittrig war.

»Hier ist niemand, der Sie überrumpeln will. Ich will versuchen, diese Sache mit Ihnen zu klären.« Weimar räusperte sich. »Von Mann zu Mann, nun ja, ich will Sie überzeugen, daß das nicht der richtige Weg ist, den Sie gehen wollen. Sie schaden letzten Endes nur sich selbst.«
»Den Spruch kenne ich. Wenn ich abstürze, gibt es ganz schön Unannehmlichkeiten für Ihren Apparat, wenn ich dazu noch von einer Meistermeute getrieben worden bin, wird Ihr Ärger noch größer. Und wenn ich Arm in Arm mit einem Meister springe, dann ist echt was los in Ihrem Verein. Wer hat denn nun wen begleitet? Wenn Sie Pech haben, dann sagt die Presse, der Meister sei ohnedies depressiv gewesen, das kann die Meisterfrau für ein fünfstelliges Honorar bezeugen, und dann bin ich das Opfer eines Meisters, dessen Krankheitsbild bei der Einstellung nicht richtig überprüft worden ist.«
»Also, Herr Holberg, hören Sie doch mit so was auf.«
»Warum soll ich aufhören? Sie wollen doch, daß ich was sage. Vielleicht gibt es ja einen ganz anderen Plan, vielleicht werde ich abgeschossen? Wenn kein Meister geopfert werden soll, wenn ich hier nicht freiwillig runterkomme, was bleibt dann noch? Dann kommt die Polizei, und die bringt Scharfschützen mit. Die sind ganz scharf aufs Schießen. Die ballern auch nicht lange in der Gegend herum, die halten drauf.«
Weimar steckte sich eine Zigarette an.
»Ich frage mich, warum Sie so verbittert reagieren.«
»Ach, das ist nur heute so, das kann morgen schon wieder anders sein, das wissen Sie doch. Ich werde immer an der Dachkante entlanggehen. Wegen der Scharfschützen. Dann falle ich sofort herunter, ist doch praktisch, oder nicht?«
»Aber, Herr Holberg, niemand will Sie abschießen.«
»Und in die Zeitung kommt dann ein Pressetext, Sie

haben ja extra einen Mann dafür, der glasklar informiert.« Ich versuchte sachlich zu reden: »Bei einem sportlichen Hochakt ist der Gefangene H. in ein Stück Eisen gesprungen. Ersten Informationen zufolge soll das Stück Eisen vorher im Griff einer Pistole aufbewahrt worden sein, die auch von der Polizei benutzt wird. H. erlag aufgrund der komplizierten Sprungtechnik seinen Verletzungen.« Weimar wollte einhaken, doch ich redete weiter. »Oder Sie machen es ganz kurz: Der psychisch gestörte Gefangene H., der sich immer für eine Taube hielt, ließ bei seinem Jungfernflug sämtliche Federn. Punkt.« Ich stand auf.

»Holberg, überlegen Sie sich noch mal alles in Ruhe, bevor Sie eine unbedachte Handlung begehen. Sie müssen doch eigentlich begriffen haben, daß es so nicht geht. Sehen Sie, Sie sind das erste Mal mit sieben Jahren in ein Heim gekommen, dann in Fürsorgeerziehung, dann hatten Sie eine Jugendstrafe abzusitzen. Jetzt sind Sie hier, Sie kennen das System doch.«

Ich trat etwas zur Seite, setzte mich, sah jetzt nur seine Augen und seine Hände, die sich am Rand der Luke festhielten.

»Ich komme wieder. Kann ich irgendwas für Sie tun? Ich meine, soll ich jemanden benachrichtigen?«

»Nein, vergessen Sie das ruhig. Das zieht bei mir nicht. Weinende Mutter brach an der Dachluke zusammen, wie? Ich habe keine Angehörigen. Aber Sie können den Senator benachrichtigen?«

»Den Senator?«

»Ja, mit dem will ich sprechen.« Ich erhob mich und ging weg, bevor Weimar etwas erwidern konnte. Als ich mich nach ein paar Metern umsah, war die Luke geschlossen. Weimar war der zweite Mann im Amt.

Vor ihm kam der erste und vor dem der Senator. Der erste

war Proßt, Dr. Proßt. Senatsdirektor Dr. Proßt, dessen Name von allen mit weichem »S« ausgesprochen wurde. »Skol!« Proßt selbst wollte sich nicht zu mir bemühen, nein, der sagte zu Weimar: Fahren Sie mal rüber und klären Sie das, ehe der Senator davon Wind bekommt, im Moment könnten wir das gar nicht brauchen. Bieten Sie dem Mann irgendwas an, ohne den Rahmen unserer Möglichkeiten zu übertreten. Sie wissen schon ...
Nun konnte Weimar seinen ersten Lagebericht abgeben.

Damals war es ähnlich gewesen, in der Wolfskuhle.
Wolfskuhle war eine Strafanstalt mit tausend Leuten. Sie hatten mich dort in Einzelhaft. Nichts durfte ich. Nur einmal am Tag ein Hofrundgang. Bis ich es nicht mehr aushielt. In der Mitte des Hofs war die Heizung mit einem fünfzig Meter hohen Schornstein. Da bin ich rauf. Und niemand konnte mich herunterholen. Die Feuerwehr kam, die Polizei, die Anstaltsleitung und der Pastor. Der rief immer, ich sei noch zu jung, um so was zu tun. So ein Quatsch. Wenn ich älter gewesen wäre, hätte ich es überhaupt nicht mehr geschafft, da hinaufzukommen. Nach drei Stunden bin ich wieder runter. Und am anderen Tag schon durfte ich ganz normal wie jeder andere Gefangene in einen Betrieb gehen. Arbeiten. Mehr hatte ich gar nicht gewollt.
Irgendwann mußte Weimar den Senator verständigen. Oder Proßt machte das. Und der sagte dann zu Proßt: »Also, mein lieber Proßt, mein lieber Herr Dr. Proßt, was ist denn das wieder für eine Geschichte! Sie wissen, daß ich mich immer auf Sie verlassen habe. Sie wissen, daß Sie mein volles Vertrauen haben, bedenken Sie das bitte bei all Ihren Aktionen. Und bitte nichts, was die Gegenseite als Argument gegen uns verwerten könnte. Mit anderen Worten: Es muß ohne Gewalt gehen.«

Und Proßt: »Ich wage zu bedenken, Herr Senator, daß dieser Mann in der Lage sein könnte, große Teile der Gefangenen zu beeinflussen. Es wird da eine Tendenz von uns beobachtet...«
Und der Senator: »Bitte, Herr Dr. Proßt, wir sind hier doch nicht auf einem Hochsitz. Sie sollen handeln. Haben Sie nicht einen Anstaltspsychologen? Nichts wie ran, das ist sein Fall.«
Und Proßt: »Den will er nicht sehen. Das ist es ja.«
Und der Senator: »Wozu haben wir diese Leute denn eingestellt? Hat er denn niemanden, der auf ihn einwirken könnte? Frau, Kind, Eltern, Großeltern. Irgend jemand muß sich doch finden lassen, auf den er hört? Gut, halten Sie mich dann auf dem laufenden.«
Und Proßt geht zur Tür, öffnet sie und bleibt stehen, weil der Senator sagt: »Proßt?«
»Ja, Herr Senator?«
»Proßt, nun zeigen Sie mal, warum Sie Senatsdirektor geworden sind.«
Na, und dann geht er, der Proßt. Zu Weimar. Vielleicht kommt er auch selbst? Nein, er geht zu Weimar. Und Weimar fällt nicht gleich mit der Tür ins Haus, nein, erst mal aufweichen die ganze Sache. Ohne Aufweichen löst sich kein Etikett von der Flasche. Wie war das denn bei dem anderen gewesen, vor ein paar Monaten? Der war doch noch am selben Tag wieder heruntergekommen. Sicherheitsinspektor Bäumel hatte das vollbracht. Muß den Bäumel gleich mal anrufen.
Von Bäumel war allerdings kein Tip zu bekommen. Jedenfalls kein gewaltloser.
Zugegeben, den Egon hatte er heruntergeholt, der Bäumel. Mit einer verbalen Bananenstaude. Er hatte ihm versprochen, daß er umgehend in eine therapeutische Anstalt verlegt werde. Da war der Egon aber runter. We-

gen der Verlegung in diese Anstalt hatte er schließlich schon einige Zelleneinrichtungen zertrümmert. Umgehend verlegt. Was hieß das schon. So schnell wie möglich. Das konnte zwei Wochen bedeuten. Oder zwei Monate. Oder zwei Jahre.

Ganz normal war er durch die Luke nach unten gestiegen und hatte die Nacht erst mal in einer Absonderungszelle verbracht. Am anderen Morgen hatte man ihn zu Schlock gebracht, und der hatte ihm drei Wochen verschärften Arrest verschrieben. Das ist pro forma, hatte er gesagt, damit die anderen nicht denken, daß wir dich bevorzugen. Mensch, Egon, du hast doch ein Ziel, du willst in die Anstalt, da mußt du schon einen kleinen Einsatz bringen.

Egon saß die drei Wochen ab. Danach war Anstaltsleiter Schildpad dagegen, daß Egon in diese Anstalt verlegt wurde. Sagte Schlock zu Bäumel und der zu Egon. Der hatte daraufhin sofort mit Schildpad sprechen wollen und als Zeichen der Dringlichkeit mal wieder seine Einrichtung zertrümmert. Schildpad wollte ihn aber nicht sehen und verhängte eine Woche verschärften Arrest wegen der demolierten Zelleneinrichtung.

Danach hatte Egon einen Job auf dem Flur bekommen. Er war dafür verantwortlich, daß die Gänge immer blitzblank gebohnert waren und daß der diensthabende Meister heißes Kaffeewasser hatte. Und mittags teilte er Fleisch aus. Wenn es welches gab. Er war Kalfaktor geworden und kam durchs Haus, traf andere Kalfaktoren, mit denen er Nachrichten austauschte. Er leitete Geschäfte ein, deren Abschluß beim Hofrundgang oder beim Kirchgang zustande kam. So wurde zum Beispiel ein Radio mit verbotenem UKW-Teil von der dritten Station des A-Flügels zur zweiten Station des C-Flügels vermittelt. Je nach Größe des Geschäfts war der Kalfak-

tor beteiligt. Er bekam dann zwei Pakete Tabak oder konnte sich vier Wochen lang an jedem Samstag das Radio ausleihen. Unentgeltlich.
Oder ein Mann auf der fünften Station des D-Flügels wollte mit einem auf der zweiten Station des B-Flügels Pornohefte tauschen. Dann hatte der Kalfaktor sie einen Abend in seiner Obhut, ohne daß er die Gebühr von einem halben Paket Tabak zahlen mußte. Kalfaktor, das war ein Meisterdienstmädchen, das nebenberuflich makelte. Jeder Kalfaktor konnte Hilfskalfaktoren benennen. Er ging einfach zum Meister und sagte, schließen Sie mal Zelle sieben auf, neun und zehn, die helfen auf dem Flur. Und der Meister schloß auf.
Die Hilfskalfaktoren bohnerten und schrubbten den Flur und waren froh, mal außerhalb der vorgesehenen Zeiten aus der Zelle herauszukommen.

Ich bummelte zum A-Flügel, legte mich aufs Dach und schaute über die Rinne. Die Zelle unten war leer. Ich rollte mich weiter zur nächsten. Aha, da war jemand.
»He, du, kannst du mir mal ein Glas Wasser aufs Gitter stellen?«
»Moment.«
Ich angelte mir das Glas hoch und trank es in einem Zug aus, wälzte mich auf den Rücken. In meinem Bauch gluckerte es. Drüben hinter der Mauer standen Häuser, in denen Meisterfamilien wohnten. Ich sah, daß hier und da Leute in den offenen Fenstern lehnten. Einer hatte ein Fernglas.
Die sahen sicher herüber, um bloß nicht zu verpassen, wie ich hinunterfiel.
Ich muß etwas tun, damit die draußen auch wirklich wissen, warum hier jemand auf dem Dach ist, dachte ich. Wer weiß, wie das mit dem offenen Brief klappt. Mög-

licherweise ist der gar nicht bis nach da draußen vorgedrungen.
Ich nahm meinen Rundgang wieder auf.
Auf dem Hof ging jetzt die erste Betriebshofrunde. Aus Sicherheitsgründen fand dieser Rundgang in drei Etappen statt. Oder aus personaltechnischen Gründen. Je nachdem, mit wem darüber gesprochen wurde. »Personaltechnisch«, daran ließ sich nur schwer etwas aussetzen.
Die erste Hofrunde der Betriebe war von halb zwölf bis zwölf, dann gab es eine Stunde Mittag. Die zweite Hofrunde fand nach dem Essen statt und die dritte zur Feierabendzeit. Um fünf gab es Abendbrot, danach Veranstaltungen. Sport. Die am Sport teilnahmen, gehörten zu den ausgesuchten Leuten, zu denen, die diese Vergünstigung nicht mißbrauchten. Für eine Flucht.
Wenn die Hunde alle schliefen, wie narkotisiert, und die Turmmeister zum selben Zeitpunkt alle in die falsche Richtung blickten und wenn gerade dann ein Teil der Mauer zusammenbrach und der Betreffende gut laufen konnte, dann war eine Flucht ohne weiteres möglich. Deshalb wurde vorgebeugt. Die guten, aber nicht vertrauenswürdigen Sportler nahmen an der Bibelstunde teil. Immer wieder wurde darüber diskutiert, wie alles wäre, wenn es nicht so wäre, wie es war. Dann wäre doch alles anders. Oder eben auch nicht.
Einmal in der Woche kam die Musikgruppe zusammen. Und ab gingen die Töne. Neuerdings gab es auch einen Waldhornbläser. Den Leichenschmidt. Eigentlich hieß er Schmidtleichner, doch jeder im Haus nannte ihn Leichenschmidt. Das klang weicher.
Der war bereits nach ein paar Wochen in die Musikgruppe gekommen. Er hätte schon immer wahnsinnige Lust aufs Blasen gehabt, sagte er. Nun konnte er sechs

Jahre üben, bis er dann endlich mit seinem Horn in den Wald hinaus durfte.
Leichenschmidt hatte zusammen mit zwei Geschäftspartnern einen alten VW-Bus gekauft, mit dem sie über die Dörfer gefahren waren, wo sie im jeweiligen Dorfgasthaus erst mal einen getrunken hatten. Zusammen mit dem Wirt. In diesem Gespräch stellte sich dann heraus, daß die drei Veranstaltungen für alte Leute machten. Es handle sich gewissermaßen um Unterhaltung für Senioren. Warum sollte man die denen nicht gönnen? Wer kümmere sich letztlich überhaupt noch um die Alten? Es würde sogar eine richtige Tombola geben, wenn nur die geeigneten Räume vorhanden wären.
Die hatte jedes Wirtshaus. Und seriös war die Sache allemal, da der Sponsor immerhin eine landesweit bekannte Heißkochtopffirma war. Die Tombola sei ein schöner Anlaß, um das neue Topfprogramm vorzustellen. Der Wirt war angenehm berührt. Immerhin hatte er einen Saal, der gut hundert Leute faßte, und den konnte er kostenlos zur Verfügung stellen. Es ging ihm um die gute Sache. Dazu kam, daß so viele Gäste natürlich auch etwas verzehrten.
Die Sache sprach sich herum.
Nach einer Woche kam das Trio wieder. Der Saal war gut mit alten Leuten gefüllt und einigen, die als Begleitung mitgekommen waren. Auf einem Tisch stand ein riesiger Karton, aus dem seitlich ein massiver VDE-Stecker heraushing. Um den Tisch herum standen andere Tische mit Topfpyramiden. Eine neben der anderen. Eine Pyramide bestand aus vier Töpfen und kostete fünfundachtzig Mark. Der Kauf berechtigte gleichzeitig zur Teilnahme an der Tombola. Sonst kostete ein einzelner Topf fünfzig Mark, und hier gab es gleich vier und dazu noch ein Glückslos.

Die Tombola ging los, nachdem der halbe Saal seine Pyramide gekauft hatte. Aus dem waschmaschinengroßen Karton wurde dann ein Reisetauchsieder geschält. Mittendrin hing er, in Holzwolle gebettet.
Nachdem die drei im ganzen süddeutschen Raum fast jedes Dorf mit einem Reisetauchsieder und Topfpyramiden ausgestattet hatten, wurden sie festgenommen. Die Töpfe waren billige Imitate, und die namhafte Kochtopffirma hatte Anzeige erstattet. Im übrigen hatte eine der alten Herrschaften einen elektrischen Schlag bekommen, die den Tauchsieder tatsächlich mit auf eine Reise genommen hatte. So war die ganze Sache überhaupt erst aufgeflogen.
Und nun war er hier, der Leichenschmidt. Mit seinem Waldhorn. Es war ein nagelneues, und er durfte mit Sondergenehmigung in einer der Arrestzellen üben. Wenn eine frei war.
Die Hofrunde rückte jetzt ein.
»Ben!« Ein Mann winkte mir zu. Es war Klaus. Er trug immer noch ein kleines Pflaster auf der Stirn.
»Ruhe hier!« rief ein Meister.
»Was heißt denn hier Ruhe. Ist das ein Knast oder ein Friedhof?«
Die anderen lachten.
»Sie sollen den Mund halten und ins Haus gehen!« Der Meister brüllte los.
»Ich werde mich bei der Friedhofsverwaltung über Sie beschweren!«
»Einrücken. Einrücken! Hier wird nicht gelacht, hier wird eingerückt!«

Zwei Tage bevor ich aus dem Krankenhaus verlegt worden war, hatte es eine Meinungsverschiedenheit zwischen Klaus und mir gegeben. Vierzehn Tage waren seitdem vergangen. Wir waren beim Röntgen gewesen, fünf oder sechs Männer und ein Pflegemeister. Ich benutzte immer noch eine Krücke, obwohl es auch ohne ging. Klaus war einen Schritt hinter mir und erklärte seinem Nebenmann sehr anschaulich, wie es aussähe, wenn er mir die Krücke wegpicken würde. »Wegpicken« sagte er ganz weich. Als ich den Treppenabsatz erreicht hatte, ließ ich die Krücke los und drehte mich. Aus der Drehung heraus gab ich Klaus mit der flachen Hand eine Ohrfeige. Es klatschte richtig. Er kippte nach hinten, ruderte mit den Armen in der Luft und schlug auf die Stufen, rollte seitlich, dann quer runter und blieb auf dem unteren Absatz einen Moment liegen. Wie im Film.

»Was ist denn passiert? Was ist passiert?« Der Pflegemeister rannte hinterher und wollte ihm aufhelfen.

»Laß mich los«, sagte Klaus zu ihm und stand auf. Er hatte eine breite Platzwunde an der Stirn, Blut lief ihm über das Gesicht.

»Wie ist das passiert?« fragte der Pflegemeister.

»Ich bin gefallen, kann man das nicht sehen?« erwiderte Klaus wütend und schob wieder die Pflegemeisterhand zur Seite.

»Ich kann alleine gehen.« Er hielt sich am Geländer fest, als er hochkam.

»Die Geländer sind viel zu weit auseinander, für ein Krankenhaus«, sagte ich zum Pflegemeister. »Wenn hier mal einer ausrutscht, wo soll er sich dann festhalten?«

»Ja, das stimmt.«

»Lebensgefährlich, so ein Krankenhaus.«

Der Pflegemeister sah irritiert von einem zum anderen. Klaus mußte mit zum Verbinden.

»Los, einrücken, einrücken!« Die Meister unten auf dem Hof machten ihre Ksch-Ksch-Bewegung. »Und für Sie

hat das ein Nachspiel!« brüllte der eine zu mir hoch, nachdem die Männer im Haus waren.
Ich machte eine ziemlich eindeutige Geste, und sie verschwanden.
Die Sonne stand fast senkrecht. Ich zog mein Hemd aus, breitete es auf der Teerpappe aus und legte mich darauf. Am Himmel war der Kondensstreifen eines Flugzeugs zu sehen. Das Flugzeug selbst war nur ein kleiner, blinkender Punkt. Ich kniff die Augen zusammen und versuchte in die Sonne zu blinzeln. Es ging nicht. Es tat weh. An den Innenseiten meiner Augendeckel tanzten kleine, violette Scheiben herum, sie drehten sich. Es brauchte eine Weile, bis ich wie der richtig sehen konnte.

Er will mit dem Senator sprechen.« Weimar schwieg und trommelte lautlos mit den Fingern auf die Tischplatte.
»Mit dem Senator? Wie stellt er sich das denn vor?« Schildpad schüttelte den Kopf.
»Das wollen sie alle.« Sicherheitsinspektor Bäumel lachte wie jemand, der schon zwanzig Jahre Lotto spielte und nun auf seine Gewinne angesprochen wurde.
»Ja, wo kommen wir denn da hin! Es kann doch wohl nicht angehen, daß da ein Gefangener aufs Dach klettert und sagt, er will mit dem Senator reden. Was will der denn schon reden!« Regierungsdirektor Baumgärtner nahm sich eine Zigarette und warf die Schachtel achtlos auf den Tisch. Er war der dritte Mann in der Vollzugsamtsspitze und kam gleich nach Proßt und Weimar.
»Und wir können nichts machen, das heißt natürlich ohne Gewalt.« Schlock schwieg einen Moment. »Hat er denn nichts gesagt, wo Sie hätten einhaken können?«
»Nein«, erwiderte Weimar, »nichts. Ich habe alle möglichen Register gezogen. Der schafft es, einem das Wort im

Munde umzudrehen. Im Moment erreichen wir da gar nichts. Der Mann ist überreizt, und nachdem ich mir nun selbst ein Bild verschaffen konnte, glaube ich, der springt tatsächlich.«
Die Runde schwieg.
»Das ist unmöglich, ich meine, das geht nicht«, verbesserte Schildpad sich. »Wir müssen alles tun, daß das nicht passiert.«
»Aber manchmal gibt es Leute, die wollen das einfach«, sagte Feuerwehr-Bechner, »denen kann man noch so gut zureden, denen kann man alles mögliche erzählen. Und dann ist man fertig, und so einer springt einfach.« Er sah sich um. Niemand antwortete.
Die Tür ging auf. Einer der unteren Meister brachte ein paar Thermoskannen Kaffee, stellte sie auf den Tisch. Dann noch ein Tablett mit Tassen.
»Geben Sie mir bitte doch mal die Akten herüber«, wandte Weimar sich an Schlock. »Was halten Sie eigentlich von diesem offenen Brief?« fragte er Schildpad.
»Habe ich nicht gelesen. Vollzugsleiter Schlock kümmert sich um so was.«
»Ich habe dieses Pamphlet nicht nur einmal gelesen«, sagte Schlock. »›Der hier in der Anstalt praktizierte, repressive Vollzug fördert Mißtrauen und Resignation, er schürt Haß und Aggressionen, er zerstört den letzten Ansatzpunkt einer zu fördernden Selbständigkeit, ohne die es nicht möglich ist, aus der Talsohle, in der man sich als Vorbestrafter befindet, herauszukommen.‹«
Weimars Unmutspegel wuchs, je länger er sich mit diesem Holberg herumschlagen mußte. Schließlich hatte er sich das alles doch selbst eingebrockt. In erster Linie ging es um die Sicherheit der Allgemeinheit. Und um Ruhe und Ordnung in der Anstalt. Wenn man denen den kleinen Finger gab ...

»›Herr Anstaltsleiter Schildpad weist immer wieder darauf hin, daß in den letzten Jahren Erleichterungen eingeführt worden seien. Das ist richtig. Ein langjährig Inhaftierter wird bestätigen können, daß die Prügelstrafe abgeschafft worden ist, daß man Karten spielen darf (die Gefangenen liegen auf Einzelzellen!), daß man auf Toilettenpapier schreiben darf, ohne dafür eine Woche in den Arrest zu müssen.‹ Und so weiter. Der läßt kein gutes Haar an dem, was hier passiert.«
»Wie ist das eigentlich mit dem monatlichen Einkauf?« fragte Weimar. »Da kommt einmal im Monat jemand und verkauft seine Sachen?«
»Ja«, antwortete Vollzugsleiter Schlock, »wir haben diesen Mann, es ist ein Großhändler, schon seit einigen Jahren und hatten bisher nie Anlaß zu Klagen. Er ist bemüht, zu niedrigen Preisen einzukaufen, um den Insassen ein gutes Angebot machen zu können. Sehen Sie mal hier.« Schlock tippte auf die Preisliste. »Hier steht ein Schweineschnitzel mit nur Dreizwanzig im Angebot, bei mir um die Ecke bezahle ich Fünfmarkzehn. Viel billiger geht es doch wohl nicht.«
»Fünfmarkzehn«, sagte Schichtführer Mertens, wobei er eine kleine Pause machte und sich umsah, »also Fünfzehn, die bezahlt meine Frau auch. Wenn man bei diesen Dingen nicht genau rechnet, dann kostet das ein Heidengeld.«
»Na, hören Sie mal«, mischte Hügelke sich jetzt ein, »ich bin nun wahrhaftig kein schlechter Esser, so ein Schnitzel von der Größe«, und er zeigte mit seinen Daumen und Zeigefingern ein Loch in die Luft, »das kaufen wir für Dreineunzig.«
»Ich mache das anders«, sagte Feuerwehr-Bechner, »ich fahr einmal im Jahr in die Heide und suche mir ein Schwein aus. Das wird dann fix und fertig zu mir nach

Hause geliefert. Ein Schnitzel, das habe ich für Zweifuffzig. Und alles ganz frisch, gewissermaßen vom Faß.« Bechner lachte.
Weimar trommelte mit seinen Fingern auf den Tisch und verzog keine Miene. Er sah Schildpad an, Schildpad blickte zu Schlock hinüber. »Wenn nun etwas schlecht ist, besteht da die Möglichkeit, es umzutauschen?«
»Mit dem Umtausch, das ist so eine Sache«, sagte Schlock. »Es kommt schon mal vor, daß der eine oder andere etwas umtauschen will. So eine Aktion läßt sich aber prinzipiell nicht durchführen.«
»Wir haben auch so schon kaum genug Personal«, griff Mertens ein, »teilweise müssen wir den Schichtdienst zweimal im Monat umstellen, weil es durch Krankheit und Urlaub Ausfälle gibt.«
»Früher habe ich auch noch ein Schaf gekauft«, hörte Weimar Bechner leise sagen.
»Wie teuer ist denn so ein Lämmchen?« Das war Hügelke.
Ein richtiger Sauhaufen ist das hier, dachte Weimar. Und mit denen soll ich nun generalstabsmäßig vorgehen. Wenn ich nicht gleich auf den Tisch haue, dann gehen sie das ganze Landvieh durch.
»Wie soll das denn nachts gehen?« fragte Sicherheitsinspektor Bäumel. »Wollen wir das Dach unter Scheinwerferbeleuchtung setzen?«
Schildpad winkte ab.
»Das würde nichts ändern, es macht ihn höchstens aggressiv«, sagte Schlock, »am besten nur hin und wieder mal anmachen. Er sitzt sowieso im toten Winkel, da oben.«
»Ja, meine Herren«, meldete sich Regierungsdirektor Baumgärtner nun von Schildpads linker Seite zu Wort, »wir wissen jetzt zwar, daß die meisten von Ihnen gerne

Schnitzel essen, aber viel weitergebracht hat uns das nicht. Mich würde an dieser Stelle interessieren, welche Möglichkeiten die Praktiker sehen. Ich denke, Sie«, und dabei wandte er sich Revierführer Mahlmann zu, »Sie gehören dieser Runde nicht ohne Grund an.«
»Im Moment ist da nicht viel zu machen«, sagte Mahlmann. »Es sei denn, ein paar von uns verkleiden sich als Gefangene und steigen ebenfalls aufs Dach.«
»Was reden Sie denn da.« Das war jetzt wieder Bäumel. »Die müßten ja wohl auch an der Dachrinne hoch, wegen der Glaubwürdigkeit. Zudem würde der ganze Hof aus den Fenstern brüllen. Wenn auch nicht jeder jeden kennt, aber ein total fremdes Gesicht fällt doch auf. Holberg würde in jedem Fall gewarnt.«
»Und wenn sich einer als Pfarrer verkleiden würde«, sagte Bechner mit ernster Miene, »der könnte aufs Dach steigen, dem tut er sicher nichts, und der überrumpelt ihn dann.«
»Natürlich, natürlich.« Baumgärtner lachte mit einem Kopfnicken. »Die Frage ist nur, wer wen überrumpelt.« Dieser Baumgärtner ist manchmal zum Kotzen, dachte Weimar.
»Aber ernsthaft«, sagte Baumgärtner und sah jetzt Weimar an. »Wie soll es denn nun weitergehen, werden Sie also wieder nach oben gehen, um ihn zur Aufgabe zu bewegen?«
»Ich werde nach dieser Sitzung zunächst noch einige Telefonate erledigen«, erwiderte Weimar langsam und versuchte sich zu konzentrieren. »Wenn Sie sich nach dem Essen bereithalten würden, Herr Mertens.« Und zu Schlock: »Ich nehme mir die Akte mal mit.«
»Selbstverständlich.«
»Ich stehe mit drei Vierzig-Meter-Leitern vor der Hauptpforte«, sagte Feuerwehr-Bechner.

»Brauchen wir die Feuerwehr noch?« Schildpad sah in die Runde. »Keiner. Fahren Sie doch erst einmal wieder weg. Im Bedarfsfall können wir Sie ja wohl kurzfristig erreichen. Herr Mahlmann, ich glaube, Sie sollten sich nach wie vor zur Verfügung halten. Bitte postieren Sie ein Fahrzeug im Vorderhof. Wir treffen uns dann erneut auf Abruf, wenn Herr Dr. Weimar seine Mission beendet hat. Ich glaube, damit können wir schließen.« Er sah Weimar an, der sich wortlos erhob. »Gut, damit schließen wir.«
»Meinen Sie, daß Sie Erfolg haben werden?« fragte Baumgärtner Weimar im Hinausgehen.
»Irgendwann kippen sie alle um. Ich werde mal ein bißchen in der Akte blättern, vielleicht finde ich ja einen Anhaltspunkt, wo ich einhaken kann«, sagte Weimar.
»Haben Sie denn genügend Spielraum?«
»Was heißt hier Spielraum? Sie wissen doch, versprechen läßt sich allerhand. Ich krieg den schon klein. Ich muß nur erst den richtigen Ton finden, daß er mir auf den Leim geht. Wer sitzt denn hier am längeren Hebel?«
»Weimar, Mensch, Sie biegen das schon hin.« Da war durchaus so etwas wie Bewunderung in Baumgärtners Stimme.

Es war still zwischen den Gebäudeflügeln. Sonst waren viele der Männer mittags an den Fenstern, riefen sich was zu. Heute war es still. Ganz besonders still.
Ich sah in jeden Hof, ich brauchte mich nur jeweils in einen der Winkel zu stellen, in denen die einzelnen Flügel zusammentrafen, und schon konnte ich einen ganzen Hof überblicken: ein großes, gleichschenkliges Dreieck. Ich begann zu laufen. Auf jedem Dach bis zur Stirnseite des Flügels, unten war die Tür, runterblicken, zurück auf das nächste Dach.

Meine nackten Füße klatschten unregelmäßig auf die Teerpappe. Immer wenn ein Blitzableiter meinen Weg kreuzte, machte ich einen kleinen Sprung. Wie ein Minihürdenlauf. Wir freuen uns, Ihnen präsentieren zu dürfen: Benjamin Holberg. Das Dach ist hoch, der Boden tief. Fällt einer runter, ist er schief. Oder tot. Didel-dideldum.

Auf den Höfen war alles in Ordnung. Irgendwo kurvte ein Hubschrauber herum, wo, war aber nicht auszumachen. Vielleicht versuchen sie es jetzt mit einem Hubschrauber, dachte ich. Sie fliegen über mich und werfen ein Netz ab. Dazu müssen sie aber vorher den Motor abstellen. Damit ich sie nicht höre. Das schaffen sie nicht. Jetzt bin ich schon mehr als einen Tag hier oben. Etwas mehr als vierundzwanzig Stunden.

»Hallo, Ben! Ben, hiaaaaar!«

Es war Paul, der Klopfer. Er winkte.

»Was ist los?«

»Eh, Holberg, wie geht's denn da oben?« rief jemand anders dazwischen.

»Laß mir mal deinen Faden herunter, ich will dir was hochschicken.«

Das war wieder Paul.

»Mensch, endlich ist mal was los hier, und keiner weiß, wie es ausgeht.«

»Gibt es was Neues?«

»Der erste Artikel, liegt mit in der Tüte.«

Ich knüpfte ein Stück Teerpappe an das Fadenende und ließ es nach unten. Bis zur zweiten Station mochten es fünf oder sechs Meter sein. Paul zupfte, als ich ihn erreicht hatte, ich wartete einen Augenblick und zog den Faden wieder hoch. Es gab Männer, die schossen so eine Schnur mit einer Eisenkrampe quer über den Hof in ein anderes Fenster.

Ich zog eine Plastiktüte über die Kante. Eine Dose Cola, drei in Alufolie gewickelte Päckchen und ein Paket Tabak.
Hunger, dachte ich. Meinem Hungergefühl nach war es mir, als sei ich schon sechs Wochen hier oben. Er hatte mir Brot eingepackt. Ich wickelte die Päckchen aus. In jedem waren zwei Doppelscheiben mit Leberwurst. Kalbsleberwurst. Solche Wurst gab es nur beim monatlichen Einkauf. Eine Ladenstraße wurde aufgebaut, und wenn man Geld hatte, dann konnte man sich solche Wurst leisten. Ich klappte jede Scheibe auf und drückte sie wieder zusammen. Sechs satte Scheiben Brot, fingerdick, dazwischen ein halber Finger Belag, das machte zweieinhalb Finger. Ich schob mir drei Finger hochkant in den Mund. Es würde gerade gehen. Diese Scheiben würden satt machen. Ganz sicher. Ich verpackte sie wieder, wickelte sie noch einmal auf, dann wieder zu.
Einfach zu lächerlich. Ich mache hier einen Hungerstreik, und kaum sehe ich etwas Eßbares, werfe ich beinahe alles über den Haufen. Ich scheiße auf Kalbsleberwurst.
Mein Ringfinger riecht danach. Er schmeckt auch so. Ein ganz kleines bißchen. Dabei ist Kalbsleberwurst ungesund. Immerhin die Leber eines Tieres. In jeder Wurst ist ein bißchen Gift. Nicht viel. Aber etwas. Wenn einer von morgens bis abends Kalbsleberwurst ißt, wie viele Kälber wird er brauchen, um sich vergiften zu können? Auch eine Art Selbstmord. Schleichend. Ohne daß der Betreffende viel davon mitbekommt. Am Anfang wird er ein bißchen müde, dann und wann, Müdigkeit, das ist doch ganz normal, wer denkt da schon an Kälber. Und auf einmal ist die zulässige Kalbsleberwurstgiftgrenze überschritten, und er fällt vom Stuhl. Aus. Einfach so.
Immer ist er gesund gewesen, ganze Berge von Kalbsle-

berwurstbroten hatte er verdrücken können, und jetzt so was.

Ich packte die Brote wieder in die Tüte und fand den Zeitungsausschnitt.

»Mann auf dem Dach«, stand da. »Wieder einmal ist in der Konrad-Adenauer-Anstalt Bambule.«

Die schrieben tatsächlich »Bambule«.

»Wir berichteten erst im vergangenen Monat über Unruhen unter den dort einsitzenden Gefangenen, ausschließlich schwere Jungs aus dem norddeutschen Raum. Seit gestern nun befindet sich in der Konrad-Adenauer-Vollzugsanstalt, einer der sichersten der Bundesrepublik, ein Strafgefangener auf dem Dach. Es handelt sich nach inoffiziellen Informationen um den mehrfach vorbestraften Benjamin H., der durch einen Hungerstreik bessere Vollzugsbedingungen erzwingen will und damit droht, sich in die Tiefe zu stürzen. Inzwischen soll sich das Justizvollzugsamt eingeschaltet haben. Die Anstaltsleitung erklärt, es handele sich um einen Gefangenen, dessen Renitenz aktenkundig und der deshalb auch schon mehrfach aufgefallen sei. Zu gegebener Zeit werde man dem Treiben Einhalt gebieten, und die Sonnenbaderei, auch wenn sie bei diesem herrlichen Sommerwetter verständlich sei, könne auf Dauer nicht geduldet werden. Die Gerüchte, so die Anstaltsleitung weiter, um eine mögliche Selbstmorddrohung entbehrten jeder Grundlage.«

Ich zerriß den Artikel in kleine Schnipsel und ließ sie vom Dach flattern, schaute hinterher. Die Schweine, die versuchen das hier als Sonnenbaderei abzutun. Aber damit kommen sie nicht durch. Je länger ich hier sitze, desto mehr werden mich hören.

Ich ließ die Tüte mit den Broten wieder zu Paul hinunter.

»Was ist denn los?« tönte es von unten. »Ich wollte dir was Gutes tun.«

»Danke, Paul, aber ich mache hier einen Hungerstreik. Ich bin es endgültig leid. Ich laß mich nicht mehr wie ein Tier behandeln! Ich bin ein Mensch!« Dabei war ich immer lauter geworden, und zuletzt schallte meine Stimme über den Hof.
»Da hat er recht«, brüllte jemand von gegenüber, »wie die Schweine behandeln sie einen hier, deshalb gibt's auch immer einen Schweinefraß!« Als Ausrufezeichen splitterte ein Glas durch das Gitter.
»Bambulääääää!« schrie ein anderer. Er hatte zwei Gläser übrig.
»Ben! Bäään!?«
»Ja?«
»Halt durch, da oben, laß dich nicht weichkochen. Solange du da oben bist, werde ich meinen Fraß auf den Hof knallen. Ich mache mit bei deinem Hungerstreik. Wie findest du das?«
Paul, der Klopfer. Wer hätte das gedacht.
»Das finde ich gut, das ist in Ordnung!« brüllte ich.
Im Hof war Stimmung
Überall waren sie jetzt an den Fenstern. Essen klatschte auf den Hof. Kartoffeln und kleine, wie Tampons aussehende Stäbchen, ohne Faden. Das waren Schwarzwurzeln. Von denen mußte man viel essen, um satt zu werden. Und dann war man müde.
Unter mir segelte ein ganzer Stapel Brotscheiben aus einem Fenster, gegenüber schlidderte ein Stück Bauchfleisch über den Steinweg, der am Haus entlangführte, klappte um und blieb liegen. Einige warfen ihre Teller hinterher. Da gab es Arbeit für den Hofkalfaktor.
Mir ging es gut. Das Hungergefühl war wie weggeblasen. Ich öffnete die Cola und trank sie fast in einem Zug leer, schnappte nach Luft, trank wieder und warf die leere Dose nach unten.

»Ben!« Das war wieder Paul.
»Ja?«
»Ich bin mal wieder dran. Werde gleich verlegt. Ist schon die dritte Zelle. So komme ich wenigstens im Haus herum. Ich melde mich, wenn ich weiß, wo ich bin!«
»In Ordnung!«
Auch wenn sie ihn verlegten, mit meiner Schnur konnte ich jeden erreichen.
»Holberg?« Das kam von schräg unter mir.
»Ja?«
»Wenn du was brauchst, mußt du es sagen. Ich schicke dir auch was hoch, hier bin ich ...«
Ich lag auf dem Bauch und sah nach unten. Eine Hand wedelte aus einem Fenster der dritten Station.
»Hast du einen Besen?« rief ich.
»Nein.«
»Weißt du, wer einen hat?«
»Na, der Kalfaktor. Wozu brauchst du den? Willst du das Dach fegen?«
»Ich brauche nur den Stiel.«
»Hab ich, ich habe einen Schrubber. Laß dein Band runter!«
Ich holte den Schrubber hoch, brach die Bürste ab und den Stiel in der Mitte durch.
Jetzt hatte ich zwei solide Trommelstöcke. Von wegen Sonnenbaderei. Heute nacht werde ich mal renitent sein. Weil die Sonne nicht scheint.
Ich ging zu einer der Oberlichtkuppeln und probierte einen leichten Wirbel. In den Flügel kam Leben. Es war, als würde der ganze Trakt durcheinandergeschüttelt, jeder bumste oder trat gegen die Tür, Stimmen grölten »Aufhören!«, andere waren für »Weitermachen!«. Ich verstummte, um dann erneut loszutrommeln. Wieder begann der Flügel zu wackeln. Ich lief von einer Kuppel

zur anderen, überall schlug ich meine Wirbel, von Flügel zu Flügel. Die Kuppeln wirkten wie eine übergroße Trommel mit einem fünfstöckigen Schalltrichter darunter.

Ich dachte an eine riesige Galeere. Irgendwo brach Wasser durch die Planken, und alles quirlte durcheinander, jeder wollte sich von seinen Ketten befreien. Brüllen, Schreien, und das Wasser stieg höher und höher. Furchtbar.

Ich hielt mit dem Trommeln inne und steckte mir eine Zigarette an. Meine Finger zitterten vor Anstrengung, und weil ich aufgeregt war. Der Lärm unter mir ebbte langsam ab. Ich legte mich vor die Dachluke, den Kopf auf die Kante und dachte nach. Heute nacht werde ich trommeln. Um Punkt zwölf. Oder um eins. Nein, um zwölf. Zwölf hat Tradition. Zwölf ist eine verbindliche Zeit. Vielleicht sollte ich um fünf vor zwölf schon mal ein paar kurze Schläge andeuten. Dann schreckte jeder auf. Was war das? Da war doch eben was? Wie spät ist es eigentlich? Gleich zwölf. Hat das was zu bedeuten? Dann wieder ein, zwei Schläge. Das hat was zu bedeuten! Oh, Mann, gleich schlägt es zwölfe!

Unter mir boingte die Schiffsglocke einmal. Das Zeichen für die Betriebe. Jetzt rückte der zweite Schub zum Hofrundgang aus. Ich überlegte, ob ich mich an die Dachkante stellen sollte, doch ich lag gerade so schön bequem. Schließlich wußte jeder, daß ich noch hier oben war. Unter mir war plötzlich ein Geräusch.

Ich lauschte.

Da war jemand unter mir im Raum. Das Gitter wurde aufgeschlossen. Ich setzte mich zwei Schritte entfernt vor die Luke und wartete. Eine Weile passierte gar nichts. Dann wurde die Klappe vorsichtig nach oben gedrückt. Es geschah ganz langsam, zuerst so ein winziger Ruck,

dann war alles wieder ruhig, bewegungslos, als würde derjenige, der unten stand, sagen: Er sitzt nicht drauf, oder so. Jetzt hob sich die Klappe weiter, ein fingerbreiter Schlitz. Dann klappte sie ganz auf.
Weimar guckte aus seinem Panzer.
»Hallo, Herr Holberg.« Er drehte den Kopf mit einer Bewegung, als wollte er seinen Hals weiter aus dem Kragen holen. Das ging aber nicht.
»Hallo. Jetzt sitzt der Feind genau vor Ihnen, und Sie halten nach allen Seiten Ausschau.«
»So lassen Sie das doch. Ich, ich bin nicht Ihr Feind, Holberg. Wer redet Ihnen denn so was ein?«
»Waren Sie eigentlich beim Bund?«
»Wie? Beim Bund? Können Sie nicht etwas näher kommen? Dann brauche ich nicht so laut zu reden, und ich kann Sie besser verstehen.«
Ich rutschte einen Schritt heran. »Ich meine Soldat.«
»Ja, natürlich, das hatte damals gerade angefangen.«
»Und was haben Sie da gemacht?«
»Wie, gemacht?« Er war etwas irritiert. »Was man so macht, beim Militär.«
»Ich meine, wo waren Sie?«
»Ach so, na ja, zuerst war da ja die Grundausbildung, das kennen Sie sicher, und dann habe ich mich zu den Panzern gemeldet.« Er lachte, als sei ihm das nicht ganz so angenehm. »Wissen Sie, ich habe einfach gedacht, so ein Panzer, das ist eine sichere Sache, da hat man eher eine Chance, wenn es hart auf hart kommt. So richtige Lust hatte ich nicht, als es zum Militär ging. Bei der Luftwaffe, da fallen sie vom Himmel, mit dem Schiff gehen sie unter. Wenn so ein Panzer nicht mehr fährt, können sie immerhin noch aussteigen ...«
»Gab es damals denn schon Panzer, ich meine, die hatten doch gerade erst angefangen?«

»Also so früh war das nun auch wieder nicht«, sagte Weimar nach kurzem Überlegen, »wir hatten schon den Leopard I, dann ein Sherman-Modell, den HS-30. Warum fragen Sie danach?«
»Sie öffnen die Luke immer so komisch.«
»Wie?« fragte er.
»Man sieht Ihnen Ihre Vergangenheit an.« Ich versuchte mir vorzustellen, wie er mit einem Panzerkäppi aussehen würde. Dann wären seine Haare weg, sein Gesicht eingerahmt, sein rundes Gesicht, mit seiner gemütlichen Nase ... Der Mund war etwas schmal, aber er würde genau zur Käppikante passen, die gerade über der Stirn verlief. Wie ein Soldat sah er allerdings nicht gerade aus.
»Warum starren Sie mich so an?«
»Ich starre nicht. Ich sehe Sie selten.«
Er überhörte das. »Rauchen Sie eigentlich?«
»Ja, soll ich Ihnen eine drehen?«
»Nein, danke, ich habe selbst.« Er schluckte.
Er holte eine Zigarettenpackung aus seiner Jackentasche, die ich nicht sehen konnte, steckte sich eine an und rauchte. Niemand sagte was. Ab und zu schnippte er die Asche nach unten. Ich fragte mich, ob da unten jetzt ein Meister mit einem Aschenbecher hin- und herzitterte.
»Haben Sie«, er räusperte sich, »haben Sie in der Zwischenzeit mal darüber nachgedacht?«
»Worüber?«
»Über Ihre Lage, Ihre Situation. Was meinen Sie, wie wir das in den Griff bekommen.«
»Ich. Nicht wir.«
»Gut, Sie, aber ich kann Ihnen dabei vielleicht helfen.«
Ich nickte. »Sie haben jetzt gewissermaßen eine beratende Funktion.«
Die wollen mich vom Dach haben, dachte ich, das steht fest, und ich will nicht, das steht auch fest. Morgen

werde ich zwei Tage hier oben sein. Die krieg ich schon klein.

»Eigentlich ist es schade um Sie«, fing er wieder an.

»Ihre Anteilnahme brauche ich nicht, ich hab das schon zu oft gehört. ›Holberg, was aus Ihnen alles werden könnte. Sie verbauen sich jede Chance, Holberg, Sie sind doch eigentlich ganz vernünftig.‹ So hatte das immer geklungen. Und eines Tages kamen dann zwei Worte dazu. Hätte und wäre. Das hörte sich dann so an: ›Holberg, was aus Ihnen alles hätte werden können. Holberg, was wäre aus Ihnen alles geworden.‹«

»Sie verbauen sich auch jede Chance«, sagte Weimar, »je länger Sie hier oben sind, desto geringer wird Ihre Aussicht, das zu erreichen, was Sie erreichen wollen. Noch besteht die Möglichkeit, in Ruhe einzelne, Ihrer Meinung nach grundsätzliche Punkte miteinander zu besprechen und gegebenenfalls zu klären. Deshalb bin ich hier. Ich kann mir jedoch sehr gut vorstellen, daß der Zeitpunkt kommen wird, an dem Grenzen überschritten sind, die mir die Hände binden.«

»Ich sehe das anders.«

»Wie sehen Sie es denn?«

»Ich bin hier oben, weil ich gegen etwas demonstriere, und das kann ich auch, wenn Ihre Hände gebunden sind.«

»Also bitte, Herr Holberg! Sie gebärden sich wie ein Student! Wir sind hier doch nicht in der Universität!« Seine Stimme klang bestimmt.

»Ich mache einen Hungerstreik, einen unbefristeten. Bis jemand aufmerksam wird, bis draußen auf der Straße jeder jedem sagt, warum ich hier sitze. Bis sie sagen: ›Seht mal, da oben ist einer auf dem Dach und hungert. Für bessere Haftbedingungen.‹

›Was? Der hungert? Die sind doch sonst immer gewalttätig, wenn sie was wollen.‹

›Der nicht. Da muß doch irgendwas dran sein. Wie dünn er schon ist. Vor drei Wochen konnte man ihn noch viel besser sehen!‹ «
»Aber was wollen Sie denn? Sie brauchen doch nur etwas zu sagen. Ich habe heute morgen mit einem Kollegen gesprochen, der meinte, wir sollten Ihnen entgegenkommen, wo es möglich ist.«
»Klar, mit einer Isolationszelle!«
»Zum Beispiel mit dem Essen. Wenn ich Ihnen jetzt sage, daß wir schon seit einigen Monaten darüber nachdenken, wie man kostensparender einkaufen kann, damit die Qualität des Essens sich verbessert, dann werden Sie mir das wieder nicht glauben!«
»Damit haben Sie recht.«
»Sehen Sie, Sie glauben mir einfach nicht.«
»Nein.«
»Die Strafe, Herr Holberg, was das Verbüßen anbetrifft, das kann Ihnen schließlich keiner abnehmen, da müssen Sie durch.« Er sah mich fragend an.
»Nein.«
»Was nein?«
»Ich hungere Gesprächsbereitschaft von höherer Stelle herbei.«
»Ach, hören Sie doch auf.« Weimars Stimme maulte etwas. »Allem Anschein nach werden Sie hier oben doch wohl ganz gut versorgt.«
»Mit Wasser.«
»Wieso Wasser?«
»Zum Trinken. Jeder gibt mir was. Ich halte länger durch, wenn ich was trinke. Mir ist auch egal, ob Sie denken, ich würde was essen. Ich esse nichts. Ich rauche. Und heute abend werde ich mir Papier geben lassen. Dann schreibe ich noch einmal auf, warum ich hier bin und hungere.«

»Und warum wollen Sie das mir nicht sagen?«
»Lesen Sie meinen offenen Brief. Den werden Sie doch bekommen haben.«
»Genau darüber sollten wir reden.«
»Ich überlege, ob es Sinn hat, mit Ihnen darüber zu sprechen ...«
»Aber deshalb bin ich doch hier«, unterbrach er.
»... ich sollte warten, bis jemand kommt, der höhergestellt ist als Sie.«
Weimar holte tief Luft. »Wollen Sie warten, bis der Bundespräsident selbst mal reinschaut?«
»Warum nicht, wenn er gerade in der Gegend ist. Aber entscheiden kann der ja auch nichts. Doch vielleicht kommt dann Ihr Vorgesetzter mit, der mit dem trinkfreudigen Namen, der kann dann entscheiden, und der Präsident nickt nur. Wohlwollend natürlich.«
»Herr Holberg, Herr Dr. Proßt kann Ihnen nur das gleiche zusichern wie ich. Ich bin stellvertretend für Herrn Dr. Proßt hier!«
»Das geht schon mit den Klamotten los. Seit Jahren sind die offiziell abgeschafft, aber wir laufen immer noch damit herum.«
»Also mit der Bekleidung ...«
»Lassen Sie mich doch erst mal ein paar Dinge aufzählen, sonst kommen wir nie durch«, redete ich einfach weiter. »Warum gibt es in der Anstalt keine UKW-Radios? Um zehn Uhr wird die Zellenbeleuchtung abgestellt. Warum um zehn? Warum darf beim Hofrundgang kein Sport getrieben werden? Warum können die Gefangenen ihre Zelle nicht individuell gestalten? Warum gibt es als Anstaltsleiter immer nur Verwaltungsleute? Warum wird nicht mal ein Psychologe eingesetzt? Warum gibt es in diesem Haus, und das ist wohl der wichtigste Punkt, warum gibt es keinen Gefangenenrat, der die Interessen

von uns ›Insassen‹ vertritt? Warum werden die Schiebereien des Küchenpersonals nicht unterbunden? Und so geht das immer weiter. Ich werde eine Liste machen. Die können Sie Ihrem Herrn Dr. Proßt mitnehmen. Skol!«

Ich schwieg.

Weimar auch.

»Ich will einfach nicht kaputtgehen, in diesem Gemäuer, verstehen Sie?« sagte ich nach einer Weile. »Ich lasse mich hier nicht zum menschlichen Automaten abrichten. Mir nützt kein Fußballnähen, auch nicht, daß ich Tüten oder Papiertaschen kleben kann oder so einen Schwachsinn. Aber mir würde es nützen, wenn ich mich weiterbilden könnte, na, und da fange ich mal mit der Realschule an, die wird hier ja angeboten...«

»Aber, Herr Holberg, soweit ich mich erinnere, haben Sie doch eine abgeschlossene Berufsausbildung.«

»Das ist mir egal. Und wenn ich drei habe. Ich will etwas anderes. Ich will hier nicht verblöden! Verblöden! Verblöden!«

Weimar holte Luft.

»Hier wird man behandelt wie ein Tier«, sagte ich. »Komm, Gassi gehen, komm, Happi-Happi, komm, mach Männchen und, pssst, nicht bellen!« Ich war immer lauter geworden.

Weimar gurgelte, hinten in der Kehle, als wollte er sie freimachen für etwas Wichtiges, das sofort klar zu verstehen sein sollte. Er faßte sich mit zwei Fingern in den Hemdkragen und zog ihn hin und her, machte den oberen Knopf auf, lockerte die Krawatte, so als bekäme er nicht genug Luft. »Ich glaube, Herr Holberg«, sagte Weimar in einem Tonfall zu mir, als wäre das hier schon meine Beerdigung. Ich liege in der Gruft und sehe zu ihm auf.

»Wir glauben«, höre ich ihn sagen, »daß Herr Holberg trotz seines mit Serpentinen angereicherten Lebenswe-

ges nunmehr eine Biegung erreicht hat, die etwas zu eng war. Es hat ihn hinausgetragen.«
Die um Weimar herumstehen, machen alle ernste, unbewegte Gesichter. Ich liege genau unter Weimar und kann ihm bis hinten in die Nasenlöcher sehen. Zwei nebeneinanderliegende Schluchten, Latschengewächse und Brombeerranken, verschiedene Gräser. In der einen Schlucht ist es hell, irgendwo kommt ein Sonnenstrahl rein, Fliegen summen. Die andere Schlucht liegt ziemlich grau und düster, schon in den ersten Ästen hängen ausgebeulte Spinnweben, als habe jemand hineingespuckt. Er muß auf diesem Loch erkältet sein, denke ich und mustere die Köpfe ringsum. Es sieht aus, als habe man oben auf die Blumen Köpfe gelegt. Der vom Anstaltsarzt liegt etwas schief. Als würde er gleich zu mir herunterkullern. Die Sozialarbeiterin hat sich gekämmt. Schau mal an. Gleich wird sie Erde auf mich herunterwerfen. Sie wird da oben am Rand stehen, gleich, vielleicht wirft sie zwei oder drei Schaufeln voll.
Auf den oberen Stationen steht sie immer hart an der Kante, so wird erzählt, nicht ahnend, daß der leichte Schmorgeruch, der in der Luft liegt, kein Kurzschluß ist. Brennende Blicke von unten verkokeln ihr das Slipgummi. Sie scheint gern Röcke zu tragen und bewegt sich damit ganz normal über die Gänge. Gleich kommt die Erde.
»... es gibt Dinge, die sieht man nicht, obwohl sie greifbar sind«, sagte Weimar plötzlich wieder aus seiner Luke heraus, »das dürfen Sie mir wirklich glauben, Herr Holberg, lassen Sie uns einen Versuch machen.«
»Wieso Versuch?« Ich hatte nichts mitbekommen von dem, was er die ganze Zeit geredet hatte.
»Wie ich schon sagte, Sie kommen mit nach unten, und ich verspreche Ihnen ...«

»Nein.« Jetzt konnte ich mir denken, was er gesagt hatte. »Ich lasse mich hier nicht so einfach herunterlocken.«
»Also sind wir nicht einen Schritt weitergekommen.« Ein leichtes Rot stieg ihm ins Gesicht. »Eines will ich Ihnen noch sagen: So können Sie auf Dauer nicht mit mir...« Und schon hatte er sich wieder im Griff. »Ich bin gerne bereit, noch einmal alle Probleme Punkt für Punkt mit Ihnen durchzugehen.«
»Lesen Sie meinen Brief, und holen Sie jemand von weiter oben. Von Ihren Zusagen halte ich nichts.«
»Aber, Herr Holberg, so geht das doch nicht.«
»Doch, so geht das. Manchmal denke ich, Sie halten mich für blöd. Sie erzählen mir da eine Geschichte nach der anderen, und immer heißt es am Ende: ›Wenn Sie mit herunterkommen...‹ Ihre Firma hat bisher nie Wort gehalten, warum sollte sie das jetzt tun.«
»Das ist so nicht richtig. Ich bin ganz offen zu Ihnen.«
»Klar, Sie erzählen mir sogar von Ihrer Militärzeit und von Panzern, die es nie gegeben hat, um mich weichzukochen! Wenn ich mir das richtig überlege, dann habe ich jetzt überhaupt keine Lust mehr, Ihnen zuzuhören.« Ich stand auf, drehte mich um und ging weg.
»Herr Holberg«, rief Weimar mir nach, und dann etwas lauter: »Sie überspannen den Bogen!«

Am A-Flügel wurde gependelt.
Pendeln war der Transport eines Gegenstandes auf dem Luftweg von einem Fenster zum anderen. Eigentlich war Pendeln aber ein veralteter Ausdruck, es wurde geschleudert. Wenn ein Mann seinem Nachbarn etwas schicken wollte, klopfte er an die Wand und rief: »Halt mal den Arm raus.« Der tat das dann auch und wartete, bis ihm von nebenan eine Schnur über den Arm geflogen kam. Damit war die Verbindung hergestellt.

Der Werfer legte sich die Schnur mit der geschätzten Entfernung zurecht und wirbelte das Schnurende, an dem ein Eisenbolzen, ein Stück Seife oder ein anderer, schwerer Gegenstand festgebunden war, draußen vor dem Fenster möglichst schnell herum. Dann mußte er im richtigen Moment loslassen. Die Schnur flog, wenn alles klappte, über den Arm des Empfängers, und der konnte sie zu sich hereinziehen.
So ließ sich über viele Fenster hinweg nach allen Seiten eine Verbindung herstellen. Die Abstände der Fenster waren in jedem Flügel gleich, und man war mit den Entfernungen schnell vertraut. So kam jemand, der im A-Flügel das Pendeln erlernt hatte, auch in jedem anderen Flügel klar. Und umgekehrt. Einmal hatte einer die Mutter einer Straßenwalze auf den Handrücken gekriegt. Eine vom Hinterrad. Seitdem nahmen die meisten einen Kleiderbügel oder einen anderen verlängerten Gegenstand, um eine Pendelschnur aufzufangen.
Drüben wanderte jetzt eine weiße Plastiktüte an der Hauswand entlang. Sie hing etwas durch und machte einzelne Hopser, weil der Faden Stück um Stück eingeholt wurde. Und dann zack! Weg war sie. Vom dritten Fenster verschluckt. Etwas später kam ein kleines Päckchen heraus und wanderte denselben Weg zurück.
Wegen der Pendelei hatte ein Mann schon einmal zehn Tage verschärften Arrest bekommen. Er hatte auf der fünften Zelle des Cäsar-Flügels gelegen, auf der zweiten Station, und er wollte eine Verbindung zu einem Mann auf »Cäsar vier zwo« herstellen, die zweite Zelle auf der vierten Station. So drückten sich die Meister aus. Der oben hatte keine Schnur. So verknotete der unten ein Hufeisen an seiner Schnur, und der oben hielt einen Besenstiel aus dem Fenster. Der unten nahm jedoch zuviel Schnur, viel zuviel.

Das Hufeisen knallte schräg von oben, ohne einen Gitterstab zu streifen, in die Scheibe von Berta drei zwo. Dort hatte Abteilungsleiter Dänicke sein Zimmer. Das Eisen flog in die Schreibtischklemmlampe und bog sie herunter bis auf die Hand des Abteilungsleiters. Und der hatte sich an der heißen Birne verbrannt. Wie das wohl ausgesehen haben mag? Da sitzt der da, und plötzlich beißt ihn die Schreibtischlampe in die Hand, mit einem Hufeisen im Genick. Und in den Schreck hinein hört er: »Hast du's?«

Na, da kam er aber hoch, der Herr Abteilungsleiter. Er sah, wie jemand auf Cäsar vier zwo mit einem Stock in der Luft herumwedelte. Die Meldung ließ er vom Stationsmeister schreiben. Und in der Hektik und in der Bedeutung des Vorfalls schrieb der, daß der Mann mit einem Hufeisen auf den Herrn Abteilungsleiter geschossen habe.

Die Meldung ging an den Vollzugsleiter. Der hätte ganz einfach sagen können, Arrest, Pendeln ist verboten. Fertig. Doch der berichtigte, nach kurzer Rücksprache mit dem Beschossenen, »geschossen« in »geschleudert« und setzte »vorsätzlich« davor, wo eigentlich »versehentlich« hätte stehen müssen. Nun erfolgte die Tatortbesichtigung. Der Aufschlagwinkel wurde errechnet, der Standort des Schleuderers, obwohl der ja klar war. Die Art des Geschosses wurde beschrieben. Das Hufeisen wurde nach wie vor als Geschoß bezeichnet, nicht als »Geschleudertes«. Ungeklärt war die Motivation für die Tat. Was hatte den Schleuderer dazu bewogen, auf den Abteilungsleiter zu zielen? Der Abteilungsleiter war noch nicht lange im Haus. Er und der Schleuderer hatten sich zuvor nie gesehen.

Während dieser Recherchen saß der Täter bereits in Absonderung, einer Vorstufe des Arrests, und eine Gruppe

Meister durchsuchte die Zellen aller Beteiligten. Sie wußten, es war mit einem Hufeisen geschossen worden. Und wo ein Eisen war, da konnten auch noch andere sein. Später veränderte der Vollzugsleiter die Meldung noch einmal. »Vorsätzlich« wurde ersatzlos gestrichen, der Punkt hinter »habe« wurde durch ein Komma ersetzt und der Zusatz hinzugefügt: »... und dabei billigend in Kauf genommen, den Obengenannten zu verletzen.« Unten auf dem Meldezettel schrieb er an die Stelle, die von den Meistern nicht beschrieben werden sollte: »Nachdem mit dem Gefangenen wegen seines Fehlverhaltens gesprochen worden ist, wird eine Hausstrafe von zehn Tagen verschärften Arrests verhängt.« Danach ließ er den Schleuderer kommen, um ihn zu dem Vorfall zu befragen.
Später wurde in dem ganzen Vorgang das Wort »Hufeisen« durch »gebogenes Eisenstück mit insgesamt sechs Löchern« ersetzt.

Müller, Westturm.«
»Zentrale. Was gibt's?« Mertens war knurrig.
»Ich beobachte das Dach nun schon eine ganze Zeit, ich kann den Mann da oben nirgends mehr sehen.«
»Herrgottnochmal, dann ist er auf der anderen Seite, oder er... Du meinst, er ist weg? Heruntergestürzt?«
»Kann das sein? Ich habe schon mit den anderen Türmen telefoniert, die sehen ihn auch nicht.«
»Aber das hätten wir doch erfahren, ich meine, da hätte doch jemand Krach geschlagen. Wofür sitzt ihr denn auf den Türmen.«
»Deshalb rufe ich ja an.« Jetzt war Müller auch knurrig. »Wenn ich was zu sagen hätte, dann wäre das Problem sowieso schon gelöst.«
Mertens legte auf und rief nacheinander jeden Wachturm

an, ohne daß einer sagen konnte, wo sich der Mann befand. Mertens überlegte, dann verständigte er den Bereitschaftsdienst. Zwei Mann sollten unten um das Haus herumgehen und sehen, ob etwas zu entdecken war.

Ich hatte eine ganze Zeit in der Schornsteinecke gesessen und gedöst. Jetzt hockte ich vor einer Oberlichtkuppel des D-Flügels und linste nach unten.
Die Scheinwerfer der Wachtürme zuckten durch das Dunkel über mir, ohne mich zu treffen. Wenn ich auf allen vieren in der Mitte der Dächer entlangkroch, war ich im toten Winkel. Ich blickte in das Gebäude, in dem ich die schwach beleuchteten Gänge sehen konnte. Die Kuppel war wie ein großes Auge, durch das die Vergangenheit zu mir heraufschien.
In Vire hatte es genauso ausgesehen. Diese Gänge, diese Türen und unten das Sprungnetz. Damit sich niemand zu Tode stürzen konnte. Wenn man nachts aus der Zelle geholt wurde und viele Meisterhände zerrten und schoben einen über die Gänge, dann ging es kopfüber die Treppe hinunter. Unten warteten andere Meister. Die hatten immer einen Wäschekorb dabei, den sie als Schild benutzten. Einmal hatte ich abends an meinem Fenster gestanden und mit meinem Nachbarn gesprochen. Der hing total durch, seine Mutter war gestorben, und er hatte es erst viel später erfahren und keinen Ausgang bekommen. Dann hörte ich die Tür hinter mir, drei, vier Meister kamen herein, zwei schoben einen Wäschekorb vor sich her. Ich machte gar nichts.
Ich mußte auf den Gang hinaus, und einer wollte mir den Arm auf den Rücken drehen, aber ich riß mich los. Da fielen sie alle über mich her und versuchten mich zu Boden zu drücken. Ich strampelte und wehrte mich mit aller Kraft.

Wenn ich mich nicht wehre, werde ich umgebracht, dachte ich und begann zu schreien. Der Mund wurde mir zugehalten, doch ich bekam einen Daumen mit meinen Zähnen zu fassen und biß zu. Der Meister schrie viel lauter als ich zuvor, und ohne meinen Biß zu lockern, fing ich an, mit den Zähnen zu mahlen. Ich gab den Daumen nicht frei. Nach einer Weile kam ein Abteilungsleiter. So jemand hieß in Vire Erziehungsgruppenleiter.

Wenn ich losließe, sagte der Abteilungsleiter, dann dürfte ich ganz allein nach unten gehen, in den Arrest, niemand würde mir was tun. Was blieb mir übrig?

Egon hatte hier im Haus mehr Arresttage hinter sich als jeder andere. Einmal hatten die Meister versucht, ihn zu knebeln. Doch er war über die Gänge abgehauen, auf den Glaskasten der Zentrale geklettert und hatte in einer Tour ein Kirchenlied gebrüllt. Eine feste Burg ist unser Gott.

Niemand versuchte ihn von der Zentrale herunterzuholen, er hätte nur auf das Glas zu springen brauchen, und alles wäre zu Bruch gegangen. Das ganze Haus war rebellisch geworden. Die meisten mochten keine Kirchenlieder.

Ich hob die Stöcke, ließ sie auf die Kuppel niedersausen und probierte einen kurzen Marschtakt, brach ab.

»Was war denn das? Ist das bei euch da drüben?« brüllte jemand.

»Weiß ich nicht, aber das war wie Urwald!«

Irgendwo bollerte einer gegen eine Tür.

Ich sah durch die Kuppel. Meister waren auf den Gängen. Die fanden es sicher gut, daß mal was Außergewöhnliches passierte. Immer nur Türen aufschließen, zuschließen, immer der gleiche Trott, das war auch für die langweilig.

Manchmal erzählten sie auch. Wie das alles gewesen war, vor Jahren. Da hatten sie mal den und mal den gehabt. Die hatten das und das gemacht.
Ich schlug einen Wirbel.
Früher in Vire hatte ich mich in den Spielmannszug gemeldet, der von einem Meister in Ausgehuniform begleitet wurde. Ich war Trommler gewesen. Aber nicht lange. Im Spielmannszug zu sein war eine Möglichkeit gewesen, abends aus seiner Zelle herauszukommen. Zweimal in der Woche.
Dann ging es immer innen an der Mauer entlang um den ganzen Bau herum. Und aus den Fenstern brüllten alle anderen, wir sollten mit dem Getöse aufhören, wir seien die letzten Idioten, »Blasindianer« seien wir. Und gepfiffen wurde wie verrückt. Immer im Kreis, ich wußte schon mit geschlossenen Augen, wo wir vorbeigingen, wenn ich die Stimmen hörte.
Und der Trommelmeister nölte immer rum, wenn wir besser spielen täten, dann täten die auch nicht so einen Krach machen.
Da blieb ich lieber auf der Zelle und brüllte mit den anderen mit. Es hörte sich wirklich schlimm an, wenn der Indianerhaufen zweimal wöchentlich etwa fünfzehn- bis zwanzigmal unter den Fenstern entlangzog.
Jetzt war es fast still.
Ich hob die Stöcke und begann mit einem einfachen Wirbel. Die Kuppel federte gut, ich schlug ganz leicht und versuchte dann, immer schneller zu werden, verhaspelte mich aber und hielt inne.
Unter mir im Haus war Stimmung. Gegen die Türen wurde getreten, mit Töpfen dagegengeschlagen, aus den Fenstern gebrüllt. In den Höfen splitterten die ersten Gläser. Ich versuchte es mit dem Nordseewellentakt, die letzten Viertel besonders kraftvoll. Jetzt ging der Krach

unten erst richtig los. Ich rannte ein paar Kuppeln weiter, trommelte, wieder ein paar Kuppeln. Für Berta einen Tango, für Cäsar einen Marsch. Ich lief wahllos umher und trommelte, was die Arme hergaben. Draußen in den Straßen waren Polizeihörner zu hören. Ich rannte an die Vorderseite des Daches. Vor dem Haupteingang standen mehrere Streifenwagen mit zuckenden Lichtern. Weitere kamen. Ein Scheinwerfer tastete suchend die Dachkante ab, ich stellte mich hinter die Wand des Giebeldaches.

»Und nun meine Damen und Herren«, hörte ich mich sagen, »haben Sie selbst festgestellt, wie schnell unsere Polizei ist. Wo immer auch etwas passiert in der Stadt, unsere Polizei ist schon zur Stelle! Und damit sind wir bei der richtig beantworteten Quizfrage von Herrn Alois Petersen: Herr Petersen, Sie sind am Telefon, ja? Dann wiederholen Sie doch noch einmal die richtige Antwort auf die Frage, was getan werden muß, damit die Polizei auch wirklich kommt.« Und ich antwortete, so tief ich konnte: »Sei möt anropen wardn.«

Ich kniete mich vor eine Zentralekuppel und prügelte einen Walzer, bis mir die Arme weh taten. Der Lärm im Haus schwappte wieder hoch, ich hatte das Gefühl, in einem riesigen Stadion zu sitzen, so groß, daß man die Zuschauer gar nicht mehr erkennen konnte, so weit saßen sie weg, aber ich hörte sie, wie sie nach einer Zugabe schrien.

Wieder ging ich von Flügel zu Flügel und ließ keine Kuppel aus. Dann setzte ich mich nach vorne, damit ich die Straße sehen konnte, und drehte mir eine Zigarette. Unten an der Pforte wurde jetzt die Hälfte des Eisentores, durch das auch Lkws fahren konnten, geöffnet, dann die andere Seite. Ein Krankenwagen kam mit Blaulicht in den Vorderhof gefahren.

Ich konnte ihn nur beim Hereinfahren sehen, dann verschwand er im toten Winkel. Doch ich sah den Widerschein des Blaulichts auf der Innenseite der Mauer und all die vielen anderen Lichter hinter der Mauer. Der Lärm unten klang irgendwie gedämpfter.

Egon würde sicher einen Choral anstimmen oder etwas Ähnliches. Nach kurzer Zeit fuhr der Krankenwagen wieder weg. Es war halb eins. Im Haus wurde immer noch gegen die Türen getreten.

Ich kletterte die Steigeisen hoch, kauerte mich in meine Schornsteinecke und beobachtete die Dächer der Häuser an der Straße. Nichts regte sich dort.

Meine Trommelei hat bei denen da unten etwas in Gang gesetzt, was sie nicht mehr stoppen können, dachte ich. Das ist fast so, als stiege ich auf einen Baum, immer höher, und bliebe dabei mit einem Faden irgendwo hängen, an einem Ast. Und ohne es zu merken, ribbelt sich mein Pullover auf. Ich klettere höher und höher. Und auf einmal bin ich nackt. Und dann denken sie, ich bin ein Affe, und peng, liege ich unten.

DRITTER TAG

Die Sonne schien.
Ich hatte in der Nacht ein paar Stunden geschlafen. Zwar war ich bei jedem Geräusch hochgeschreckt, doch immer sehr schnell wieder weggeduselt. Ich fühlte mich frisch und ausgeruht.
Vor mir auf dem Lukendeckel stand eine flache Reiseschreibmaschine, daneben lag ein Packen Schreib- und Durchschlagpapier. Ich hatte die Maschine ganz in der Frühe bekommen, von Paul. Mit meinem Faden hatte ich sie mir in einer Plastiktüte hochgeangelt. Paul wiederum hatte sie von einem Mann organisiert, der einige Zellen schräg unter ihm lag. Und der war ein Freund von Herbert, den ich kannte.
Ich überlegte, was alles auf das Flugblatt kommen sollte. Es durfte nicht zu lang werden, zu kurz durfte es aber auch nicht sein, schließlich wollte ich erklären, um was es mir eigentlich ging.
»Vielleicht denken einige, ich sei verrückt«, schrieb ich. Ich selbst dachte das nicht von mir. »Aber ich bin normal«, fuhr ich fort, »so normal, daß ich erkenne, hier völlig abzustumpfen, wenn ich mich nicht wehre und sich hier nichts ändert, wenn ich hier weiter wie ein Tier gehalten werde. Ich habe an die Anstaltsleitung, an den Senator für Justiz, an das Vollzugsamt und an andere Stellen einen offenen Brief geschrieben. Der Brief ist bisher unterschlagen worden! Hier findet keine ›Sonnenbaderei‹ statt!

Ich werde so lange auf diesem Dach hungern, bis sich die Situation für alle hier verbessert. Ich will, daß die von mir angeführten Mißstände jedem bekannt gemacht werden.
In diesem Zuchthaus werden die Häftlinge zu willenlosen Befehlsempfängern abgerichtet. Als solcher muß ich in jeder Gesellschaft versagen. Ich werde hier oben ohne Rücksicht auf mich selbst aushalten.
An alle, die hier ebenfalls eingesperrt sind: Warum unterstützt Ihr mich nicht? Warum schaut Ihr alle zu?
Wir können nur gemeinsam etwas verändern, ohne Gewalt. Wir brauchen ein Mitspracherecht! Eine Beteiligung an der vollzugsinternen Gestaltung.«
Ich machte eine Pause und las mir das Geschriebene noch einmal durch. Viel länger brauchte das gar nicht werden.
»Ich protestiere gegen die unmenschlichen Zustände in dieser Anstalt. Ich verlange die Bildung eines Gefangenenrates.
Ich verlange darüber hinaus, daß jeder Gefangene die Gelegenheit bekommt, sich seinen Fähigkeiten entsprechend weiterzubilden.
Strafgefangener fünftausenddreihundertneun.«
So, das reichte. Das alles tippte ich gleich mehrmals mit sechs Durchschlägen. Der letzte war immer so schlecht, daß ich ihn nicht verwenden konnte. Ich tippte fast zwei Stunden. Es ging immer schneller. Ich kannte den Text jetzt auswendig. Gegen elf machte ich eine Pause und vertrat mir die Beine.
Unten auf dem Hof zwischen Anton und Berta fand ein Hofrundgang statt. Ich holte mehrere Flugblätter und faltete aus jedem eine Schwalbe. Dann ließ ich eine nach der anderen über die Dachkante nach unten segeln. Die Leute bemerkten sie erst, als schon fast alle in der Luft

waren. Einige drehten richtige Runden, bevor sie, hin und her wippend, unten ankamen. Andere trudelten einfach so runter, wurden aufgehoben und schnell weggesteckt, weil überall die Meister herumliefen und dabei brüllten: »Liegenlassen! Lassen Sie das Papier liegen, sonst ist Einrücken!«

Einer der Meister rannte unter einer herunterkommenden Schwalbe die gleichen Schleifen ab, die auch das Flugblatt machte, und als sie fast auf gleicher Höhe war, griff er daneben.

Die Männer grölten.

Ich ging zurück und drehte mir eine Zigarette. Ich werde den ganzen Tag schreiben, dachte ich, alle sollen wissen, was hier los ist, warum ich hier oben bin. Wenn die Anstaltsleitung clever ist, ordnet sie für die Zeit, die ich hier oben bin, besseres Essen an.

Wer satt ist, ist träge.

Ich schlenderte an die Vorderkante des D-Flügels. Hinter der Mauer sah ich die Häuser an der Straße. Wie kann man bloß in einem Haus wohnen, dessen Garten eine so hohe Mauer hat. Aus dem Dachfenster eines dieser Häuser lehnte ein Mann, er hielt eine Telekanone in den Händen, das konnte ich genau erkennen. Vielleicht war das einer von der Presse? Ich rannte los, holte eines meiner Flugblätter und hielt es hoch. Wenn der ein wirklich gutes Tele an seiner Kamera hat, dann kann er das lesen, dachte ich und winkte.

Der Mann drüben winkte auch.

Ich winkte noch mal.

Er auch. Dann tauchte er unter die Dachpfannen und klappte das Fenster zu.

Scheiße. Sicher war es einer von der Presse gewesen. Wenn irgend etwas in der Anstalt los war, dann rief immer sofort einer der Meister bei der Zeitung an, dafür bekam er ein Handgeld von fünfzig Mark. Ein Meister hatte das mal ausgeplappert. Die Zeitung hielt dicht. So kam es, daß oft wegen nichts angerufen wurde.

Die Sonne knallt vom Himmel, sie macht mich träge und müde. Auf Berta spaziert eine Krähe hin und her. Es sieht aus, als bewege sie sich in Gelatine. Auf einmal bleibt sie stehen, guckt sich um und fliegt mit einem Ruck davon. Plötzlich taucht seitlich an der Dachkante ein wabernder Kopf auf und verschwindet wieder. Ich bin im Moment nicht ganz da, kneife die Augen zusammen und reiße sie wieder auf. Da! Da ist der Kopf wieder, kommt höher, dann ein Hals, ein Arm. Wie elektrisiert fahre ich in die Höhe.

Es war Egon.

Was will der denn hier? Ich lehnte mich wieder zurück und schaute zu, wie er sich auf das Dach wälzte. Nicht schlecht. Er hatte es also noch einmal geschafft. Er war zäh, der Egon. Wenn er nur nicht ein Hirn wie ein Kaninchen hätte. Seit ich aus dem Krankenhaus entlassen worden war, hatte ich ihn nicht gesehen. Ich hatte auch kein großes Verlangen danach gehabt. Damals, nachdem er sich von Bäumel hatte vom Dach herunterlocken lassen, hatte er auch noch Norow denunziert. Alles, um in diese verfluchte therapeutische Anstalt zu kommen.

Unten im Haus ertönte jetzt Alarm.

»Da bin ich wieder«, sagte Egon, blieb vor mir stehen, setzte sich hin und atmete schnell und schwer. »Das ist ja ganz schön anstregend, damals kam mir das viel leichter vor, ich bin erst auf das Zwischendach, in der Ecke, und von da aus an die Dachrinne, die haben ja wirklich überall diese dämlichen Eisenkronen angeschraubt.« Er sah mich an, als erzählte er da was ganz Neues. Dann legte er den Kopf zurück und schaute mich schräg durch

seine dicken Brillengläser an, den Mund etwas geöffnet, zwei nasse Haarsträhnen wie zwei herunterhängende Hörner auf der Stirn.
»Du machst ein Gesicht, als seist du runtergeklettert und nicht rauf«, sagte ich nach einer Weile, in der wir beide geschwiegen hatten.
»Ich dachte, ich mache mit. Wir, wir demonstrieren zusammen. Wir sind doch damals auch zusammen, und da dachte ich mir...«
»Hör bloß auf. Damals hast du mich verraten. Wie ein kleines Schwein hast du mich verraten.«
»Ich? Ich hab dich nie verraten.«
»Halt's Maul. Hast du doch. Du hast es nicht einmal einen Tag hier oben ausgehalten, hast dich runterlocken lassen wie ein Straßenköter, dem jemand eine Wurst vor die Nase hält. Und dann hast du wieder in deiner Zelle gesessen. Wie im Tierheim.«
»Aber ich habe doch...«
»Halt's Maul, habe ich gesagt«, unterbrach ich ihn, »und dann hast du dich auch noch als mieser, kleiner Denunziant erwiesen. Du hast Norow denunziert. Weil dir Bäumel Versprechungen gemacht hat. Und du hast sie sofort geschluckt. Wie ein Straßenköter.«
»Er hat...«
»Hör auf. Ich weiß, was er hat. ›Egon, du kommst in eine therapeutische Anstalt, wenn du etwas darüber weißt, ob Norow wieder einen Ausbruch plant...‹ Ich kenne die Geschichte, das ganze Haus kennt sie. Vor einem Vierteljahr war das. Du bist wohl heute nur zu Besuch hier und mußt heute abend schon wieder in deiner wunderbaren Anstalt sein, was?«
»Aber ich hätte das doch sofort widerrufen, wenn alles geklappt hätte.«
»Ja, aber du bist noch immer hier, und Norow sitzt seit-

dem in Isolation. Wann, wenn die Frage erlaubt ist, geht es denn nun ab in die sozialtherapeutische Anstalt?«
»Das mit Norow, das bringe ich in Ordnung«, sagte Egon, »du mußt mir nur sagen, was ich machen soll. Ich meine, jetzt bin ich auf dem Dach.«
»Klar. Und ich bin auch auf dem Dach. Und ich habe eine Schreibmaschine.«
»Eine richtige Schreibmaschine?«
»Ja, eine richtige Schreibmaschine. Sag ich doch. Du gibst vor mir eine Erklärung ab.«
»Das kann ich nicht! Ich kann nur sagen, wie es gewesen ist, wie es wirklich gewesen ist.«
»Gut, dann machst du das. Komm!«
»Jetzt gleich?«
»Wann denn sonst?« Ich setzte mich vor den Lukendekkel und spannte ein Blatt ein.
»Wie sagt man denn so was?« fragte Egon etwas zögernd.
»Ach, das kriegen wir schon.« Ich spannte den Bogen wieder aus und legte noch zwei Durchschläge dazu. »Erzähl ganz einfach.«
»Ja, also genau war das so...« Egon suchte nach dem passenden Anfang.
Ich fragte mich, warum Bäumel eigentlich selbst noch nie im Knast gesessen hatte. Als Nummer zwodreivier, bürgerlicher Name: Bäumel. In meiner Phantasie sah ich plötzlich einen Gerichtssaal: Alle stehen auf, das hohe Gericht kommt herein. »Im Namen des Volkes! Hiermit wird der Angeklagte Ortlieb Bäumel zu fünfhundert Kilometern Mauermalen in China verurteilt.«
Und alles setzt sich.
»Begründung: Herr Bäumel ist wiederholt als Charakterschwein unangenehm in Erscheinung getreten und wurde mehrfacher wissentlicher Falschaussagen für schuldig befunden. Erschwerend kommt hinzu, daß der

Angeklagte nicht nur seine Ehefrau verprügelt, sondern auch seine Kinder und den Hund Waldmann, der dem Nachbarn Ruprecht Siemers gehört. Der Angeklagte ist somit für die Gemeinschaft nicht mehr tragbar. Ihm wird nahegelegt, nach Verbüßung seiner Strafe in China seßhaft zu werden.«

Egon schwieg mittlerweile wieder.

»Ich werde jetzt laut sagen, was du gesagt hast, und du nickst, wenn ich schreibe.« Ich schob den Schreibmaschinenwagen ein paarmal hin und her, obwohl es eigentlich nichts zu schieben gab. Das Papier war eingespannt, und ich konnte beginnen.

»Also, Name, Datum.« Ich tippte: »Lieber Heinz Norow«, und sah Egon an, er nickte. »Ich möchte mich auf diesem Wege bei Dir entschuldigen, weil ich Dich seinerzeit bei Sicherheitsinspektor Bäumel denunziert habe.«

Egon nickte.

»Du weißt sicher, daß Bäumel mir versprochen hat, ich käme in eine therapeutische Anstalt, wenn ich vom Dach kletterte. Als ich unten war, hat er mich gefragt, ob ich denn etwas von Deinem bevorstehenden Ausbruch wisse. Ich habe gesagt, nein, davon wisse ich nichts. Aber Bäumel wußte davon und hat es mir erzählt, und dann hat er gesagt, jetzt wisse ich es auch. Und wenn ich was wisse, müsse ich es auch erzählen, weil ich mich sonst mitschuldig machte, und mit der Verlegung in die therapeutische Anstalt wäre es dann ganz aus. Ich habe gesagt, ich könnte nur das erzählen, was ich jetzt von ihm, Bäumel, gehört habe. Und er hat gesagt, mehr brauche ich auch nicht zu tun. Er werde alles aufschreiben, und ich brauche nur zu nicken, wenn mir das Reden schwerfalle. Ist das richtig so?« fragte ich Egon.

»Ja, genauso würde ich das sagen, er hat mich gelinkt, der Bäumel, richtig gelinkt hat er mich.«

»Lieber Heinz, es tut mir leid, daß ich Dir soviel Unannehmlichkeiten bereitet habe. Ich habe nur an mich gedacht, das war unheimlich beschissen von mir. Gruß, Egon.«

Ich zog das Papier aus der Maschine. »So, jetzt liest du dir noch einmal alles durch und unterschreibst.«

»Brauch ich nicht zu lesen. Sag mal, beschissen, muß das da herein?«

»Ja. Du hast dich wie ein Scheißer benommen.«

Egon unterschrieb jedes Blatt.

»Eins für dich, eins für Norow und eins für mich.« Ich faltete das Papier ganz klein zusammen und schob es in die Hosentasche.

»Wenn ich Bäumel draußen mal erwische, dann schneide ich ihm was ab. Oder ich hau ihm einfach aufs Maul.«

»Hör auf, wenn du draußen bist, dann hast du ganz andere Dinge im Kopf. Das ist doch nicht dein erster Knast. Überleg mal, wie oft du schon schikaniert worden bist, wie oft sie dich zusammengeschlagen haben. Und was hast du gemacht, als du draußen warst?«

Schichtführer Mertens schloß in fliegender Hast die Gittertür zur Verwaltung auf, blieb mit der Uniform an der Schlüsselbuchse hängen und riß sich die ganze Tasche ab. Ein Bund Sicherheitsschlüssel, eine Packung Zigaretten, einige Münzen und ein Bleistiftstummel fielen auf den Boden.

»Scheiße!« Er bückte sich, fiel auf die Knie und versuchte einen Groschen mit der Spitze seines Kugelschreibers unter der Fußleiste hervorzufischen, stieß ihn jedoch dabei noch weiter. Er fluchte laut, gab aber nicht auf. Das Alarmhorn röhrte währenddessen ununterbrochen weiter. Andere Meister liefen an ihm vorbei, riefen sich kurze Sätze zu. Schließlich hatte Mertens den Groschen erwischt, zog sich an der Türklinke vor ihm hoch und stolperte mehr, als er ging, in das Konferenzzimmer. Schildpad war aufgestanden.

»Herr Direktor, Herr Direktor! Da ist schon wieder einer hoch aufs Dach.«

»Nein.«

»Doch. Der Schermer!«

»Geht das denn jetzt immer so weiter!« Schildpad setzte sich und griff zum Telefon. »Wie ist das passiert?« Er wählte.

»Wir wissen es noch nicht. Plötzlich war er oben, er ist nicht richtig gesehen worden.«

»Was heißt denn ›nicht richtig‹? Haben Sie ihn verschwommen gesehen, oder wie darf ich das verstehen? Wie? Nein, Anstaltsleiter Schildpad hier, Herr Dr. Weimar, aus der Konrad-Adenauer-Anstalt... Ja. Soeben höre ich, daß wieder ein Gefangener auf das Dach... Wie? Ja, ein zweiter ist auf das Dach geklettert.« Schildpad schwieg, während Mertens abwartend verharrte. »Ja, natürlich, ich werde das sofort veranlassen.« Er legte auf. »In dreißig Minuten ist eine außerordentliche Sitzung, bitte veranlassen Sie, daß sämtliche Teilnehmer vom letzten Mal wieder zur Stelle sind.«

»Jawohl, Herr Direktor.« Mertens machte kehrt.

»Und wenn Sie das erledigt haben, melden Sie sich wieder bei mir.«

»Jawohl, Herr Direktor.« Er verließ das Zimmer.

»Und Kaffee, denken Sie daran, daß Kaffee bereitsteht.« Mertens drückte die Tür noch mal auf und steckte den Kopf durch den Spalt. »Jawohl, Herr Direktor.«

Der Leitende Regierungsdirektor Weimar traf fünfunddreißig Minuten später ein. »Kommen wir gleich zur Sache, meine Herren. Offensichtlich scheint sich die Lage verschärft zu haben. Wie konnte das passieren?«

Schildpad machte eine Handbewegung in Richtung Mertens.
»Das ist alles sehr schnell gegangen.« Mertens rückte an seinem Stuhl. »Oberwachtmeister Drews bemerkte plötzlich, wie einer aus der Hofrunde um die Ecke auf den Nachbarhof ging. Er nahm an, der Mann müsse nur mal austreten, aber als er nicht wieder auftauchte, schöpfte er Verdacht. Zu diesem Zeitpunkt befand sich der Mann, es handelte sich um den Gefangenen Egon Schermer, bereits auf dem Zwischendach des Berta- und Anton-Flügels. Er ist dann dort an das Abflußrohr gegangen und nach oben geklettert. Oberwachtmeister Drews hat sofort Alarm ausgelöst und einrücken lassen, ich habe unterdessen den Herrn Direktor verständigt.«
Schweigen.
»Dieser Schermer, was ist das für ein Mann?«
»Herr Schermer sitzt als strafverschärfter Rückfall ein«, ergriff Vollzugsleiter Schlock das Wort, »Einbruchsdiebstähle, kleinere Raubüberfälle, Ladendiebstahl, na ja, nichts Bewegendes.«
»Kleinere Raubüberfälle?« Weimar zog die Augenbrauen hoch.
»Es ging immer um geringe Beträge.«
»Aber die Straftat, ich meine, der Straftatbestand war doch eindeutig Raub, oder?«
»Natürlich, natürlich. Einmal hat er einen kaufmännischen Angestellten überfallen, der eine schwarze Tasche mit sich führte, in der Konserven waren, kein Geld, wie Schermer vermutete. Der Angestellte war erst nach einer Woche wieder vernehmungsfähig und hat den Schermer ganz klar identifiziert. Hier im Haus ist er Kalfaktor und als schwieriger Fall bekannt. So hat er zum Beispiel im letzten Jahr, nur im letzten Jahr«, sagte Schlock und hob unterstreichend den Zeigefinger, »einhundertvier Tage

im Arrest verbracht, die sich in viermal einundzwanzig und zweimal zehn Tage unterteilten.«

»Was meinen Sie, wer hört auf wen?«

»Sie meinen oben auf dem Dach? Ohne Zweifel wird Holberg den Ton angeben. Oder was meinen Sie?« Schlock drehte sich Sicherheitsinspektor Bäumel zu.

»Auf jeden Fall. Der Schermer war schon im Frühjahr nur ein Mitläufer. Er wird jetzt nichts anderes sein. Er kam ja auch, nachdem ich eingehend mit ihm gesprochen hatte, abends wieder nach unten. Jetzt fürchte ich allerdings, daß er durch Holberg in seiner Entscheidungsfreiheit behindert wird. Das heißt für uns, kein Weg führt an Holberg vorbei. Oder sind Sie anderer Ansicht, Herr Hügelke?«

»Nein, nein, Holberg ist mir als ein Mann begegnet, der sich auch dort noch eine Chance ausrechnet, wo andere längst aufgeben. Der Schermer erscheint mir da bedeutend unbeweglicher, geistig natürlich. Schermer ist bedeutend leichter zu überzeugen.« Hügelke hatte sehr schnell gesprochen und schwieg jetzt wieder.

»Gut, wenn Sie es so sehen.« Weimar strich sich durchs Haar. »Ich werde nachher noch einmal versuchen, mit Holberg ins Gespräch zu kommen. Ich möchte Sie bitten, mir alles, aber auch alles mitzuteilen, was da oben passiert und was sonst noch wichtig für uns sein könnte. Ich habe inzwischen mit dem Herrn Senator eine Verbindung herstellen können, der mich angewiesen hat, ihn auf dem laufenden zu halten.«

Verstohlen wurden Blicke ausgetauscht. Der Herr Senator, sieh an.

»Wann denken Sie, werden Sie Kontakt aufnehmen?« fragte Schildpad.

»Im Laufe des Tages. Ist hier ein Raum, in dem ich ungestört bin?«

»Sie können mein Zimmer nehmen«, sagte Vollzugsleiter Schlock, »ich habe noch eine Unterredung mit Herrn Bäumel, das können wir auch bei Ihnen machen, nicht wahr?«
Bäumel nickte und sagte: »Selbstverständlich.«
Weimar ging ins Vollzugsleiterzimmer, holte die Holberg-Akte aus seiner Mappe und las den offenen Brief noch einmal: »Ein Mann, der hier fünf, acht oder zehn Jahre eingesperrt ist«, hieß es da ganz am Ende, »dem nützt es nichts, wenn er im letzten Jahr, de facto dem letzten halben Jahr, Urlaub bekommt und in eine offene Anstalt verlegt wird. Dem nützen auch keine tausend oder zweitausend Mark, die er in fünf oder zehn Jahren ›verdient‹ hat. In diesem Mann sind positive Ansatzpunkte restlos zerstört worden, und dann ist er eine Gefahr für die Öffentlichkeit, in der er sich nicht mehr zurechtfinden kann. Der Anstaltsleitung wird man dafür keinen Vorwurf machen, Schuld ist der Gefangene, der Täter, der Vorbestrafte, der Abschaum der Gesellschaft. Schon bei Strafanfang muß mit der Resozialisierung begonnen werden. Und nicht erst am Strafende mit leeren Worten.«
Weimar lehnte sich zurück und sah aus dem Fenster, sprang auf, weil oben auf dem Dach ein Mann zu sehen war. Aber nur für einen Augenblick, dann verschwand er im toten Winkel. War das der Holberg oder der Schermer gewesen? Wie dem auch sei. Er mußte in dieser Sache ganz einfach Erfolg haben. Weimar blätterte weiter in der Akte herum.
»Begründung der Strafkammer sieben des Landgerichts Steinhagen«, las er da. »Der Angeklagte verübte seine Taten mit einem hohen Maß an krimineller Energie und verbrecherischer Intelligenz, gepaart mit Skrupellosigkeit, die für die Zukunft die Vermutung zuläßt, daß der

Angeklagte weitere Straftaten begehen wird, wenn nicht eine Änderung seiner Persönlichkeit bewirkt wird. Das Gericht schließt sich in den wesentlichen Punkten dem Gutachten von Herrn Dr. Müller an und kommt zu der Auffassung, daß eine Freiheitsstrafe von acht Jahren nicht unangemessen ist. Holberg ist nicht mit gewöhnlichen Straftätern gleichzusetzen. So scherzte er zum Beispiel während des Überfalls mit dem Bankdirektor und fragte ihn, ob es ihm denn recht sei, wenn er, Holberg, noch zu so später Stunde störe, er habe leider in einem Stau gestanden. Er entschuldigte sich dafür, daß er alle Betroffenen im Tresorraum einsperrte, und versprach, umgehend die Polizei zu verständigen.«
Weimar schob die Akte weg. Eins stand fest: Diesem Holberg war nicht leicht beizukommen. Aber er scheute keinen persönlichen Einsatz. Solche Leute mußten gebrochen werden, die ließen sich nicht einfach überreden. Keine Gewalt, Kollege Weimar, die Wahlen stehen vor vor der Tür. Das war Originalton Proßt. Und er konnte die Suppe auslöffeln. Er war der zweite Mann im Amt. Wenn er es aber tatsächlich schaffte, den Holberg wieder nach unten zu bekommen, dann hatte er seine Position um einiges verbessert.

Wo liegt Norow eigentlich?«
»Auf Cäsar eins zwo. Das ist eine Sicherheitszelle mit doppelten Gittern und Kaninchendraht. Er kann aber eine Hand herausstrecken, an der Seite, das weiß ich«, erwiderte Egon.
»Gut.« Ich faltete den Brief zusammen und beschwerte ihn mit einem Steinchen. »Ich gehe jetzt rüber auf den Berta-Flügel und rufe ihn ans Fenster. Wenn ich winke, läßt du den Faden nach unten.«
Ich ging auf das andere Dach.

»Heinz! Heiiinz Norooow!«
»Ja?«
»Hier, hier oben! Kannst du mich sehen?«
»Ja! Laß dich da nicht runterholen!« Seine Stimme wurde von den Wänden zurückgeworfen. Sehen konnte ich ihn nicht, weil der Draht die Fensteröffnung verdunkelte. Es gab Zellen, bei denen konnten zusätzlich noch Eisenklappen vor das Fenster gelegt werden, dann herrschte drinnen ein Halbdunkel. Das war nicht wie ein Sarg, das war tatsächlich einer. Da war man lebendig eingesargt.
»Halt mal die Hand raus, da kommt was!«
Egon ließ den Faden runter. Er schwebte ein paarmal an Norows Hand vorbei, die durch die Luft grabschte. Sie war bis zum Gelenk sichtbar, als sei sie aus der Wand gewachsen.
»Weiter komme ich nicht!« rief er.
»Egon, dichter ran, du mußt dichter ran!«
Egon legte sich auf den Bauch, sah nach unten und versuchte Norows Hand zu treffen. Es dauerte eine ganze Weile. Der Turmmeister beobachtete uns durch sein Fernglas. Ich sah, wie er telefonierte, wie er danach die Fenster der Turmaußenseite schloß und wieder durch sein Glas guckte.
Jetzt hatte die Hand den Faden, zog ihn ein, ich wartete.
»He, Ben, das ist gut, das ist in Ordnung«, rief Norow. Er hatte das Blatt gelesen. »Ich mache das über den Anwalt, der kommt morgen sowieso. Sieh mal zu, daß sie dich nicht auf die Nase legen, du kennst sie ja.« Die Hand kam noch einmal aus der Wand, winkte, verschwand.
Ich ging zu Egon hinüber, der sich an eine Kuppel gesetzt hatte und mit dem Oberkörper dagegenlehnte.
»Hast du das gehört?«
Er nickte.

»Wir werden jetzt Batterien einsammeln. Und Gummiband.«
»Warum?«
»Damit werfen wir die Flugblätter über die Mauer. Jeder nimmt einen Flügel. Wir wickeln mit dem Blatt eine Batterie ein, Gummi drum, und ab geht die Post.« Ich teilte den Bindfaden auf.
»Woher weiß ich denn, wer Batterien hat?« fragte Egon, »ich kann nur die fragen, die oben liegen.«
»Wir rufen es einfach aus. Jeder, der alte Batterien hat, soll seine Hand rausstrecken.«
Ich ging auf den Dora-Flügel, an die Innenseite. »Alle mal herhören! Wir brauchen leere Batterien hier oben. Damit wollen wir Flugzettel über die Mauer werfen! Damit die draußen wissen, was für ein Scheißhaus das hier ist! Wer welche hat, hält kurz die Hand aus seinem Fenster!« Ich wartete. Kurz darauf kamen gegenüber zwei, drei Hände an verschiedenen Stellen aus der Wand.
»Gut, ich komme rüber.«
»Wer alte Batterien hat, Hand aus dem Fenster!« hörte ich Egon brüllen. Genauso wie der Stationsmeister immer brüllte: »Wer zum Hofrundgang will, Klappe raus!«
Gegen Mittag hatten wir über dreißig Batterien, umwickelten sie und knoteten ein Stück Faden darum. Gummibänder waren rar.
Hinter der Mauer an der Seite des C-Flügels lag ein Stück freies Feld. Dort standen vereinzelt Leute herum. Ich konnte den Mann mit der Telekanone wieder sehen. Ich holte aus, ging in die Knie, und zack! Die Batterie surrte in hohem Bogen ab, knallte gegen die obere Mauerkante und fiel in den Hundezwinger.
»Du mußt doller werfen«, sagte Egon.
Ich nahm noch mal Anlauf. Die Leute auf dem Feld rannten zur Mauer und waren vom Dach aus nicht mehr

zu sehen. Die Batterie klatschte in den Acker. Ich warf noch zwei hinterher, wartete. Bei einer löste sich der Zettel. Eine Weile passierte gar nichts. Dann tauchten die Leute wieder auf, einige suchten noch herum. Ich konnte sehen, wie sie die Zettel entfalteten.

»Was machen wir denn, wenn die das überhaupt nicht interessiert, was du aufgeschrieben hast?«

»Was noch nicht dagewesen ist, interessiert immer. Sonst würden die da nicht herumstehen.«

Unter uns kam ein Meister aus dem Haus. Er ging über den Hof zum Hundezaun und sah sich immer wieder nach uns um. Dort hob er den heruntergefallenen Zettel auf und trug ihn, den Arm etwas abgespreizt, so als wäre es eine tote Ratte, ins Haus.

»Na, jetzt brauchst du jemand zum Übersetzen, was?« brüllte Egon runter.

»Laß ihn doch, unterhalt dich doch nicht mit dem«, sagte ich.

Egon beugte sich mit dem Ohr dicht über die Klappe.

»Da unten ist was«, sagte er leise, »da ist wer im Raum, sei mal leise.«

»Ich mach doch gar nichts«, flüsterte ich zurück, »das wird Weimar sein.«

»Weimar? Der aus dem Amt?«

»Ja. Der war schon mal hier, wollte mich wieder nach unten locken.«

»Na, dem werde ich aber erzählen, wie der Bäumel mich verschaukelt hat.«

»Du wirst nichts erzählen, du hältst Ruhe und hörst zu. Setz dich am besten hinter die Klappe.«

Unter uns hörte man jetzt, wie das Gitter aufgeschlossen wurde.

»Herr Holberg? Ich bin es, Weimar.«

Egon setzte sich auf die andere Seite.
»Ja, ich bin hier, Sie können ruhig herauskommen.« Der Lukendeckel kam hoch, und über der Kante sah ich nur noch Egons Augen.
»Hallo, wie geht es Ihnen?«
»Danke gut. Und selbst?«
»Ach, na ja, so besonders nicht, wie Sie sich denken können. Heute morgen hatte ich noch Hoffnung, daß wir gemeinsam einen vernünftigen Weg finden würden, und nun...« Sein Kopf kreiste einmal kurz rundum. »Und nun auch das noch.«
»Was?«
»Nun tun Sie doch nicht so. Der Schermer ist doch jetzt auch wieder hier oben.«
»Ach, das meinen Sie. Klar. Schermer hat genau dieselben Gründe wie ich, hier oben zu sein. Deshalb spreche ich für uns beide. Ob Sie jetzt sagen, das ist Meuterei oder in Spanien fällt 'ne Schaufel um, das kommt aufs gleiche heraus.«
»Wieso Spanien?«
»Ach, das sagt man so.«
Weimar räusperte sich. »Na ja, gut, sprechen wir von etwas anderem.«
»Ja, was haben Sie gestern abend gemacht?«
»Ich? Ich war zu Hause, ich hatte noch zu arbeiten und bin erst spät ins Bett gekommen.« Er deutete ein Gähnen an.
»Bei mir ist es auch zwei geworden«, sagte ich verbindlich, »die unten im Haus haben einen Krach gemacht, daß es kaum zum Aushalten war.«
»Herr Holberg, so geht das doch nicht«, sagte Weimar etwas gequält, »wollen wir nicht versuchen, vernünftig miteinander zu reden.«
Egon feixte hinter der Klappe herum. Seine Augen waren

nur noch Schlitze. Weimar schien einen Augenblick zu überlegen. »Sehen Sie, Holberg, ich habe Sie immer als einen vernünftigen und verantwortungsvollen Menschen erlebt.«

»Ach ja?«

»Bitte unterbrechen Sie mich nicht. Ich...«, er suchte nach den richtigen Worten, »...ich kann Sie sehr gut verstehen. Und auch wenn Sie glauben, schon einen Schritt zu weit gegangen zu sein und nicht zurückzukönnen, noch ließe sich da was machen.« Pause. Er hatte ganz sachlich gesprochen. »Sie können mir dabei helfen!« trompetete er auf einmal. Und dann viel leiser, fast gedämpft, eindringlich: »Wenn Sie wollen.«

»Ich will aber nicht«, sagte ich klar und deutlich.

»Ich verspreche Ihnen«, fuhr er fort, »keinerlei Sanktionen, sofern es meine Zuständigkeit betrifft. Ich verspreche Ihnen weiter, daß ich persönlich die von Ihnen vorgebrachten Vorwürfe und Mängelmeldungen überprüfen und Abhilfe schaffen werde, falls sie berechtigt sind.«

»Hören Sie endlich auf«, sagte ich. »Was erzählen Sie denn hier? Und wenn es Ihre Zuständigkeit nicht betrifft, dann sind Sie fein raus, wie? Wer entscheidet denn darüber, ob meine Vorwürfe berechtigt sind? Doch nicht alleine Sie. Außerdem habe ich keine Lust, ich habe einfach keine Lust, mit Ihnen zu reden.«

»Ob Sie das einfach so entscheiden können«, sagte Weimar und wiegte den Kopf. »Ich weiß nicht, ob Herr Schermer Ihre Ansicht teilen...«

»Ich bleibe hier oben, hier geh ich nur als Leiche runter«, brüllte Egon von oben auf Weimars Scheitel.

Weimar zuckte zusammen, zog den Kopf etwas ein, schaute kurz zu Egon hoch, dann wieder zu mir, zu Egon, wieder zu mir und sah mich mit einem Blick an, als wollte er sagen: Was machen wir denn mit dem?

»Ich demonstriere nicht für eine Überprüfung irgendwann. Sie können mit dem Überprüfen ja schon mal anfangen, solange wir hier oben sind. Ich will, daß sich etwas ändert.«
»Aber, Herr Holberg«, sagte Weimar empört, »das stimmt doch gar nicht, was Sie da schreiben.« Er kam mit einer Hand aus der Luke und hielt eines der Flugblätter hoch. »Es gibt Regeln, in jeder Gesellschaft gibt es Regeln! Hier leben viele Menschen sehr eng zusammen, und deshalb gibt es Regeln! Regeln, die dieses Zusammenleben erst ermöglichen. Und Sie werden nicht bestraft, weil ein anderer einen Ausbruch macht, wir haben kein Kollektivstrafsystem. Aufgrund der letzten Vorkommnisse hat der Senator angeordnet, daß am Sport nur Insassen teilnehmen dürfen, die eine überschaubare Reststrafe zu verbüßen haben. Was man von Ihnen ja wohl nicht gerade sagen kann!«
»Wenn Sie weiter so brüllen, rede ich überhaupt nicht mehr mit Ihnen.«
»Ist doch wahr.« Weimar schnaufte.
Ich drehte mir eine Zigarette.
»Können Sie, ich meine, jetzt könnten Sie mir auch mal eine drehen, wenn es Ihnen nichts ausmacht...«
»Nein, nein, ich geb Ihnen diese. Wollen Sie selbst lekken?« Ich hielt ihm die Rolle hin.
»Nein, machen Sie nur. Ich drehe so selten.«
Ich überlegte kurz, ob ich ihm die Zigarette klatschnaß machen sollte, leckte dann aber nur ganz sachte über den Klebestreifen, hielt sie ihm hin und gab ihm auch noch Feuer.
»Danke«, hustete er. »Stark«, sagte er und hustete erneut, »aber sehr würzig. Sie müssen entschuldigen, ich rauche sonst leichter.« Er nickte mir mit schwimmenden Augen zu.

»Schon in Ordnung, ich rede mit niemand darüber.«

»Dicke Backen machen und bei der ersten Zigarette gleich ein Asthmaanfall, so was hab ich gerne!« tönte Egon hinter dem hochstehenden Deckel.

Weimar nahm wieder einen Zug. Dann schaute er in den Himmel, immer höher, verdrehte die Augen, doch Egon ließ sich nicht sehen.

»Was meinen Sie, wie viele Blätter wollen Sie denn noch schreiben«, sagte er mit einem Blick auf die Schreibmaschine, die ein paar Schritte weiter auf dem Dach stand, mit eingespanntem Papier.

»Mal sehen, ich hab ja Zeit.«

»Ich habe mir übrigens Ihre Akte kommen lassen. Ich finde den Stil Ihrer Beschwerden ausgezeichnet, da weiß man sofort, woran man ist. Sie verstehen es, die Dinge gleich auf den Punkt zu bringen, wirklich.«

»Will er einen auf 'n Punkt haben, oder was will er?« mischte Egon sich wieder ein.

Weimar hörte nicht hin. Ich auch nicht. Ich trat meine Kippe mit dem Absatz aus.

»Machen Sie das immer so?«

»Was?«

»Ihre Zigarette, wie Sie die austreten. Das ist doch alles Teerpappe hier oben, leicht brennbares Material.«

»Deshalb trete ich ja drauf.«

»Aber Sie drehen mit dem Absatz Löcher in die Pappe, damit beschädigen Sie das Dach. Bei Regen sickert dann Wasser herein, und ihre Kollegen auf der oberen Station sitzen in feuchten Räumen. Wieviel rauchen Sie pro Tag?« fragte Weimar sachlich.

»Zwanzig.«

»Raucht Schermer auch?«

»Ja«, sagte Egon hinter der Klappe. »Wenn das Haus gut durchfeuchtet ist, kann es nicht abbrennen.«

»Haben Sie sich eigentlich schon einmal Gedanken darüber gemacht, was so was kostet?« fuhr Weimar unbeirrt fort.
»Warum?«
»Ich habe vergangenes Jahr mein Garagendach neu dekken lassen. Wissen Sie, was das gekostet hat?«
»Wie groß ist die Garage denn?«
»Warten Sie mal...« Er überlegte kurz. »So etwa achtunddreißig Quadratmeter.«
»So groß?«
»Es ist eine Doppelgarage, ich vermiete die andere Hälfte, siebzig Mark im Monat. Kaum der Rede wert bei den steigenden Kosten.«
»Und?«
»Zwei-und-fünf-zig-mark-und-sieb-zig«, silbierte Weimar, »der Quadratmeter!« Sein Zeigefinger kam aus der Lukenöffnung, tauchte wieder weg. »Das sind über zweitausend Mark!«
»Was haben Sie denn da drauf? Silberfolie oder was?« fragte Egon hinter der Klappe.
»Was Sie wohl denken.« Weimar legte den Kopf zurück und sprach in den Himmel. »Ganz normale Teerpappe, allerdings gibt es da heute ein neues Verfahren.«
»Pflanzen Sie sich doch gleich auch noch 'nen Garten aufs Dach«, schlug Egon vor.
»Aber dann muß ich extra einen Gärtner bestellen. Arbeiten die denn auch auf Dächern?« Weimar guckte wieder in den Himmel.
»Das können Sie selbst machen. Da holen Sie einfach kleine Bäume aus dem Wald und Gräser und so und pflanzen das ein.«
»Ja, und wie schaffe ich die Erde auf das Dach?«
»Mit einem Eimer.«
»Ich weiß nicht«, sagte Weimar und schaute mich an,

»ich fürchte, dazu wird es mir an Zeit fehlen, ich wollte Ihnen ja auch nur einmal vergegenwärtigen, was so etwas kostet. Darüber sollten Sie einmal nachdenken, Holberg.«
»Brandschaden oder Wasser?«
Er schwieg. Sein Gesicht sah so aus, als hätte er mir gerne eine geklebt. Aber das konnte er nicht. Weil er in der Lukenöffnung stand.
»Warum sagen Sie eigentlich ›Holberg‹ zu mir? Ich sage doch auch ›Herr Weimar‹.«
»Herrgottnochmal!«
»Herr Holberg.«
Weimar schnaufte, verlagerte sein Gewicht von einem Fuß auf den anderen, einige Male, dabei wackelte sein Kopf. Als führe er mit seinem Panzer über holpriges Gelände. »Sie werden schon wieder pingelig«, sagte er einlenkend. »Wissen Sie, wenn ich es mir recht überlege, ist es das, was meine Sympathie für Sie ausmacht ...«
Nun legte ich den Kopf schief.
»... daß Sie Unwesentliches wesentlich machen.« Wieder kam eine Hand mit meinem Flugblatt aus der Öffnung, und verschwand. »Das schreiben Sie ja auch so geschickt auf Ihrem Zettel: ›Vielleicht denken einige, ich sei verrückt ...‹, damit sprechen Sie gleich das Wesentliche an und verstärken, was für die meisten sicher unwesentlich gewesen wäre ...« Er stockte. Egon war aufgestanden und schlug hinter mir einen Kreis, Weimars Augen folgten ihm, bis er wieder seitlich im toten Winkel verschwand. Ich sah, wie er mit einer Glasscherbe seinen Namen in die Teerpappe ritzte.
»Was für ein Datum haben wir heute?« fragte Egon.
»Sechzehnte, der Sechzehnte ... Was macht er denn da?« fragte Weimar, drehte den Kopf, doch Egon war für ihn nicht zu sehen.

»Er ritzt seinen Namen ins Dach.«
»Was tut er!?«
»Sag ich doch. Er macht eine Gravur. Macht man schließlich, wenn man an einem seltenen Ort ist. Da wird der Name eingeritzt und das Datum. Haben Sie das noch nie gehört?«
»Schon, ja.« Weimar nickte. »Aber das macht man doch wohl nur an Bäumen, oder?«
»Na, sehen Sie hier irgendwo einen Baum?«
Aus dem Raum unter Weimar war eine Stimme zu hören, ich konnte nicht verstehen, was sie sagte. Er guckte nach unten, für einen Moment war sein Kopf weg. »Halten Sie den Mund und den Stuhl fest!« hörte ich ihn unterdrückt. Er kam wieder hoch, etwas rot im Gesicht. »Ich stehe auf einem Stuhl, und der steht auf einem Tisch.« Er lächelte fast verlegen. «Und der steht wieder auf vier Stühlen, so was wackelt schon mal.« Er machte eine Pause, als suche er nach einer passenden Überleitung, fand aber offensichtlich keine. »Sie ändern also Ihre Meinung nicht?« fragte er unvermittelt in sehr hartem Ton.
»Nein.«
»Sie zwingen uns damit, gegebenenfalls Mittel einzusetzen, auf die wir eigentlich verzichten wollten.«
»Dann lassen Sie es doch.«
»Treiben Sie es nicht zu weit, Holberg!«
»Setzen Sie doch Ihre Mittel ein. Schicken Sie ein Rollkommando oder so was. Na und? Dann rollen wir alle gemeinsam nach unten. Oder lassen Sie ganz einfach auf uns schießen. Was wollen Sie denn noch an ›Mitteln‹ einsetzen? Wir machen doch gar nichts, wir sitzen hier nur ...«
»Sie gefährden die Sicherheit und Ordnung in einem nicht mehr vertretbaren Maß, Sie wiegeln andere Mitinsassen auf!«

»Ich wiegele niemanden auf, ich erinnere nur daran, was hier los ist, ich erinnere die Leute daran, daß sie wie Tiere behandelt werden, wie Schweine, und wenn sie sich nicht endlich einmal wehren, dann werden sie verwurstet.«

»Im Moment geht es hier doch nur um Sie. Nicht um die anderen.«

»Nein, es geht um alle. Es geht um die Erziehung zur Unmündigkeit.«

»Herr Holberg«, versuchte er mich zu unterbrechen.

»Ich werde in Zukunft überhaupt nicht mehr mit Ihnen reden«, fuhr ich erregt fort, »ich werde nur noch mit dem Senator sprechen. Ja, der Senator soll kommen. Bestellen Sie ihm, daß er uns auf jeden Fall hier oben erreichen kann, und wenn er uns nicht sofort sieht, soll er pfeifen, dreimal lang und dreimal kurz.«

»Der Herr Senator ist über diesen Vorfall bereits in Kenntnis gesetzt worden«, sagte Weimar schnell, »ich meine, wir brauchen uns jetzt doch nicht so anzuschreien.«

»Na, dann soll er doch mal vorbeischauen.«

»Holberg, Sie sind ja verrückt.«

»Ach ja? Jetzt wird bei Ihnen das Unwesentliche wesentlich, was? Hätten Sie doch gleich sagen können.«

Er schüttelte den Kopf. »Ich muß jetzt gehen, ich werde wiederkommen, wenn Sie sich hoffentlich etwas beruhigt haben.«

»Soll ich ihm den Deckel auf den Kopf fallen lassen?« fragte Egon.

Weimar schien ihn nicht gehört zu haben, nickte mir zu, faßte nach oben und zog die Luke hinter sich zu. Die Stimmen darunter waren undeutlich. Wir saßen uns wie an einem niedrigen Tisch gegenüber, Egon und ich.

»Ihr habt die ganze Zeit nur Unsinn geredet«, sagte er

und sah mich mit nach hinten gelegtem Kopf an, den Mund halb offen.
»Warum guckst du eigentlich immer so?« fragte ich ihn.
»Wie? Wie gucke ich denn?«
»Mit dem Kopf, so, den legst du immer so nach hinten.«
»Wegen meiner Brille.«
»Dann setz sie doch ab.«
»Geht nicht. Weil sie verschiedene Gläser hat. Durch die oberen kann ich nichts mehr sehen, die müßten mal ausgewechselt werden, aber die unteren gehen noch.«
Wir bummelten nebeneinander über die Dächer.
»Bist du schon mal an der Turmwand gewesen?« fragte Egon.
»Ja. Hinter den Holzlamellen ist Maschendraht, ganz solide. Wenn wir aber eine Zange hätten, wäre das kein Problem.«
»Die besorgen wir. Mensch, wenn wir im Turm sind, dann kann uns keiner. Harry hat eine.«
»Was?«
»Eine Zange, eine Kombizange hat der. Der macht so Drahtarbeiten auf der Zelle. Ich besorge sie nachher.«
»Und wenn er sie nicht hergibt?«
»Nicht hergibt? Der schuldet mir noch was. Er kann sie ja anschließend wiederhaben. Wir knacken nur den Draht, und er kriegt sie zurück.«
Wir setzten uns an die Kante des Dora-Flügels. Von hier aus konnten wir sehen, wenn die Männer in die Betriebe einrückten, direkt unter uns verlief der Weg in die Nachbaranstalt.
»Sag mal, Ben, du bist wegen Bankraub hier, nicht?«
»Ja, auch.«
»So was hatte ich auch mal vor.« Er hatte auf einmal so einen Gesichtsausdruck, als habe ihm jemand in den Hintern getreten und er entschuldigte sich dafür.

»Und?«
»Was, ›und‹?«
»Was heißt das, ›hattest du vor‹? Hast du erst mal geübt? An einem alten Bunker?«
»Quatsch, in einem Bunker gibt es keine Kohle, so blöde, wie du denkst, bin ich auch nicht. Ich wollt es wirklich mal abziehen, so ein Ding, aber ich habe keinen Führerschein, und zu Fuß hatte ich keinen Bock.«
Wir standen auf und schlenderten den Dora-Flügel hinunter, dann auf der linken Seite zurück, über die Zentrale, und auf den Cäsar-Flügel, rechts bis zur Stirnseite, links wieder zurück, ein Schwenk über die Zentrale, und auf den Berta-Flügel ...
»Das ist wie ein Hofrundgang, nicht?« Egon griente.
»Aber wenn du beim Hofrundgang danebentrittst, stehst du auf dem Rasen. Hier zwar auch, nur dauert es einen Augenblick.«
»Wie war es denn drüben, im Krankenhaus? Ich meine, das Essen?« fragte Egon.
»Nicht schlecht.«
»Ich war mal drüben, vor zwei Jahren oder so, da war der Fraß schlechter als heute hier.« Egon verzog angewidert sein Gesicht. »Und dann war da so ein alter Kommißkopp als Arzt, der machte Vertretung, der stank immer nach Zigarre, wenn er Visite machte. Und wie! Ich dachte, wenn der dich mal operiert, macht er Feinschnitt aus dir.«
»Weshalb warst du denn drüben?«
»Arm gebrochen. Da war ich Kalfaktor auf Berta drei und hab besoffen die Treppe bohnern wollen, mit dem schweren Bohnerklotz. Bei der oberen Stufe ging ich gleich ab, danebengetreten oder so was. Siebzehn Stufen, war ein richtiges Wunder, daß ich mir nichts gebrochen hatte. Aber dann kam der Bohnerklotz.«

»Jetzt waren da zwei junge Ärzte. Die waren gut. Wirklich.«
Egon sah mich an. »Vielleicht sollte ich mal 'nen Sputnik verdrücken.« Er legte den Kopf nach hinten und massierte seinen Hals mit einer Hand, immer hoch und wieder runter. »Aber ich mag kein Metall. Ich hatte schon mal einen halb unten, da habe ich ihn wieder ausgekotzt.«
»Wenn du ihn ganz gerade in ein Würstchen schiebst und den Kopf weit zurücklegst, dann kannst du deinen Hals wahrscheinlich überlisten. Der denkt dann, sieh mal an, ein Würstchen. Und auch dein Magen denkt, sieh da, ein Wiener, so was hat man nicht jeden Tag. Dazu am Stück und noch nicht vorgekaut.« Ich lachte. Egon nicht.
»Hab auf beides keinen Bock, nicht am Stück und nicht vorgekaut«, sagte er. »Eigentlich hab ich Schiß vor so 'nem Sputnik. Aber wenn du sagst, daß es da jetzt so gut ist.«
»Wieso, hab ich gesagt, es ist da gut? Ich habe gesagt, das Essen ist nicht schlecht, und die Ärzte sind in Ordnung.«
»Sind da noch Schwestern?«
»Zwei. Ganz neu.«
»Und?«
»Was, ›und‹?«
»Na, wie sehen sie aus, erzähl doch mal. Hübsch?«
»Ja.«
»Schwarzhaarig?«
»Eine.«
»Und die andere?«
»Blond.«
»Und sonst?«
Ich versuchte mich an das Gesicht der Röntgenschwester zu erinnern, an ihr rundes, mager wirkendes Gesicht mit der kurzen, spitzen Nase. Entweder sah man nur die

Nase oder nur das Gesicht. Als habe ihr, als ihr Gesicht eigentlich schon fertig war, noch irgend jemand im Vorbeigehen eine Nase hineingeworfen, wie in eine Wurfscheibe. Da steckte sie nun. Ein Leben lang. Darunter der Mund, Lippen wie die Kanten zweier übereinanderliegender Papiertaschentücher, deren Ecken durch vereinzelte schwarze Härchen begrenzt wurden, zu denen ein Auge immer etwas heruntersah. Wie ein Knopfloch bei einem ganz engen Hemd, aus dem der Knopf schräg zur Seite herausschielte.
Als ich sie das zweite Mal sah, stellte ich mir vor, wie es sei, sie zu küssen. Die schmalen, fast lila aussehenden Papiertaschentuchkanten würden sich öffnen, meine Zunge würde sie vorsichtig berühren, dann etwas weiterkrabbeln, in den Mund und ... Schnapp! Wie zwei Muschelhälften würden die Kanten zusammenklappen, meine Zunge eingeklemmt oder ganz ab! Lieber nicht.
»Möchte mal wissen, warum du nichts sagst«, ließ Egon sich vernehmen.
»Über welche denn?«
»Die Blonde?«
»Die Blonde!« Ich sah ihn abschätzend an. »Sie ist etwa so groß wie du, na ja, vielleicht etwas kleiner. Sie wird dir so bis an die Stirn gehen.«
»Ich bin einseinundsiebzigkommafünf.« Egon reckte sich.
»Dann ist sie kleiner. Ihre Haare sind mittellang, etwa so«, sagte ich und tippte mit dem Finger in seinen Nakken, »und kräuselig, wie altes Stroh. Und wenn die Sonne draufschien, mußte ich immer an frische Haselnüsse denken.« Ich machte eine Pause, ohne daß Egon etwas sagte. »Ihre Augen ... ihre Augen haben die Form dieser etwas gebogenen Haarspangen, die mit dem dünnen Stab in der Mitte, und wenn sie sich anstrengt, bewe-

gen sich ihre Nasenflügel, und ihre Lippen sind ein kleines bißchen geöffnet, weil sie durch den Mund atmet, und du spürst ihren Mundgeruch, herb und klar, und etwas nach Möse.«

»Was habt ihr denn gemacht?«

»Gemacht? Nichts gemacht. Sie mußte mich hochheben, beim Röntgen, da war ihr Mund ganz nah über mir, weich und feucht. Sie hat ein kleines Grübchen links und rechts, wenn sie lacht.«

»Was gibt's denn da zu lachen, beim Röntgen?«

»Mal dies, mal das. Und einen weißen Kittel trug sie.«

»Vorne offen?«

»Nein. Unterbrich mich nicht. Ganz zu war er, der Kittel, bis zum Hals geschlossen, ohne Schlitz. Ihre Beine waren erst vom Knie ab zu sehen, um die der Kittel so herumschlabberte, wenn sie barfuß durchs Gras lief.«

»Was ist denn mit dir los? Hat sie dich auf 'ner Wiese geröntgt oder was?«

»Nein. Das ist ein Raum mit Kunststoffboden, ohne Fenster, und an der Wand hängt ein mannsgroßes Bild von einem Typ ohne Haut.«

»In dem Raum bin ich auch mal gewesen. Nach Karbol stinkt es da.« Egon überlegte. »Mensch, eben habe ich richtig einen Halbsteifen gekriegt.«

»Ich kann ja eine Decke besorgen.«

»Nein, ist schon vorbei. Komm, wir klettern mal auf das Kirchendach.«

Ich folgte ihm. Wir suchten uns eine bequeme Stellung im Schornsteinwinkel.

»Hier sind wir sicher.« Er musterte den Glockenturm. Wir schwiegen.

Ich sah die kleinen, dunklen Fensterlöcher in Reihe und Glied, wie eine große Katakombenwand. In jedes Loch wird ein Sarg geschoben. Immer hab ich darüber nachge-

dacht, wie ich hier nur wieder herauskomme. Und wenn ich es in Gedanken dann geschafft hatte, wußte ich nie, wohin. Aber erst mal raus aus dieser Kaputtfabrik, aus diesem Schlachthof. Ja, ein Schlachthof ist das. Nur schlachten sie hier auf Raten.
Schlachthöfe liegen meist am Rande einer Stadt. Wie Kläranlagen. Die Bürger haben es nicht gern, wenn sie beim Frühstück durch das erbärmliche Geschrei eines losgerissenen Schweins gestört werden. Oder durch das Brüllen der Rindviecher, die darauf warten, abgeschlachtet zu werden oder vielleicht auch nur in eine andere Box zu kommen. Sie wittern die Gefahr. Zum Beispiel, wenn das Rollkommando unterwegs ist. Dann brüllen sie laut. Weil sie ihre Artgenossen warnen wollen. Deshalb werden Schlachthöfe immer abseits gebaut, und wenn eine Stadt bis an sie heranwächst, sorgen die Planer schon dafür, daß in ihrer Nähe nur irgendwelche Fabriken errichtet werden.
Jeder Schlachthof hat eine Mauer. Damit man einem wildgewordenen Bullen nicht meilenweit hinterherzulaufen braucht. Über die Mauer kommt er nicht. Und wenn er noch so wild ist. Er kann zwar mit dem Kopf dagegen anrennen, doch das ist aussichtslos. An der Außenseite so einer Mauer stehen schrägangelegte Stützen, die einem Innendruck von zehn Bullen standhalten.
So viele reißen sich nie auf einmal los.
So ein Schlachthof wird meist aus mehreren Gebäuden zusammengebaut. Da kann das Vieh zwecks gründlicher Verarbeitung viel schneller hin und her getrieben werden. Je kürzer der Weg, desto höher die Stückzahl. Alle Gebäudeteile hängen zusammen. Ohne an die frische Luft zu müssen, gelangt man von einer Seite auf die andere. Auf der höchsten Stelle eines Schlachthofs prangt oft ein Fahnenmast. Früher haben sie damit die

kaiserlichen Geburtstage angezeigt. Wenn ein Bullenhuf in ein Schlachthofangestelltenkreuz getreten hat, dann weht die Fahne halb so hoch wie normal.
Die Angestellten wohnen alle in nächster Nähe. Mit dem Bauen einer Schlachtstätte werden meist auch gleich Betriebswohnungen errichtet. Da brauchen die Leute nicht weit zu laufen, wenn mal unvorhergesehen nachts gearbeitet werden muß. Da sind sie gleich zur Stelle. In den Angestelltenwohnungen ist das schweinische Gebrüll, das Aufbegehren der Rindviecher sicher gut zu hören. Aber dafür ist die Miete niedrig. Und beruflich haben die Leute es ja ohnehin mit Gebrüll zu tun.
Es ist wie bei Menschen, die neben einem Bahndamm wohnen. Da wackelt dem Mann, wenn er gerade vierzig ist, schon so der Kopf, als würde er über mittelalterliches Straßenpflaster fahren.

Im Bereitschaftsraum der Verwaltung waren mehrere Meister versammelt. Auf dem Tisch lagen ein paar Kopien des offenen Briefes, einer der Neuen reparierte einen Wäschekorb. Mit einem Draht versuchte er, die zerfledderten Stellen zusammenzuflicken.
»Das hat doch keinen Sinn«, sagte Hermann Frietlich. Frietlich war Oberverwalter und hatte schon einige Dienstjahre hinter sich. Eigentlich war er Maurer und hatte früher einmal eine eigene Firma gehabt, die pleite gegangen war. Dann hatte er sich bei der Polizei beworben, war aber nicht angenommen worden, weil er die Bewerbungsaltersgrenze schon überschritten hatte. Zusammen mit einem Freund gründete er daraufhin ein Abbruchunternehmen. Teilweise hatten sie Häuser abgerissen, die Frietlich Jahre zuvor gebaut hatte. Das Unternehmen ging ebenfalls pleite. Frietlich hatte sich dann bei der Justizbehörde beworben und war eingestellt wor-

den. »Diese Körbe, das ist nichts Halbes und nichts Ganzes. Ich verstehe nicht, warum man uns keine Schilde gibt, wie die Polizei sie hat. Damit kriegen wir die Leute ruck, zuck aus der Zelle. Und wir können was sehen. Durch die Körbe sieht man doch nichts.«
»Aber der Knacki kann dich dann auch sehen und weiß, wer ihn da gegen die Wand drückt.«
»Na und?«
»Vielleicht schlägt er dir bei einer anderen Gelegenheit dann ein Stuhlbein über den Kopf.«
»Ach, hör auf. Mich hat noch nie jemand ernsthaft angegriffen. Dann gibt es Nachschlag, vielleicht ein paar Jährchen. Widerstand gegen die Staatsgewalt.«
»Und was nützt dir das, wenn du für den Rest deines Lebens mit dem Kopf wackelst.«
Frietlich winkte ab. »Wenn ich was zu sagen hätte, dann wäre der Mann da oben schon unten. Ich würde ihn wegpicken. Wozu haben wir denn unser Krankenhaus? Er wird anschließend doch wieder bestens hergestellt.«
»Manchmal kann ich deine Sprüche nicht mehr hören«, sagte Drews junior, »du kennst den doch gar nicht. Ich glaube, wenn du dem alleine gegenüberstehst, dann scheißt du dir in die Hose. Hast du das gelesen?« Er nahm einen der Briefe vom Tisch und hielt ihn hoch.
»Du nun wieder«, sagte Frietlich griesgrämig, »unsere Aufgabe ist es, die Sicherheit hier zu gewährleisten, wir haben einen Auftrag, vom Bürger. Ob ich diesen Wisch lese oder nicht, wir müssen den Kerl vom Dach herunterkriegen.«
»Bei Hagenbeck haben sie so ein Gewehr, mit dem kann man Elefanten betäuben, ich habe da über zwei Jahre gearbeitet.«
»Wenn er an der Kante steht, dann nützt das auch nichts, dann fällt er runter«, mischte sich ein anderer ein.

»Das ist dann seine eigene Schuld.« Frietlich steckte sich einen Zigarillo an.
Drews junior ließ hörbar Luft aus der Nase. »Das ist es«, sagte er, »du hast gar nicht begriffen, daß es dem scheißegal ist, ob er runterfällt oder nicht. Das gibt einen Riesenskandal. Außerdem geht es hier um ein Menschenleben. Ich möchte nicht auf einen Mann schießen, nur weil er demonstriert. Der wehrt sich doch gar nicht.«
»Ja«, lachte Frietlich selbstherrlich, »da bist du noch zu grün. Du mußt dafür sorgen, daß er sich wehrt, und dann setzt du ihn außer Gefecht. Ich verstehe gar nicht, was du hier eigentlich machst. Warum bist du nicht Krankenpfleger geworden?«
Die anderen lachten.
»Meint ihr, daß der Senator tatsächlich ins Haus kommt?« fragte einer der Meister. »Der verlangt es ja, da oben, und wenn wir ihn nicht runterbekommen, dann muß doch irgendwas passieren.«
»Der Senator? Nie. Der kommt niemals. Der hat seine Leute. Da ist doch der aus dem Amt, der Weimar, der wird das Ding schon schaukeln. Dafür hat er ja den Posten.«
»Der schaukelt nichts, der ist ein Schreibtischhocker«, sagte Frietlich, »von der Praxis haben die keine Ahnung.«

Egon hatte auf dem Rücken gelegen und setzte sich jetzt wieder gerade hin.
»Sag mal, Ben, wie war das eigentlich mit deinem Bankraub? Ich meine, ist das alles glattgegangen, oder seid ihr nur mit knapper Not entwischt? Da war doch noch einer.«
»Ortwin.«
»Dein Freund?«

»Nein. Wir haben uns beim Sport kennengelernt. Er war eben von einer Flucht zurückgekommen.« Ich schwieg.

»Und weiter? Seid ihr zusammen abgehauen?«

»Ja.« So lange ist das eigentlich noch nicht her, dachte ich, und trotzdem liegt es so weit zurück. Irgendwie erscheint mir alles unwirklich, als hätte ich es selbst gar nicht erlebt, als sähe ich das alles noch einmal in einem Film.

»Nachts?«

»Am Tag. Über einen Wachturm.«

»Das habe ich gelesen, aber nur so einen kurzen Artikel.«

»Sonntags nachmittags war das«, sagte ich, »um halb zwei war Schichtwechsel. Laut Vorschrift mußte der frische Turmmeister kurz vor Schichtbeginn unten am Turm warten. Der Meister oben auf dem Turm ließ ihm dann den Schlüssel herunter, an einem Bindfaden. Damit konnte er die Falltür aufschließen und eine Treppe herausziehen. Wie die Bodentreppe in einem Einfamilienhaus. Nur aus Eisen. Dann stieg er in den Schacht, in dem Steigeisen hoch bis zu einer zweiten Falltür führten, die der oben hochhob. Während des Dienstes saß der Turmmeister mit seinem Stuhl auf der Klappe.

Der, der Schluß hatte, sagte dann ›Jetzt bist du dran‹ oder ›Fröhlichen Dienst‹ oder so was und stieg nach unten. Von dort schob er die Leiter wieder rein, schloß mit dem Schlüssel ab und ging weg. Zum Mittagessen. Der oben zog dann den Schlüssel wieder hoch.

Aber das wurde nie so genau eingehalten. Der Meister von oben stieg manchmal schon herunter, wenn der andere noch unten war. Dann redeten sie ein paar Worte und gingen auseinander. Die Treppe wurde oft überhaupt nicht hochgezogen. Sonntags hatten die Meister, die abgelöst wurden, es immer besonders eilig. Wahrscheinlich wegen dem Essen.

Wir hatten das oft beobachtet. Einer war dabei, der ist immer schon so früh nach unten geklettert, daß er der Ablösung ein paar Meter entgegengehen konnte. Immer, wenn der Dienst hatte, haben wir uns auf die Lauer gelegt. Waren nur wenige Männer in der Nähe, dann ging er dem anderen, also dem ablösenden Meister, zehn oder sogar zwanzig Meter entgegen. An jenem Sonntag haben wir kurz vor halb zwei alle Sportler auf die andere Platzseite geschickt, Ortwin und ich, und haben gesagt, dort würden sie fürs Sportfest notiert.
Ortwin lag hinter einem Stapel Turnmatten, und ich stand im Geräteraum und linste durch den Spalt der offenen Tür. Dann machte der oben sich fertig, Jacke an, Mütze auf, und sah dauernd in Richtung Verwaltung und dann wieder auf den Sportplatz. Schließlich kam er runter und ging dem anderen entgegen. Vorher sah er sich noch mal um, aber da war niemand.
Plötzlich sehe ich schon Ortwin, wie er geduckt auf den Turm zuläuft. Ich also aus der Tür und hinterher. Ortwin trampelt die Eisentreppe hoch, und der Meister dreht sich um, ist so zwanzig oder dreißig Meter entfernt. Na, ich hab ihm noch mal zugewunken, und dann nichts wie rein in den Turm. Oben sind wir aus dem Fenster und dann im Affentempo eine Böschung runter, in den Fluß.«
»Wie hoch war das Fenster?«
Ich zuckte die Schultern. »Vielleicht fünf Meter, aber wir haben uns oben an die Kante gehängt und fallen lassen, da waren es nur noch drei. Der Fluß war nicht sehr breit, und kaum waren wir auf der anderen Seite, da tauchten oben schon die beiden Meister auf. Mein Gott, sah das komisch aus. Ich konnte zuerst gar nicht richtig laufen, weil ich so lachen mußte. Diese beiden Gesichter nebeneinander auf dem Turm ...«
»Haben sie geschossen?«

»Nein. Das ging alles ziemlich schnell. Ortwin hatte vorher gemeint, wir sollten das Gewehr mitnehmen, das oben auf dem Turm war, aber dazu hatte ich keine Lust. Ich habe gesagt, wenn wir das Gewehr mitnehmen, dann sind sie viel aufgeregter. Und wenn sie uns jagen, dann ballern sie einfach los, weil sie denken, wir ballern. So ein Gewehr stört auch nur beim Laufen. Auf der anderen Flußseite war Weidendickicht. Da sind wir rein und immer so ausgetretene Pfade lang, dann durch ein paar Wiesen, und wir waren im Wald. Und plötzlich waren Bullen da, mitten im Wald. Ich sehe an so einer Waldwegkreuzung was Weißes, und in dem Moment knallt es auch schon, und jemand brüllt was von Stehenbleiben.«

»Und?«

»Was, ›und‹? Wir sind gerannt. Querwaldein. Wir hätten ohnehin nur mit Badehosen zurückwerfen können. Aber die fliegen nicht weit, wenn sie trocken sind. Irgendwann gegen Morgen sind wir zu einem Dorf gekommen und bei einem Bauern eingestiegen. Da gab es jede Menge Klamotten, und wir haben uns neu eingekleidet und sind dann mit seinem Auto weggefahren ...«

»Zur Bank.«

»Nein, das war Wochen später. Wir waren in Richtung Norden unterwegs, der Ort hieß Bollerbek oder so ähnlich ...« Ich schloß die Augen und hatte das Bild wieder klar vor mir.

Ortwin fuhr.

Ich hatte den Sitz nach hinten gestellt und döste vor mich hin. »Ist gleich halb elf«, sagte ich, »wir sollten uns nach einem Hotel umsehen, oder wollen wir im Wagen schlafen?« Wir erreichten Bollerbek, einen kleinen Ort mit einer langen Hauptstraße, die dicht an dicht von Häusern eingeklemmt wurde.

»Mir egal.« Ortwin verlangsamte die Fahrt. »Du siehst nach rechts und ich nach links, wer was Passendes entdeckt, sagt halt.«
Vor einem Gasthaus standen zwei Leute und hielten sich gegenseitig fest, dann ein Fleischerladen, wieder Wohnhäuser. Jetzt lagen sie etwas weiter auseinander, mit kleinen Gärten. Ein Fernsehgeschäft. Ich hatte mal einen gekannt, der sich nur auf Farbfernseher spezialisiert hatte. Damals, als die Dinger noch zweitausend Mark kosteten. Der fuhr solche Geschäfte an, er hatte einen kleinen Lieferwagen mit Plane, und räumte aus. In so einem Laden waren meist zehn bis zwanzig Geräte vorrätig. Pro Gerät gab es auf dem Schwarzmarkt tausend Mark. Einmal im Monat machte er seine Tour. In der anderen Zeit töpferte er Tonkrüge, die sich nur sehr schwer verkaufen ließen, und malte Bilder, die auch nicht so richtig gingen, weil sie irgendwie wie abgemalt aussahen. Leider wurden die Fernseher ganz schnell billiger, da mußte er schon zweimal oder dreimal los. Dann konnte man so ein Gerät schon im Laden für achthundert Mark haben, und er hatte täglich Schicht. Immer nachts. Er besuchte sogar ein Geschäft in dem Ort, in dem er selbst wohnte, keine tausend Meter von seiner Wohnung entfernt, einmal um die Kurve.
Dummerweise zog er beim Abtransport der Geräte durch ein Oberlichtfenster einen dünnen, aber sehr kräftigen Kupferdraht mit, das Ende einer Fünftausendmeterrolle, mit kugelgelagertem Leichtlauf ...
Ein Bäcker, dann etwas weiter ein Milchgeschäft, wieder einzelne Häuser mit Garten.
»Halt«, sagte Ortwin.
Auf der anderen Seite lag das Hotel »Zur stillen Einkehr«, daneben ein kleiner Garten, dann ein Neubau, zweistöckig mit einem Flachdach: die Bollerbeksche

Kreissparkasse. Jedenfalls stand das in Neonlettern vorne am Haus.
Ortwin fuhr ganz langsam.
Hinter der Sparkasse kam eine große Weide, dann das nächste Haus und eine Turnhalle, aus der Blasmusik zu hören war.
»Oben in der Bank brennt Licht«, sagte ich.
»Ich denke, da könnte der Kassenleiter wohnen. Was hältst du davon, dem einen Besuch abzustatten? Übernachten können wir auch woanders.«
»Gut, fahr zurück.«
Ortwin wendete.
Gegenüber der Bank, auf der anderen Straßenseite, befand sich ein alleinstehendes Haus, etwas zurückliegend. Es war hell erleuchtet, davor parkten einige Autos.
»Da ist 'ne Feier.«
»Die machen ja wohl irgendwann mal Schluß.« Wir stellten das Auto fast am Ortsausgang auf einen Parkplatz, neben zwei andere.
Das Fenster im ersten Stock der Sparkasse war immer noch erleuchtet. Mittlerweile war es elf. Ortwin blieb im Schatten eines Strauches hocken, während ich die Bank umrundete. »Na, was ist?« fragte er, als ich zurückkam.
»Überall Thermoverglasung, wenn wir da eine Scheibe einschlagen, sitzt das ganze Dorf senkrecht in den Betten.«
»Vielleicht denken die Leute, es ist ein Gewitter.« Ortwin grinste.
»Unten steht ein Kellerfenster offen, aber nur eine Handbreit. Dahinter läuft ein ziemlich dickes Rohr entlang. Kein Durchkommen. Hinten am Haus ist eine Feuerleiter. Ich klettere mal aufs Dach, vielleicht gibt es da ein Fenster oder eine Luke. Du bleibst hier und paßt auf das Haus da drüben auf.«

Ich ging an die Rückfront. Die Leiter endete etwa zwei Meter über dem Boden. Ich sprang an die untere Sprosse und zog mich hoch. Das Dach war mit Kies bedeckt, hatte einen Schornstein und eine große Oberlichtkuppel, die sich jedoch nirgends aufschrauben ließ. Behutsam setzte ich Fuß vor Fuß, dennoch knirschte der Kies etwas. Jetzt konnte ich vorne über die Kante sehen. Gegenüber fuhren zwei Autos weg. Ich duckte mich, weil die Scheinwerfer plötzlich aufleuchteten. Dann das dritte. So vorsichtig wie möglich ging ich zurück und sah Ortwin, wie er mit rudernden Armen um den Schornstein herumkam.

»Mensch, ich denk, du paßt auf, und jetzt knirschen wir beide hier herum. Gleich tanzen die Bullen an, nur weil wir auf diesem Dach herumwandern«, zischte ich.

»Die Autos sind abgehauen. Wollte mal sehen, wie das hier aussieht.«

Wir ruderten zurück zur Leiter und kletterten wieder nach unten.

»Hoffentlich hat niemand was gehört.« Wir hockten auf der Weide und beobachteten die Bank und das helle Fenster. »Ich habe mir das Kellerfenster angesehen«, sagte Ortwin leise, »da kommen wir rein. Das Rohr dahinter ist ein Gipsrohr, also ein Heizungsrohr. Das ist nicht besonders dick, nur die Verkleidung. Wegen der Wärme. Wenn wir den Gips an der Stelle abmachen, wo das Fenster dagegenschlägt, dann ist die Öffnung doppelt so groß, dann kommen wir da durch. Da, jetzt ist das Licht in der Bank ausgegangen.«

Es war kurz nach zwölf. Aus der Turnhalle wehte eine Polka herüber. »Da ist ja noch gut Stimmung, komm.«

Wir gingen wieder zurück. Ich schob meine Hand durch die Kellerfensteröffnung und pulte mit dem Schraubenzieher die Gipsverkleidung ab. Hinter der äußeren Schale

war es weicher. Der Fensterspalt wurde so breit, daß sich einer von uns hindurchzwängen konnte.
»Wer, du oder ich?«
»Ich kann auch«, sagte Ortwin.
»Gut, dann gehe ich. Und was machen wir, wenn ich hängenbleibe?« Ich zog die Jacke aus und band die Krawatte ab. »Halt mal fest, sonst sehe ich aus wie eine Sau, wenn ich drin bin. Da ist doch alles weiß, drück mal mit dem Fuß dagegen.« Ich hatte nur noch Turnhose und Socken an, schob mich in den Spalt, erst die Arme, dann den Kopf, die Schultern. Die Hüften klemmten etwas. Gleich geht das Licht an, dachte ich, und ein Bulle steht im Keller und fragt: »Na, geht es auch?« Ich schob etwas kräftiger, schrammte meinen Rücken auf, jetzt konnte ich mich am Heizungsrohr festhalten, zog den Rest von mir ganz in den Raum und ließ mich auf den Boden fallen.
»Was ist?« fragte Ortwin von oben.
»Nichts, hier sind nur Akten.«
»Willst du die Klamotten?«
»Warte, da ist eine Eisentür, wenn die verschlossen ist, muß ich wieder hoch.«
Die Tür ließ sich öffnen. Dahinter befand sich ein Pausenraum. Ein Tisch, auf dem einige Tassen standen, Stühle, eine Kochnische und ganz kleine Fenster, die sich von innen halb öffnen ließen.
Ich sagte Ortwin Bescheid. Er reichte mir meine Sachen herein. Die nächste Tür war ebenfalls offen und führte ins Treppenhaus. Ich huschte die erste Treppe hoch und stand vor den Türen zu den Bankräumen und der Eingangstür von draußen. Der Eingang lag zur Straße hin. Es war eine Schnapptür, sie war nicht abgeschlossen und ließ sich von innen öffnen. Ich klemmte den Schraubenzieher in den Falz, um mich nicht auszusperren, und ging

bis zur Hausecke. Ortwin hockte wie ein dicker Klumpen vor dem Fenster.
»Wuff«, machte ich leise. Er kam ziemlich schnell hoch.
»Idiot«, zischte er. Wir schlichen zurück. »Mensch, das riecht richtig nach Bank«, flüsterte Ortwin und probierte alle Klinken aus. Drei verschlossene Türen.
»Laß uns mal hoch.«
Die Treppe war aus Stein. Oben waren ein Absatz und eine Wohnungstür ohne Namensschild.
»Mensch, ich werde verrückt.« Ich leuchtete mit der Lampe auf den Türknauf, unter dem ein Schlüsselbund hing. »Die Sache ist klar«, wisperte ich, »unten sind nur die Geschäftsräume, die Hintereingänge, und hier oben wohnt der Direktor. Das ist sein Hausflur, und warum soll er nicht mal die Schlüssel steckenlassen?«
Ortwin grinste.
»Hoffentlich ist der Direktor kein Held«, sagte ich leise und bewegte den Schlüssel im Schloß, zog die Tür an und drückte sie langsam auf. Ich fröstelte etwas. Jedesmal das gleiche. Ich habe Angst, daß der andere keine Angst hat. Die Tür schleifte ein bißchen über den Teppich. Wir streiften uns Strümpfe über die Gesichter und nahmen die Pistolen heraus, die Ortwin organisiert hatte. Mit so einem Ding in der Hand wurde mir immer ganz mulmig zumute. Von dem Flur gingen mehrere Türen ab.
»Das da muß die Tür sein, hinter der das Licht gebrannt hat«, hauchte Ortwin in mein Ohr. Er bewegte unendlich langsam die Klinke nach unten, öffnete die Tür nur einen winzigen Spalt, dann weiter. Das Licht der Straßenbeleuchtung fiel durch das helle Rollo auf ein Ehebett. Ortwin machte Licht.
In der einen Hälfte des Bettes lag eine Frau, die sich jetzt ruckartig aufsetzte und sich mit beiden Händen über die Augen wischte.

»Entschuldigen Sie bitte die Störung«, sagte Ortwin höflich, »wir sind gerade auf der Durchreise und sahen, daß bei Ihnen noch Licht brannte.«
»Ja... Ja... Ja, aber...« Sie wischte sich erneut über die Augen.
»Wir wären schon eher gekommen, aber es war nicht so einfach, den Eingang zu finden.«
Schweigen.
Die Frau sah uns an. »Dann sind Sie das gewesen, vorhin, auf dem Dach?« fragte sie. Ihre Stimme klang ziemlich gefaßt.
»Ja, es tut uns leid, wenn wir Sie erschreckt haben«, sagte ich.
»Nein, da oben laufen oft Vögel herum. Das hört sich fast genauso an. Heute sind es aber große, habe ich noch gedacht, und dann so spät, wer denkt denn an so was!«
»Wir suchen Ihren Mann«, begann ich wieder.
»Oh, da brauchen Sie nicht lange zu warten«, sagte sie ganz freundlich, »der ist drüben in der Turnhalle. Mittwochs hat der Polizeisportverein immer seinen Musikabend.«
»Ja, ja, die Polizei. Ist Ihr Mann Bulle?« fragte Ortwin. Er hatte sich auf das Fußende des leeren Bettes gesetzt, ich lehnte an der Tür.
»Mein Mann ist Hauptwachtmeister!«
»Na, dann weiß er ja, was eine Pistole ist, da erkennt er sogar das Kaliber, wenn er hier reinsieht.« Er tippte mit dem Finger auf die Pistolenmündung, beugte sich vor und zog die Nachttischschublade auf. Er nahm ein Geldbündel heraus und wedelte damit. »Was ist das?«
»Das sind neunhundert Mark«, erwiderte sie fest, »damit will mein Mann morgen früh einen Motorrasenmäher kaufen!«
Ortwin ließ das Geld wieder in die Lade fallen und schob

sie zu. Jetzt stehen wir hier, der ist nicht da und außerdem Polizist, dachte ich, wer ist hier überhaupt Direktor?
»Und ich bin nur die Raumpflegerin hier, da haben Sie Pech gehabt, meine Herren.« Sie griente ein bißchen.
»Darf ich mal sehen? Ihre Hände?« Ortwin beugte sich über das Bett. Die Frau hielt ihm zögernd eine Hand hin, er nahm sie.
»Ich bitte Sie, mit so gepflegten Nägeln?« fragte er. Sie machte eine Gebärde.
»Heutzutage geht das alles anders, da hat man Maschinen und Gummihandschuhe ...«
»Sie sollten nicht so laut sprechen, sonst werden die Kinder wach«, mischte ich mich ein.
»Können Sie bitte die Türe schließen?« fragte sie wesentlich leiser.
»Wir wollen wissen, wo der Direktor wohnt«, fuhr ich fort, »und Sie werden es uns sagen!«
Sie zögerte.
»Je länger Sie überlegen, desto schlimmer kann es werden, oder glauben Sie, wir lassen uns von Ihrem Mann festhalten!«
»Ja, wenn Sie meinen ... Also, der Herr Becherle, der wohnt gegenüber«, sagte sie langsam.
»Was? Da war doch heute abend ein Fest ...«
»Ja, Walter, der Sohn, ist achtzehn geworden.«
»Gut, ziehen Sie sich was an, wir gehen schnell mal rüber.«
»Was? Jetzt?«
»Ja, jetzt. Wir können nicht bis neun Uhr warten. Hier ist auch schon was zum Anziehen.« Ich hatte den Kleiderschrank geöffnet, nahm einen Mantel heraus und warf ihn aufs Bett. »Lassen Sie sich was einfallen, wie wir drüben ins Haus kommen! Wir wollen nicht schießen,

und Sie wollen das doch sicher auch nicht. Lassen Sie uns leise über den Flur gehen.«
Die Frau erhob sich wortlos, sie hatte ein langes, helles Nachthemd an und griff nach dem Mantel. Ortwin wollte ihr helfen.
»Es geht schon.« Ihre Stimme klang jetzt etwas zitterig. Sie tat mir leid.
»Sie brauchen sich keine Sorgen machen, wir wollen nur das Geld, und dann gehen wir wieder.«
Die Straße lag leer und verlassen da, als wir sie überquerten. Wir gingen durch den Vorgarten von Becherles Haus und standen vor ein paar Stufen, die zur Haustür hochführten.
»Was machen wir jetzt?« fragte ich flüsternd. »Sie könnten klingeln, und wir warten, bis er kommt.«
»Nein, nein, ich glaube, er würde zu sehr erschrecken.«
»Erschrecken tut er sich so oder so. Oder wird die Bank öfter überfallen?«
»Nein, Sie sind die ersten. Außerdem wird wahrscheinlich der Walter aufmachen, weil er sein Zimmer gleich hier vorne hat.«
»Wo?«
»Da.« Sie zeigte auf das Fenster links neben der Eingangstür. »Aber Walter wird sich auch erschrecken.«
»Herrgottnochmal, wir können nicht vorher anrufen! Das ist ein Überfall, außerdem kann jeden Augenblick Ihr Mann kommen. Was meinen Sie, wie der sich erschreckt! Sie gehen jetzt an das Fenster und klopfen.«
»An die Scheibe?«
»Meinetwegen auch an den Rahmen, aber so, daß er aufwacht. Hoffentlich ist dieser Walter kein Karatekämpfer oder so was. Kann ja sein, daß er mich sofort von der Fensterbank schubsen will.«
»Nein, Walter ist musikalisch, er bläst. Er hat schon mit

zwölf angefangen. Waldhorn. Herr Becherle bläst die Tuba. Normalerweise wären sie auch drüben in der Turnhalle, aber wegen der Feier sind sie hiergeblieben«, flüsterte sie. »Da haben Sie richtig Glück gehabt.«
»Aha, und Ihr Mann?«
»Was ist mit meinem Mann?«
»Posaune?«
»Trompete.«
»Ich glaube, ich spinne. Ich glaube wirklich, ich spinne!« sagte Ortwin mit unterdrückter Stimme.
»Los, gehen Sie jetzt, wie heißen Sie überhaupt?«
»Merkert.« Sie ging unter das Fenster.
Ich stellte mich auf eine der gemauerten Brüstungen neben der Treppe. Von dort aus gesehen, konnte nur der zweite Fensterflügel zuerst geöffnet werden. Ich würde mit einem Satz auf der Fensterbank stehen und rein ins Zimmer. Es mußte alles ganz schnell gehen.
Frau Merkert stellte sich auf die Zehenspitzen und kam gerade mit ihrer Hand an die Scheibe. Gottseidank. Sie klopfte. »Etwas doller, und gleich ein paarmal!«
Sekunden verstrichen. Ortwin stand unter dem Fenster, ich auf der Brüstung und drückte mich gegen die Wand. Was ist, wenn er nicht in seinem Zimmer ist und schläft, dachte ich, wenn er sonstwo ist. Und wir stehen hier und warten. Vielleicht hat er uns kommen sehen, ist hinten aus dem Haus heraus und holt den Trompeter.
Jetzt!
Ich hörte, wie eine Gardine zur Seite geschoben wurde, der Fenstergriff quietschte etwas. Wie in einem Krimi, dachte ich, machte einen Schritt auf die Fensterbank, der Flügel bumste gegen die Mauerkante, ich faßte rein ins Zimmer, hinter den Querholm des Fensterkreuzes, hinter dem ein langer, gestreifter Pyjama mit Kopf stand, sprang rein. Der Typ machte einen Satz zurück.

»Keinen Ton«, sagte ich über den Lauf der Pistole hinweg, »das ist ein Überfall!«
»Kapier ich schon«, sagte er langsam, »Sie wollen sicher zu meinem Vater.«
»Genau.«
»Wenn Sie erlauben ...« Er nahm einen Bademantel vom Sessel und zog ihn über. »Sie werden mir jetzt sicher sagen, was ich machen soll. Das Geld ist mir ganz egal, ich meine, haben Sie wirklich die Absicht zu schießen?«
»Wo schläft Ihr Vater?«
»Hinten, das Schlafzimmer meiner Eltern liegt nach hinten heraus, die letzte Tür links. Vielleicht ist mein Vater noch wach, er ist spät zu Bett gegangen.«
»Ja, ich weiß. Herzlichen Glückwunsch.«
»Danke.«
»Los! Zuerst öffnen Sie die Haustür.«
Wir gingen auf den Flur. Walter ließ Ortwin und Frau Merkert herein.
»Walter«, sagte sie etwas hilflos.
»Das macht nichts, Tante Trude«, flüsterte er, »wir brauchen doch nur das zu machen, was gesagt wird.«
»Wie soll das denn jetzt weitergehen?« fragte Ortwin.
Wir standen im Kreis, unsere Pistolen hingen nach unten.
»Das Schlafzimmer ist da hinten, wir gehen jetzt gemeinsam hin, und Walter weckt seine Eltern. Geht leise!«
»Ich weiß nicht recht«, flüsterte Frau Merkert, »ich bin noch nie im Schlafzimmer deiner Eltern gewesen, Walter.«
»Ruhe.«
»Ich kann doch solange auf dem Flur warten«, fing Frau Merkert wieder an.
»Nein, Sie gehen mit«, flüsterte ich mit Nachdruck.

Der Junge öffnete die Tür und machte Licht. Wir drängten hinterher und stellten uns an das Fußende des Bettes, in dem die Becherles schliefen. Walter faßte den Mann an die Schulter.
»Vater, Vater! Hier sind zwei Herren, sie sind wegen des Geldes da.«
Herr Becherle setzte sich aufrecht hin, dann Frau Becherle, die auch wach geworden war.
»Ziehen Sie sich an, und nehmen Sie die Tresorschlüssel mit!« Ortwin wedelte mit der Pistole. »Versuchen Sie nicht irgendwelche Tricks.«
»Was denn für Tricks?« fragte Becherle erschreckt, erhob sich langsam, nahm seine Hose vom Stuhl und zog sie über seinen Schlafanzug. Erst das linke Bein, dann das rechte Bein, er fuhr mit einem Arm durch den linken Hosenträger, mit dem anderen durch den rechten, dann machte er die Hose zu, fuhr noch mal mit den Daumen unter die Hosenträger und ließ sie zurückklatschen.
»Beeilen Sie sich ein bißchen, und lassen Sie die Krawatte hängen, wir wickeln das Ganze formlos ab«, sagte ich, und zu Frau Becherle: »Sie kommen auch mit!«
»Ich?« fragte sie. »Ich habe mit der Sparkasse überhaupt nichts zu tun, das macht alles mein Mann.«
»Aufstehen!«
Sie verstummte, stand auf und nahm einen dicken Mantel vom Bügel. »Ist es kalt draußen?«
»Es geht«, sagte Frau Merkert, »wir müssen ja nur über die Straße.«
Frau Becherle band sich einen Schal um. »Aber du gehst mir mit deiner Erkältung nicht aus dem Haus«, sagte sie plötzlich im Befehlston zu Walter, »und dieser dünne Mantel, den du wieder anhast!«
»Walter geht auch mit, und wenn er sich noch drei Mäntel anzieht. Los, machen Sie schon«, sagte ich nervös.

Die Becherles und Frau Merkert gingen vor uns her auf den Flur. Ortwin öffnete die Tür, um zu sehen, ob draußen alles in Ordnung war. Wir überquerten geschlossen die Straße. Herr Becherle und Walter ganz vorne, dahinter Frau Becherle mit Frau Merkert, dann Ortwin und schließlich ich. Walter überragte alle. Er mußte mindestens einsneunzig sein. Herr Becherle öffnete die Außentür, dann die zu den Bankräumen.

»Ich muß in mein Büro, wegen dem Schlüssel«, sagte er. Während die anderen in der Kundenhalle warteten, begleitete ich ihn. Wir betraten einen Nachbarraum. Herr Becherle entnahm einem kleinen Kästchen auf seinem Schreibtisch einen Sicherheitsschlüsselbart, einen Schlüssel ohne Heft, nur mit einem Stift. Wir gingen zurück und zwischen den Tresen der Angestellten hindurch zur Tresortür. Sie war groß, wie eine normale Zimmertür, aber in der Mitte befand sich ein großes Rad, wie ein Schiffsruder. Daneben ein kleiner Knopf mit einer Kreisskala. Becherle ging mit den Augen dicht an den Knopf heran und drehte ihn mit einer Hand einige Male hin und her. Wir umstanden ihn im Halbkreis. Niemand sagte was. Nur das Klicken des Schlosses drang durch die Stille. Jetzt zog Becherle den Knopf heraus, an dem eine armlange, dünne Stange saß, und machte einen kleinen Schritt zurück. Wir machten ebenfalls einen kleinen Schritt zurück und schauten zu, wie Herr Becherle den Schlüsselbart auf die Spitze der Stange steckte, diese wieder in das Loch schob und den Knopf erneut drehte, jetzt ohne Klicken. Dann stellte er sich dicht vor das große Rad, lehnte den Kopf etwas zurück, drehte es zweimal nach einer Seite, wie ein Barkassenführer, der ein plötzliches Manöver macht, und zog mit beiden Händen.

Es schmatzte.

Ich dachte an einen Riesenkühlschrank voller Joghurt und Markenbutter, und daß alles nicht wahr sei.
Die Tür war so dick wie eine dicke Wand. Dahinter lag ein vergitterter Vorraum, dann kam der Raum, in dem das Geld aufbewahrt wurde. Herr Becherle schloß die Gittertür auf, und wir gingen alle rein. An einer Wand waren Schließfächer, an der anderen ein großes Regal, in dem Geldbomben standen. Auf dem Boden lagen kleine Säcke, in einem Fach standen die Geldfacheinsätze einer Kasse, voller Noten.
»Bitte stellen Sie sich alle da rüber.« Ortwin machte eine Armbewegung zur Seite. Ich nahm einen Geldsack und gab ihn Becherle. »Kommen Sie, halten Sie den auf, dann geht es schneller.« Er hielt den Sack, und ich räumte die Geldfächer leer.
»Kein Kleingeld, nur ab fünf Mark«, sagte Ortwin.
»Ja, ja«, sagte ich und nahm einige Kästen und kippte sie in den Sack. Andere waren leer.
»Ist das alles?« Ich stieß mit dem Fuß gegen ein kleines Säckchen im unteren Regal. »Was ist das?«
»Münzen«, sagte Becherle zögernd.
»Gut, nehmen wir mit.«
»Aber, aber das sind besondere Münzen. Zehn-Mark-Prägungen. Ich habe dann überhaupt keine mehr ... für die Jungs, wissen Sie.«
»Mensch, Vater, das macht doch nichts«, sagte Walter.
Herr Becherle wirkte auf einmal ziemlich hilflos. Er stand da, mit hängenden Armen, und sah an mir vorbei in das Regal. Ich mußte raus hier, ich kriegte langsam zuviel. Einfach alles hinschmeißen und nur weg. Entschuldigen Sie bitte, das war alles nicht so gemeint.
Ich fummelte das Säckchen auf, hielt es ihm hin. »Da, nehmen Sie, was Sie brauchen, nehmen Sie!« Becherle nahm zwei Rollen heraus.

»Das reicht, vielen Dank.«

»Nehmen Sie noch mehr, nun los, machen Sie schon!« Er nahm noch zwei Rollen heraus.

»Das reicht aber wirklich.«

Ich nahm die Säcke, brachte sie in den Kundenraum und ging zurück. Ortwin schloß die Gittertür ab.

»Wollen Sie uns hier drinlassen?« fragte Frau Becherle mit zitteriger Stimme.

»Das dauert nicht lange«, sagte ich, »Herr Merkert wird sicher bald kommen. Wir können Sie ja wohl schlecht wieder rüberbringen. Wir rufen von unterwegs die Polizei an.«

»Das ist sehr nett von Ihnen, hier, nehmen Sie.« Walter gab mir ein paar Groschen, die er aus einem Kasten genommen hatte. »Zum Telefonieren.«

»Ja, gut.«

»Aber wenn Sie die Tür zumachen, dann kriegen wir alle keine Luft mehr«, sagte Frau Becherle.

»Wir machen die Tür nicht zu, wir lassen sie auf! Wir sind ganz einfach Bankräuber und mehr nicht! Wir machen sogar die Fenster auf, dann können Sie rufen, falls draußen jemand vorbeikommt! Und hier ist auch der Schlüssel.« Ich warf ihn in den Vorraum. »Den können Sie sich notfalls mit dem Mantel angeln!«

»Das ist schon in Ordnung«, sagte Walter, und etwas schnodderig: »Sie müssen auch langsam los.«

Verdammter Mist! Er hatte recht.

Wir rannten in den Kundenraum, öffneten jeder ein Fenster und sprangen nach draußen. Bis zum Auto Dauerlauf. Niemand war zu sehen.

»In welche Richtung?« fragte Ortwin.

»Weiß ich auch nicht, am besten Autobahn, das sind nur zwanzig Kilometer. Halt mal an, wenn du irgendwo eine Telefonzelle siehst.«

»Und dann?«
»Was, und dann? Ich ruf nur kurz bei den Bullen an, und wir fahren weiter. Kostet doch nichts.«
Wir erreichten die Autobahn und parkten bei einer Raststätte an den Telefonzellen. Als ich ausstieg, kam ein Streifenwagen um die Ecke gefahren, direkt auf uns zu. Ich konnte mich kaum bewegen und beugte mich zum offenen Wagenfenster hinunter. Der Streifenwagen hielt ein Stück neben uns.
»Und jetzt?«
»Nichts«, sagte Ortwin, »wenn sie uns überprüfen wollen, gebe ich Gas. Ich hab den ersten schon drin, sieh mal zu, daß du dich festhältst.«
»Bist du blöd?«
Die Polizisten waren ausgestiegen, blickten für einen Moment zu uns herüber und gingen dann in die Gaststätte. Ich konnte wieder normal atmen. Mein Herz schlug bis in die Ellbogen.
»Ich weiß gar nicht, was du hast, wir sind doch ganz normale Reisende.«
»Ja, ja.« Ich ging zu einer Zelle.
»Beeil dich«, rief Ortwin mir nach.
Der Polizeinotruf war dauernd besetzt. Ich versuchte es bei der Feuerwehr.
»Feuerwache elf, Hohenborstel. Wo brennt's denn jetzt?« fragte eine verschlafene Stimme.
»Nirgends. In Bollerbek ist die Sparkasse überfallen worden. Im Tresorraum sind Leute eingeschlossen, die müssen Sie rausholen.«
»Da rufen Sie am besten bei der Polizei an. Die leitet das ein. Und die verständigt auch die Feuerwehr, wenn sie gebraucht wird...« Der Mann am anderen Ende gähnte.
»Haben Sie überhaupt verstanden, was los ist?«
»Ja, ich höre doch zu. In Bollerbek brennt es nicht, aber

die Bank ist überfallen worden, und die Leute sind eingesperrt.« Er gähnte wieder. »Ich kümmere mich darum. Geht schon in Ordnung...«
Wir fuhren weiter in Richtung Norden, der Ortwin und ich, nach Dänemark wollten wir.

Ich machte die Augen auf und blinzelte in die Sonne. Egon drehte sich auf die Seite und pinkelte auf das Kirchendach. Eine dunkle Linie lief nach unten. Als würde der Pastor von innen mit einer Schleifhexe das Dach auftrennen. Er gab uns ein Drittel des Kirchendaches ab, den Teil mit dem Schornstein.
»Ich mußte so nötig«, sagte Egon, »und wie ist das dann weitergegangen?«
»Das ist eine andere Geschichte.«
»Habt ihr auch mal geschossen?«
»Nein. Oder doch, im Wald haben wir mal rumgeballert, und einmal hat Ortwin auf Reifen geschossen, die waren unter einem Streifenwagen.« Ich stand auf. »Unten fängt die Betriebsrunde an, komm, wir gehen rüber und gukken, wie die Stimmung ist.«
Wir hangelten die Eisen herunter und gingen bis an die Stirnseite des Cäsar-Flügels. Egon fragte nicht einmal, wieviel Geld wir geklaut hatten.
»Hallo, Jungs«, rief er nach unten, »wir brauchen eine Zange hier oben. Wer kann uns eine Zange besorgen?«
Die Meister standen wie dunkelblaue Pfähle herum, mit einer Mütze obendrauf. Jetzt kam Bewegung in die Sache. Einige liefen hin und her, einer kam auf das Haus zu, sah hoch und brüllte: »Gehen Sie weg da oben! Lassen Sie die Leute in Ruhe, sonst schreibe ich eine Meldung.«
»Ich kann dir mal auf den Kopf pissen, du Plattfisch«, brüllte Egon zurück.
Die Hofrunde lachte, bis auf die Meister.

»Ruhe«, sagte einer, »wenn nicht sofort Ruhe ist, lasse ich einrücken!«
Unten wurde geflucht, durcheinandergeredet.
»Was ist denn nun«, meldete sich Egon wieder, »hat nun einer eine Zange oder eine Nagelschere?« Er zog einen Turnschuh aus und warf ihn in Richtung des Meisters, der mit dem Einrücken gedroht hatte. Der duckte sich und hielt beide Hände verschränkt über den Kopf. Wieder lautes Gelächter, als der Schuh ein paar Meter über ihn hinwegsegelte.
»Einrücken!« schrie er. »Sofort einrücken!«
»Ihr müßt durchhalten da oben«, rief jemand aus der Gruppe.
»Ruhe! Einrücken!«
Wir schauten zu, bis alle weg waren. Drüben auf dem anderen Hofteil wurde ebenfalls eingerückt.

So können wir gar nichts machen«, sagte Feuerwehr-Bechner, »meine Leute machen da nicht mit. Wenn die wirklich das sagen, was sie meinen, dann ziehen sie einen mit runter, und ich bin verantwortlich. ›Wer hat den Einsatzbefehl gegeben?‹ heißt es dann hinterher.«
»Gut, wenn es gar nicht anders geht, kann ich notfalls auch den Einsatz bestimmen«, erwiderte Weimar etwas nervös.
»Den Befehl gebe ich und kein anderer«, sagte Bechner fest, »ich kann über Ihre Leute auch nicht bestimmen, und für Feuerwehreinsätze bin nun mal ich zuständig.«
»Ja, gut, sollen Sie auch bleiben.« Weimar machte sich eine Notiz. »Und was haben Sie für Möglichkeiten?« Er wandte sich an Mahlmann. Der zuckte mit den Schultern.
»Möglichkeiten haben wir viele, fragt sich nur, wer die

Verantwortung übernimmt. Wenn Sie sagen, die beiden gefährden da oben sonstwas, und sie sind unter Anwendung aller Mittel herunterzuholen, dann liegen sie in einer Stunde unten.« Er lachte wie ein Jäger, der einen Hasen über eine Wiese laufen sieht, das Schrotgewehr anlegt und zu seinem Jagdkollegen sagt: Ich laß ihn noch drei schöne Sprünge machen, dann putz ich ihn weg.
»Was heißt denn, bitte schön, Mittel«, hakte Weimar nach, »ich meine, wäre es möglich, sie vielleicht zu betäuben, so daß sie umfallen und wir sie nach unten transportieren können?«
Mahlmann nickte. »Das wäre zum Beispiel ein Weg. Wir müßten sie nur zum gleichen Zeitpunkt erwischen.«
»Und wenn sie am Rand stehen und nach unten fallen?« Schichtführer Mertens sah sich mit fragendem Blick um.
»Gut, dann fallen sie eben nach unten«, sagte Weimar fest, »so kann das jedenfalls nicht weitergehen. Wir müssen die Angelegenheit irgendwie zum Abschluß bringen. Dieser Holberg ist eine harte Nuß und ...«
»Aber bitte, Herr Doktor Weimar«, mischte Schildpad sich mit nöliger Stimme ein.
»Das heißt, Sie sagen jetzt, die Leute sollen auf jeden Fall vom Dach geholt werden?« fragte Revierführer Mahlmann.
»Ich sage gar nichts. Ich werde Rücksprache im Amt halten und werde Sie dann alle informieren. So geht es jedenfalls nicht. Jeder weitere Tag mobilisiert die Massen noch mehr. Wir werden ja regelrecht lächerlich gemacht.«
»Können Sie denn nicht mal ein Ultimatum setzen, man muß da auch ein bißchen mit Druck arbeiten, die Leute brauchen Druck, das sind sie gewohnt.«
»Vielen Dank für Ihre Belehrung, Herr Oberinspektor Bäumel, es spricht doch der Umstand dagegen, daß ich,

wenn ich nur ein falsches Wort sage, den Lukendeckel auf den Kopf bekomme. Vielleicht haben Sie auch dafür einen Rat.«

»Einen Helm aufsetzen.« Bechner kicherte, war aber sofort wieder ernst und sah schuldbewußt in die Runde.

»Ich darf vielleicht noch einmal eine Anregung geben«, ergriff Bäumel nun das Wort, »und zwar handelt es sich um eine Idee, die ich schon einmal eingebracht habe. Wie wäre es denn, wenn wir die beiden an eine Seite des Daches ziehen: Wir machen irgend etwas auf dem Hof, dann stehen sie oben und sehen nach unten. Es muß eben etwas sein, das sie interessiert. Während dieser Zeit versuchen ein paar Spezialleute«, fuhr er fort und sah bedeutungsvoll Mahlmann an, »von der anderen Seite auf das Dach zu kommen.«

»Lassen Sie das«, sagte Schlock und winkte ab. »Sie haben den Mann doch kennengelernt, er war doch in Ihrer Handballmannschaft. Der ist nicht mit herkömmlichen Mitteln weichzubekommen oder zu überlisten. Angenommen, wir würden so ein Schauspiel inszenieren, dann würde hundertprozentig nur einer von den beiden nach unten sehen und der andere die Umgebung sichern. Wenn wir ganz klare Anweisung hätten«, er sah Weimar an, »ja, dann wäre die Geschichte sicher heute abend erledigt.«

Schweigen.

»Meine Herren«, sagte Weimar, »ich will diese Sache endgültig zu einem Ende bringen. Bevor jedoch weitere Einsatzeinzelheiten diskutiert werden, fahre ich ins Amt. Ich darf mich an dieser Stelle verabschieden.« Er machte noch im Sitzen eine angedeutete Verbeugung und erhob sich dann. Regierungsdirektor Baumgärtel schloß sich ihm an.

Laß uns zur Zentrale gehen, manchmal denke ich, sie schaffen es doch noch, uns irgendwie zu überlisten.«
»Wie denn?«
»Weiß ich nicht.«
»Und wenn? Was machen wir dann?« fragte Egon.
»Was heißt, wir? Jeder muß für sich entscheiden. Ich springe. Wenn sich hier nichts ändert, gehe ich sowieso vor die Hunde. Dann lieber gleich.«
»Ich springe auch«, sagte Egon nach einer Weile, »Mensch, dieser ganze Knast, den ich schon geschoben habe. Ich will mal was anderes.«
Wir schwiegen.
Der Gedanke, vom Dach zu springen, hatte etwas Leichtes. Keine Gitter mehr, nicht mehr diese verdammten Geräusche, das Klappern der Essenskübel, die Glocke auf der Zentrale, die Schlüssel in den Türen. Und immer das Lauschen: Schließt der Schlüssel die Tür auf, oder geht er vorbei, dann ist er ganz dicht, direkt vor der Tür, gleich wird sie aufgeschlossen, irgend etwas wird sein, ein Brief, der Abteilungsleiter will was, oder der Stationsmeister ist ein Neuer und guckt nur mal rein, und dann geht der Schlüssel vorbei, zur Nachbarzelle, und man denkt, daß es sowieso nichts Wichtiges gewesen wäre.
»Ich glaube, wenn Bäumel dir ein richtiges Angebot macht, wenn er dir sein Frühstücksbrot bringt mit ganz dick Kalbsleberwurst drauf, dann wirst du schwach.«
»Oh, lecker«, Egon grinste.
»Eben, das ist es. Du kriegst dein Brot immer wieder und bist eines Tages vergiftet.«
»Wenn ich sage, ich springe, dann springe ich, dann pfeife ich auch auf die Sonderanstalt.«
»Wenn du springst, kommst du auch in eine Sonderanstalt. Da ist alles viel, viel größer, da hast du überdimensionale Freiheiten. Wenn du da Besuch bekommst, dann

dauert das zwei Millionen Lichtjahre oder so. Der Hofrundgang dauert eine Million, und alle tragen die gleichen Uniformen, langes weißes Hemd und als Erkennungszeichen auf dem Rücken zwei Flügel. Mützen gibt es nicht mehr, nur Heiligenscheine. Jeder einen. Die Meister haben vielleicht zwei oder drei übereinander, je nach Dienstgrad.«

»Dann hat ein Hauptverwalter sechs, damit kommt er durch keine Tür«, sagte Egon schadenfroh. »Und ich kurve mit den Flügeln immer durch die Gegend.«

»Von wegen. Deine Flügel sind ja schon jetzt gestutzt, du kannst nicht einfach abhauen, höchstens mal von einem Stern zum anderen hüpfen.«

»Weißt du, was ich manchmal denke? Ich denke manchmal, du hast 'ne Meise.«

»Macht nichts, denke ich von dir auch.«

Wir schwiegen wieder eine geraume Weile. Dann fiel etwas auf das Dach des B-Flügels, es war ein ziemlich lautes Geräusch. Wir liefen hin. Eine Zange. Es war eine Kombizange, mit einem Bindfaden am Griff.

Ich blickte über die Kante. Das Ende des Fadens wehte frei in der Luft. Es war nicht auszumachen, aus welcher Fensteröffnung die Zange geschleudert worden war.

Aus dem Haus schallten die vertrauten Abendgeräusche zu uns herauf. Es wurde langsam dämmrig, die Höfe lagen da wie tot. Nichts regte sich. Nicht mal der Hofkalfaktor war unterwegs. Wir hatten uns noch einen zweiten Besenstiel hochreichen lassen, damit Egon mittrommeln konnte. Jetzt standen wir hintereinander auf dem First des Kirchendaches. Egon schlug mit dem Hammer, den wir zusammen mit dem Stiel bekommen hatten, eine Holzlamelle nach der anderen heraus. Die Schläge hallten von den Wänden wider.

»Bambuuuuläääääää!« brüllte einer von der Vorderseite

des D-Flügels. Sofort brüllten andere mit, schlugen mit ihren Blechnäpfen gegen die Gitter, und auch der dumpfere Klang von Plastiknäpfen war herauszuhören.

»Reicht das nicht?« fragte ich Egon, der gekonnt eine Lamelle nach der anderen aus ihrem Grat schlug und sie mir in die Hand gab, als hätte er sein ganzes Leben lang nichts anderes getan.

Jetzt begann die Vorderseite des Anton-Flügels gegen die Vorderseite des Dora-Flügels anzuschreien, das Geschrei pflanzte sich fort, nein, es war wie eine Lawine. Erst nur ein einziger Schrei, aber in der richtigen Tonlage, zur richtigen Zeit und langanhaltend. Dann griff er auf andere Zellen über, forderte auf, riß mit, holte einen ans Fenster, um zu sehen, ob da vielleicht was passiert war, und dann war da aber nichts, nur der Schrei: »Schaiiiiiiiiiißäääääää!«

»Sieben, das ist die siebte. Sieben ist meine Zahl«, sagte Egon. »Gib mal die Zange.« Er knipste ein großes Loch in den Maschendraht. »Und jetzt die Bretter.«

Ich gab sie ihm. Er warf sie nach innen in den Turm. Der Krach brachte die Tauben, die nachts hier schliefen, vollends aus dem Häuschen. Sie flatterten laut durcheinander und gurrten wie ein riesiger Ventilator, der einen Lagerschaden hat.

Ich drehte mich um.

»Bambuuuuuläääääää!!« brüllte ich. Bei »buuuuu« fiel Egon mit ein.

Wir stiegen in den Turm, in dem zwei mannshohe Glokken hingen. Eine Wendeltreppe aus Eisen führte noch weiter hinauf, an einer Wandseite eine kurze Treppe nach unten, zu einer Tür. Wir leuchteten mit den Feuerzeugen.

»Die nageln wir zu.« Ich zog aus einem Balken verbogene Nägel und klopfte sie gerade. Fünf Stück bekam ich zu-

sammen und nagelte damit die Tür zu. Die Hammerschläge hallten durch den Turm und brachten die Glokken zum Summen. Durch die Lamellen an den Turmseiten fingerten die Scheinwerfer der Wachtürme.
»Komm, wir steigen mal ganz hoch«, sagte ich, und wir liefen zur Wendeltreppe. Etwa zehn Meter höher lag eine kleine Plattform, direkt unter einem Dachfenster, das sich über Kopf hochklappen ließ. Ein leichter Wind wehte mir entgegen. Gleich neben dem Fenster draußen befand sich ein Eisenrost von etwa doppelter Fußmattengröße. Daneben führten zwei Steigeisen zu einem roten Warnlicht. Das brannte die ganze Nacht, für Flugzeuge. Ich stieg hinaus. Tief unter mir lagen jetzt die Wachtürme, deren Scheinwerfer immer noch das Kirchendach und die untere Hälfte des Turms anstrahlten.
»Soll ich auch rauskommen?« fragte Egon.
»Nein«, sagte ich und stieg zurück, »laß uns wieder nach unten klettern. Und nachher wird getrommelt.«
Dann stiegen wir zurück, ganz nach unten auf das Zentraledach, und legten uns auf die noch warme Teerpappe. Im Haus war es wieder ruhig geworden. Vereinzelt brüllte noch jemand, aber keiner machte mehr so richtig mit. Bambule strengt jeden an. Den, der schreit, und den, der brüllt, daß nicht geschrien werden soll.
»Weißt du, warum ich den Knast so beschissen finde?« sagte Egon nach einer Weile.
»Nein.«
»Weil ich nicht vögeln kann.«
»Kannst du doch. Nur nicht mit 'ner Frau.«
»Da hab ich keinen Bock drauf. Außerdem bin ich verheiratet. Sie könnten meine Frau doch einfach bei mir in der Zelle einschließen, und wir könnten unseren ehelichen Pflichten nachkommen. Wir könnten noch ein Kind machen.«

»Wie viele hast du eigentlich?«
»Wenn sie hier herein könnte, sechs. Sie mag Kinder.«
»Wie soll das denn gehen? Also, jede verheiratete Frau kommt dann hierher und läßt sich bei ihrem Mann einschließen. Auf dem Land wird das umgekehrt gemacht, da kommt der Eber auf die Karre.«
»Ach, auf dem Lande«, sagte Egon versonnen. »Wir sind hier im Knast.«
»Und wer nicht verheiratet ist? Läßt der sich dann eine Hure kommen? Und wenn er keine Kohle hat? Was macht er dann?«
Egon zuckte die Schultern. »Wichsen. Oder wie Olli.«
»Glaubst du wirklich, daß der den Kater vögelt?«
Egon nickte. »Das ist ein ganz schöner Brocken, der läßt sich von niemandem anfassen.«
»Wo hat Olli den Bolzen eigentlich her?«
»Von einem Meister«, sagte Egon, »der hat ihn in seiner Tasche reingeschmuggelt, als er noch klein war. Hundert Mark hat er dafür bezahlt.«
»Hundert Mark! Dafür gibt's schon fast 'ne Flasche Whiskey!«
»Olli hat gedacht, es wäre eine Katze. Aber das Vieh war noch so klein, daß man das nicht sehen konnte. Olli wollte eine Katze. Wegen der vielen Mäuse auf dem Hof und in den Betrieben. Eine Katze schafft da mehr. Und dann war es plötzlich ein Kater. Ich hab gehört, er schiebt ihn immer in seinen Jackenärmel. Dann kann er ihn festhalten. Heinrich heißt er.«
»Wer?«
»Der Kater. Ollis Vater heißt auch Heinrich.«
»Daß der nicht kratzt.«
»Sag ich doch, er kommt in den Jackenärmel. Vorher kriegt er noch 'ne Dose Ölsardinen. Die billigen. Olli kauft beim Einkauf immer einen ganzen Karton. Hein-

rich soll auf Ölsardinen abfahren...« Egon kicherte plötzlich los, »soll ich dir mal was erzählen? Ich hab es auch schon mal gemacht.«
»Mit Heinrich?«
Egon schüttelte den Kopf. »Mit einer Weihnachtsgans.«
»War sie schon hin?«
»Nein, die lebte noch. Die war dem Knecht abgehauen und rannte durch die Ställe. Wir haben damals auf einem Bauernhof gewohnt, und da war so ein langer Gang bis zum Klo, da hab ich sie erwischt. Die Tür hatte unten nur eine Öffnung für Zwerghühner, da kam sie nicht durch.« Egon schien sich lebhaft an die Geschichte zu erinnern. »Sie war ja sowieso dran, warum sollte ich es nicht mal probieren? Ich hab sie ein bißchen gewürgt, ich wollte mal sehen, wie das so geht.«
»Und?«
»Ich glaube, ich bin gar nicht richtig drin gewesen. Die flatterte auch immer so rum, als wollte man ihr ans Leder. Das ganze Scheißhaus voller Federn, und dann röhrte sie immer so blöd. Ich hab sie dann losgelassen. Die ist vielleicht mit einem Blitzstart weg und hat gekreischt. Ich hab die Federn weggespült, und als ich wieder auf den Hof kam, hing sie schon mit den Füßen an der Leine. Hast du schon mal Federn weggespült?«
»Noch nie.«
»Ich kann dir sagen, daß ist vielleicht ein Krampf. Als wären es Tischtennisbälle. Wann wollen wir eigentlich trommeln? Um zwölf? Das dauert ja noch was.«
Ich nickte. »Dann ist Geisterstunde, wir könnten auch mit den Glocken zum Gebet rufen.«
»Oh, ja. Weißt du was, ich besorge zwei Laken, da schneiden wir ein Loch rein und hängen sie uns über.«
»Ich glaube, du spinnst wirklich! Das ist doch kein Theater hier.«

»Früher im Heim, da habe ich mal Theater gespielt.«
»Ich auch.«
»Ach?«
»Ja, einmal war ich der Teufel.«
»War das ein christliches Heim?«
»Die sind alle christlich, die Heime. Da guckt niemand mehr so genau hin. Ich bin in Heiligenstatt gewesen, früher. Kennst du das?«
»Nein. Hört sich aber sehr heilig an. Nur Nonnen, was?«
»Nein, nur Brüder.«
»Wie?«
»Das waren alles Brüder, die Erzieher. Und der Obererzieher war ein Oberbruder.«
»Aha, das war der Oberschwule.«
»Quatsch, der war nur ein Bruder, mehr nicht. So nennt man die.«
»Du, da kann ich dir aber was anderes erzählen. Der, der unser Heim geleitet hat, das war ein Pfarrer, und der hat, ich meine«, sagte Egon, stockte etwas und sah mich an, »ich meine, ich erzähle dir das nur, wenn du es nicht weitererzählst, niemandem.«
»Nein. Aber das ist doch ohnehin klar. Ein Heim, ein Pfarrer oder ein Heimleiter, und der ist schwul. Und wenn es der nicht ist, dann ist es der Gärtner. Einer ist es immer. Vorbestraften darf man nicht trauen, weil sie vorbestraft sind. Pfarrer, Heimleiter und Gärtner sind schwul, jedenfalls im Heim.«
»Aber die Sau hat mich zweimal aufgebockt.«
»Der Pfarrer?«
»Wer sonst.«
»Und dann?«
»Bin getürmt. Und wenn da einer türmte, dann kam er in ein anderes Heim, wenn sie ihn wieder geschnappt hatten.«

»Da hättest du das doch sagen können, warum du getürmt bist.«

»Hab ich ja, aber mir hat das niemand geglaubt. Da war ich acht. ›Das sagen sie alle‹, haben sie gesagt.«

»Der Obertyp in Heiligenstatt, das war auch ein Pfarrer. Aber der hat immer nur gepredigt. Jeden Sonntag. Zum Weglaufen. Alle Menschen sind Brüder, und die schärfste Liebe sei die Nächstenliebe, und wenn ein Christ auf den anderen trifft, dann sollen sie sich anlachen.« Ich zündete mir eine Zigarette an. »In Heiligenstatt haben sie auch alle gelacht, die Brüder, wenn einer abgehauen war und sie hatten ihn erwischt. Das Heim lag im Moor. Da war das Wegkommen schwer. Das erste Mal bin ich bis nach Hause gekommen. Doch mein Stiefvater hat mich wieder zurückgebracht.«

»Was? Und du hast dich zurückbringen lassen? Von der eigenen Verwandtschaft?«

»Was heißt denn eigene Verwandtschaft. Der war angeheiratet. Und ich habe das auch geglaubt, was der mir erzählt hat. Wenn ich freiwillig zurückginge, dann wäre alles anders, ich könnte sogar einen Beruf lernen, na ja, und der Herr Pastor, Moment mal, wie hieß der noch? Ballhorn oder Ballhausen, also der habe am Telefon einen so netten Eindruck gemacht.«

»Und? Was war?« fragte Egon, als ich schwieg.

»Nichts war. Der Oberbruder hatte Tränen in den Augen, als ich zurückkam. Elias hieß der, Oberbruder Elias. Der war so freundlich wie ein Stück Butter auf einem Toaster. Ja, und eine Nacht später habe ich den Arsch vollgekriegt.«

»Von Bruder Elias?«

»Nein. Von den anderen. Im Schlafsaal, ich konnte da nichts machen, die sind alle über mich hergefallen. Der Elias hat draußen gestanden, hat mir gesagt, ein echter

Christ ist auch in der Not nicht allein, und ich soll auf jeden Fall mein Nachtgebet sprechen.«
»Das hat er gesagt?«
»Ja. Ganz sanft und weich.«
»Na, dem hätte ich aber ...«
»Gar nichts hättest du. Ich bin drei Wochen später wieder getürmt. Aus der Kirche. Sonntags war immer Kirche. Die war im Verwaltungsgebäude, vorne an der Straße, im ersten Stock. Die ganze Zeit habe ich die anderen beobachtet, weil ich dachte, die beobachten mich. Dann mußte ich mal aus der Hose. Wenn einer mußte, ging ein Bruder mit und blieb vor der Tür stehen. Ich konnte gar nicht richtig. Das Fenster im Klo war zu klein.
Ich lauschte an der Tür. Das Klo lag am Ende des Flurs, am anderen Ende war ein großes Fenster. Wenn ich durch das Fenster springe, dachte ich, dann habe ich einen Vorsprung, das traut sich der Bruder nicht. Er muß dann erst mal wieder rein in die Kirche, der Gottesdienst wird abgebrochen, und es dauert eine ganze Zeit, bis sie hinterherkommen. Ich stieß die Tür auf, sie krachte an die Wand, und der Bruder machte riesige Augen. Ich raste an ihm vorbei.
›Halt!‹ brüllte er. ›Haaalt!‹
Ich war schon am Fenster, riß die Arme hoch, Glas splitterte, ich knallte auf Rasen, dann in ein Sonnenblumenbeet, kam wieder hoch und lief.«
»Und? Bist du weggekommen?« fragte Egon.
»Ja, doch sie waren auf Sichtweite hinter mir. Dann auf einmal hatte ich sie abgehängt, hatte mich aber in diesem Scheißmoor verlaufen ... Nein, aus der Kirche, das war das erste Mal, daß ich abgehauen bin, fällt mir jetzt ein. Daß ich mich verlaufen habe, in diesem Moor, das war das zweite Mal. Ich bin richtig eingesackt. So was

gibt es wirklich. Da bin ich nicht mehr nach Hause, ich bin zu dem Heim, in dem ich vorher war. Die haben sich mächtig gefreut. Habe ihnen nachts immer was zu rauchen gebracht, Schokolade und so. Da war auch ein Mädchenheim, mit einem Mädchen war ich befreundet. Ich hab sie mitgenommen, in die Schweiz wollten wir, dort hatte sie eine Tante. Wir sind aber nur bis Höxter gekommen. Da war eine Polizeikontrolle, und wir sollten bei denen einsteigen. Ich bin abgehauen, die Bullen hinterher, und einer schießt. Fünf Monate Knastkrankenhaus ... Danach ging es ab nach Vire.«

»Vire?«

»Ist eine Stadt. Eine Stadt, in der die meisten Häuser vergittert sind. Die leben alle vom Knast dort. Wenn es den nicht gäbe, hätte von denen keiner was zu beißen.«

»Weißt du, was ich schon mal gedacht habe?«

»Nein.«

»Die sperren uns nur ein, weil die Meister sonst keine Arbeit hätten.«

»Die sind schon ganz schön arm dran. Deshalb putzen sie sich auch immer so raus, mit ihren Uniformen.«

Egon wälzte sich auf den Rücken. »Ich bin im ganzen vier Jahre in die Schule gegangen, aber Meister möchte ich nie werden. Da hängst du dein Leben lang hier drin.«

»Warum gehst du eigentlich nicht zur Schule?«

»Warum das denn?«

»Dann sitzt du hier nicht so rum, im Knast.«

»Wenn ich in dem Mattenbetrieb arbeite oder als Kalfaktor, dann habe ich runde hundertfünfzig Mark im Monat. Und wenn ich zur Schule gehe, weißt du, was ich dann kriege? Nicht mal die Hälfte! Und dann muß ich auch noch diesen ganzen Scheiß pauken, was die so alles wissen wollen. Wenn ich zur Schule gehe, bin ich ein armer Mann. Außerdem könnte ich erst, wenn ich nur noch drei Jahre Reststrafe habe, und das dauert, Moment mal, das dauert noch zwei Jahre und drei Monate. Nein, danke.«

Der Leitende Regierungsdirektor Klaus-Dieter Hahnebüchen blätterte in dem offenen Brief, den Weimar mitgebracht hatte.

»Wissen Sie, was ich nicht verstehe«, sagte er zu Weimar, der ihm gegenübersaß, »wie kommt es, daß solche Leute im Knast sitzen. So jemand müßte sich doch anders entfalten können. Gut, daß man mal einen Fehltritt macht, das ist verständlich, aber wenn die Strafe verbüßt ist, warum fängt so einer dann nicht neu an?«

»Ich glaube, da kommen viele Faktoren zusammen«, erwiderte dieser, »laut Akte ist der Mann schon früh geschult worden, ich meine, er war in Fürsorgeerziehung, dann Jugendstrafe, na ja, so geht das immer weiter. Letzten Endes ist es ein Einzelschicksal.«

»Das sind sie aber doch alle.« Hahnebüchen bot ihm eine Zigarre an.

»Nein, danke, ich rauche nur Zigaretten.«

»Ich werde den Herrn Senator über dieses Schreiben informieren.« Hahnebüchen schnitt seine Zigarre sorgfältig mit einem kleinen Messerchen ein, befeuchtete sie dann mit gespitzten Lippen, als wollte er sie auslutschen.

»In diesem Brief redet der Mann von den dauernden Durchsuchungen der Unterkunftsräume...«

»Sie meinen die Zellen?«

»Sehen Sie, hier: ›In einer Zelle sieht es nach einer Durchsuchung wie nach einem Bombenanschlag aus. Der Schrankinhalt liegt mitsamt dem Bettzeug auf dem Boden, Familienfotos kleben in der Margarine, Privatpost ist beschmutzt...‹ Ich meine, muß so etwas denn sein? Das läßt sich doch sicher anders regeln.«

Weimar hob die Schultern. »Ich vermag nicht zu beurteilen, ob die in dem Brief angegebenen Sachverhalte den Tatsachen entsprechen. Zuständig dafür ist das Aufsichtspersonal. Aus Informationen weiß ich jedoch, daß es sehr oft schwierig ist, einen versteckten Gegenstand zu finden. Zum Beispiel Geld. So ein Geldschein läßt sich überall verstecken, in Zahnpastatuben, in Büchern oder sonstwo. Da läßt es sich nicht vermeiden, etwas Unordnung zu machen.«
»Und der andere Mann da oben? Der scheint eher ein Mitläufer zu sein?«
»Ja, Holberg gibt den Ton an, der andere ist immer im Hintergrund. Laut Akte wird er jedoch ebenfalls als nicht ungefährlich bezeichnet.«
»›Bücher zerrissen‹«, las Hahnebüchen weiter, »›von den Wärtern.‹« Er schüttelte den Kopf.
»Dabei geht es auch um ein Geldversteck. In den Dekkeln lassen sich die Scheine einkleben. Wenn dort steht ›Bücher zerrissen‹, so entspricht das nicht der Wahrheit. Es sind nur die Buchdeckel.«
»Aha. Wie kann ich Sie erreichen? Ich vermute, Sie sind jetzt mehr am Ort des Geschehens als im Amt?«
»Ja. Ich habe meinen Sitz in das Zimmer der Anstaltsleitung verlegt, ich habe ja immer noch die Hoffnung, daß wir durch irgendeinen Umstand wieder Herr der Lage werden.«
Die beiden Männer gaben sich die Hand.

Gestern abend, als du getrommelt hast, das konnte man bis in den letzten Winkel hören«, lachte Egon, »das hat uns richtig in Schwung gebracht. Ich hab meine Tür mit einem Hammer eingebeult.« Er machte die Bewegung nach. »Bambule machen ist eine Spezialität von mir. Ich hab mir nie was gefallen lassen, rein in den

Arrest, raus aus dem Arrest, und immer so weiter. Na, und eines Tages haben sie mich zum Kalfaktor gemacht. Man muß nur genügend Ausdauer haben.«

»Du warst nicht mehr im Arrest, seit du Kalfaktor bist?«

»Doch, aber nicht mehr so oft. Ich hab nie genickt, wie die anderen ...«

»Kalfaktor sein ist auch Nicken. Wenn sie dich mal entlassen, dann kannst du ein Inserat aufgeben: ›Oberkalfaktor, vertraut im Umgang mit Zwanzig-Kilo-Bohnerklötzen, freundlich zu jedem Belag, sucht Stellung mit Aufstiegsmöglichkeiten.‹ Wenn du Schwein hast, kriegst du ein Treppenhaus mit zehn Stockwerken ...«

Ich mußte wohl eingenickt sein, als Egon mich etwas später anstieß. »Ben, es ist schon zwölf, die Uhr schlägt zwölf.«

»Dann los.« Wir erhoben uns. »Du gehst auf den A-Flügel und ich auf den D-Flügel. Wir trommeln uns zur Mitte.«

»In Ordnung.«

Ich setzte mich vor die letzte Kuppel, ließ die Stöcke durch die Luft pfeifen, ein paarmal dicht über die Rundung hinweg, dann drei langsame Schläge mit beiden Hölzern.

»Bomm-bomm-bomm!«

Drüben antwortete Egon.

»Und nun, meine sehr verehrten Damen und Herren«, schrie ich über das Dach, »nun bringen wir die Ouvertüre zum Infernalischen Intermezzo von Theo Teufel! Applaus! Applaus! Am Schlagzeug Benjamin Holberg und Egon Schermer! Applaus, Applaus, Applaus!«

»Jawoll!« brüllte Egon von drüben.

»Und sie werden begleitet von den knackigen Zellharmonikern! Applaus, Applaus, Applaus!«

Ich ließ die Stöcke wieder sausen, einmal, zweimal, dreimal, dann ein Wirbel. Durch das Haus ging ein Aufschrei.

Wie bei einem Fußballspiel. Der Ball ist ganz dicht vor dem Fuß eines Angreifers, und beide sind nur Meter vom Tor entfernt, und der Spielerfuß holt aus ...

»Tooooaaaaahuuuuum!« brüllt die Menge. Und verstummt. Der Ball geht haarscharf am Tor vorbei.

Egons Schläge dröhnten bis in den Flügel unter mir. Er sang dazu. »Muß i denn zum Städele hinaus.«

»Auf-hööööören!« schrie jemand.

»Bambuuuläääa!«

Scheiben gingen zu Bruch. So ein Zellenfenster hatte viele kleine Scheiben. Da kam das Licht immer nur gefiltert durch, na ja, aber wenn Bambule war, dann ließ sich eine Scheibe nach der anderen zerdeppern. Oder man konnte auch eine Reihe quer nehmen, dann etwas anderes an die Wand knallen, dann wieder ein paar Scheiben und zum Schluß den Rahmen. Die Fenster auf der fünften Station hatten nur eine Scheibe. Die ließ sich nicht einteilen. Ein Wurf, und weg war sie.

»Ich halt das nicht mehr auuuuus!«

»Ich will hier rauuuuus!«

Töpfe schepperten, dann der etwas heiser knirschende Ton von Porzellan.

»Das wollen wir alle, weil das hier ein Zuchthaus ist!«

Ich brüllte. »Zucht-haus! Zucht-haus! Zucht-haus!« Und schlug den Takt dazu. Egon begleitete mich. Im Haus und in den Höfen war jetzt ein ungeheures Spektakel. Als versuchte eine Riesenhand, das Haus umzukippen, der ganze Bau schwankte hin und her, und hin und her, und Haus und Zucht, und Zucht und Haus! Bommmm! Bommm! Und Bommm-Bommmm! Und Zucht und Haus! Und Zucht-haus! Zucht-haus! Zuchthaus!

Der ganze Komplex kippte von einer Kante auf die andere, gab selbst den Takt an.

Wie liefen von Kuppel zu Kuppel, und alle schrien und schlugen mit. Alarm wurde ausgelöst. Das elektrische Horn dröhnte in die Taktpausen, biß in den Lärm, fraß sich richtig hinein.
Egon saß mir gegenüber hinter einer Kuppel, durch die Licht auf sein Gesicht fiel. Wie ein Teufel an der Gulaschkanone sah er aus.
»Kleine Pause?« rief er.
»Ja.«
Wir verstummten. Immer noch wurden Scheiben zertrümmert. Mir lief der Schweiß übers Gesicht.
»Da unten stehen Meister rum.« Egon guckte in seine Kuppel. »Ich kann sie zählen, es sind elf.« Er schlug zweimal mit der Hand auf das Plexiglas. »Ja, elf.« Nun mußte sie sich etwas einfallen lassen, die Anstaltsleitung. Sicherheit und Ordnung wurden so richtig durchgeschüttelt. Vom Gitter bis zur Zellentür wurde da unten alles kurz und klein geschlagen. Davor warteten die blankgebohnerten Gänge regungslos, hier und da von Wasser bedeckt. Ein herausgerissenes Waschbecken wirkte wie ein Wasserrohrbruch. Es dauerte immer eine Weile, bis der Haupthahn zugedreht wurde.
Von den makellosen Gängen aus konnte man nach einer Randale durch das Guckloch direkt in die Unordnung blicken. Vor dem Loch hing dieser kleine Metalldeckel, der ein wenig zur Seite geschoben wurde, bis ein schmaler Spalt vorhanden war. Dahinter war jedesmal eine andere Unordnung. Wenn auch das Sichtglas zertrümmert worden war und man die Nase dicht genug an den Spalt brachte, dann konnte man sie sogar riechen.
Ich trommelte einen Wirbel, brach ab. Ein gedämpftes Stöhnen ging durchs Haus. Eine Menschenmenge will etwas sagen, und plötzlich wird ein großes Zelttuch über sie geworfen. »Jaahuuuu-uhuuuummmm.«

Ich ließ einen neuen Wirbel auf die Kuppel niedersausen. Egon auch. Der Krach nahm wieder zu. Die Scheiben der oberen Station flogen jetzt raus. Sie klangen tiefer, voller als die kleinen Scheiben der anderen Fenster. Zwischendurch mal Porzellan, mit seinem soliden Geräusch. Porzellan mußte besiegt werden. Das Becken aus seiner Halterung reißen, Wasserrauschen, es hoch über den Kopf stemmen, dann ein, zwei Schritte in Richtung Fenster oder Wand, und es zerbarst in Teile, die noch so groß waren, daß sie sich erneut zum Werfen verwenden ließen. Eine Scheibe, da flog ein Schuh rein, und weg war sie. Der Schuh meistens auch. Aber ein Waschbecken oder eine Kloschüssel, da hatte man was davon.
»Heute nacht haben sie keine Arrestzellen mehr frei«, sagte Egon. Wir machten eine Rauchpause.
»Zwanzig Zellen sind schnell voll. Sie holen immer zuerst die, von denen sie meinen, das sind die Rädelsführer. Je länger wir weitertrommeln, desto mehr Rädelsführer gibt es. Oder sie bringen nur die in Arrest, die ruhig sind, und erklären das übrige Haus zu Arrestzellen.«
»Warum heißt das eigentlich Rädelsführer?« fragte Egon.
»Das ist was Altes, das kennt doch jeder. Früher sind sie immer im Kreis gegangen, die Landsknechte, im Rad, und einer war der Anführer. So eine Art Unteroffizier. Und der hat dann seine Leute singen lassen, kennt man ja, die Landsknechtslieder. Dann stand da das Volk und hat zugesehen, die Mütter haben ihre Söhne in dem Rad gesehen. ›Ach ja, schau mal da, der Hieronymus, eine volle Stimme nennt er sein eigen. Und dort, der Ludewig, der liebe, der gute, da marschiert er im Rädlein.‹ Liebe Kinder marschieren im Rädlein, nicht im Rad. Und der Rädleinführer war schließlich auch der Sohn von irgend jemand. Das ›lein‹ wurde im Laufe der Jahre weggelassen, und man hat ›Rädels‹ daraus gemacht.«

»Dann ist der Bäumel also der Rädelsführer der Meister«, sagte Egon.

»Genau. Und der Papst ist der Rädelsführer der Katholiken.«

Von einem der Höfe ertönte ein lautes Krachen. Wir liefen an den Rand des Dachs und sahen nach unten. Der Innenhof sah aus wie eine große Müllkippe. An manchen Stellen brannte Papier, und aus einigen Fenstern flogen immer noch irgendwelche Dinge heraus. Dazu Johlen und Schreien und das Geklapper von Blechtöpfen. Alles vermischte sich zu einem wahren Lärmmatsch.

»Ihr Idioten da oben«, schrie eine hohe, sich fast überschlagende Stimme von der anderen Flügelseite zu uns herüber, »wenn ihr nicht bald mit dem verdammten Getrommel aufhört, dann haue ich meine Bude auch auf 'n Leisten. Ihr seid doch die größten Spinner, die hier herumlaufen!«

»Weißt du, wer das ist? Das ist der Hedelmann«, sagte Egon erstaunt, und dann brüllend: »Und wenn du wieder aus dem Arrest kommst, dann haue ich dir was auf die Schnauze, du Wichser! Du kriegst nicht mal 'ne Puppenstube kaputt, du Heini!«

Der Innenhof johlte.

»Ist das der Hedelmann mit dem Kotzgesicht?« fragte ich.

»Klar, der ist immer so tuntig. Aber er ist keine Tunte, und wenn die anderen lästern, wird er wütend und keift rum.«

»Wenn ich hier was zu sagen hätte, dann würdet ihr vergast«, gellte Hedelmann von gegenüber.

»Ja, und vorher gehst du noch mal an unsere Flasche, was?« schrie Egon zurück.

»Ihr Drecksäue! Ihr seid Drecksäue!«

»Der Hedelmann faßt Schwänze an! Der Hedelmann faßt

Schwänze an!« intonierte ich. Egon machte mit. Hedelmann kreischte dazwischen, und plötzlich sangen auch an den Fenstern welche mit. Es wurde immer lauter.
»Der He-del-mann faßt Schwän-ze an.« Der ganze Innenhof dröhnte. »Der He-del-mann faßt Schwän-ze an!« Wir tanzten auf dem Dach herum. »Der He-del-mann faßt Schwän-ze an! Der He-del-mann faßt Schwän-ze an!«
Mitten in den zweiten Vers flog das Hedelmannsche Klobecken. Es war tatsächlich das Klobecken. Im Gitter blieb ein Stück der Abflußöffnung stecken und fiel dann herunter, weil was anderes hinterhergeworfen wurde. Dazu kreischte Hedelmann hoch und schrill. Für einen Moment war nur er zu hören, der Hof schwieg, sah zu, was der Hedelmann so alles in seiner Zelle hatte. Dann stimmten wir erneut ein, und der Hof brüllte mit. Aus vielen Fenstern wurde Klopapier abgerollt, das vorher angezündet worden war, wie brennende Girlanden, es sah irgendwie schön aus, fast feierlich.
Schließlich mußten wir verschnaufen, ganz außer Atem.
»Ist das jetzt ein Aufstand?« fragte Egon.
»Längst noch nicht. Sind doch alle eingeschlossen. Komm, wir gehen in den Turm.«
»Mannomann, heute ist ja richtig Stimmung.« Egon stieg vor mir die Eisen hoch, und wir balancierten hintereinander über den First zum Turm.
»Wir sind zwei Meßdiener auf dem Weg zum Dienst«, sagte ich und ruderte ein bißchen mit den Armen. Ein Scheinwerfer hatte uns im Kegel. »Wer gehet so spät auf dem Firste entlang, die Meßdiener sind's, mir wird ganz bang... Nun geh schon.« Ich setzte einen Fuß vor den anderen. Dann waren wir am Turm, standen dicht hintereinander und schauten in das dunkle Loch.
»Meinst du, wir sollten gleich hineingehen?« fragte Egon. Er flüsterte.

»Steck erst mal den Kopf rein.«
»Und dann haben sie mich schon am Wickel, wenn sie da drin lauern.«
»Ach was, so schnell geht das auch wieder nicht.« Ich flüsterte jetzt auch. »Nun mach schon, man kann doch alles sehen, die Augen müssen sich nur erst an das Dämmerlicht gewöhnen ... Einer ist immer der erste. Du hast lange genug in der zweiten Reihe gestanden. Soll ich mich an dir vorbeidrängeln, oder was?«
»Ich gehe ja schon.« Egon krabbelte durch das Loch.
Im gleichen Augenblick brach im Turm der Lärm los.
»Was habe ich dir gesagt! Was habe ich dir gesagt!« brüllte Egon und wollte zurück.
»Das sind die Tauben, Mensch, die Tauben!« Ich stieg ihm nach.
»Mann, das ist ja richtig unheimlich.«
»Deshalb geh ich auch nie in die Kirche.« Ich stieg die Wendeltreppe hoch.
»Die Tür unten ist noch zu«, rief Egon.
Ich machte das Dachfenster auf und zog mich auf die Plattform. Vor dem Haupteingang parkten zwei Streifenwagen ohne Licht. Ich warf einen Blick in die Runde. In den meisten Häusern brannte Licht. Irgendwo dahinten lag der Flughafen. Jetzt einfach in ein Flugzeug einsteigen, und ab die Post, dachte ich. Gu-a-te-ma-la. Ma-da-gas-kar. Ca-sa-blan-ca. A-de-nau-a.
»Kannst du was sehen?« Egon kam mit dem Kopf aus der Fensteröffnung.
»Nicht viel. Vorne stehen zwei Bullenautos. Sonst nichts. Laß mich mal wieder rein.«
Die beiden Glocken hingen nebeneinander, waren gleich groß, doch sie klangen unterschiedlich. Ich klopfte mit dem Knöchel gegen das Eisen. »Meinst du, die Bullen sind im Haus?« fragte Egon.

»Und wenn schon, was wollen sie denn.«
»Ist dir eigentlich aufgefallen, daß nicht ein Meister im Hof gewesen ist? Sonst sind die immer sofort da.«
Ich nickte. »Das machen sie extra. Sie tun so, als ob nichts wäre. Du, sag mal...« Ich tastete die Türkanten ab, dort, wo ich genagelt hatte, machte das Feuerzeug an.
»Mensch! Die Nägel sind weg!«
»Was?!«
»Ja! Hier, ein Loch. Da war einer, und hier, das Holz ist abgesplittert. Die waren im Turm! Ich denke, du hast eben nachgesehen, ob noch alles in Ordnung ist.«
»Hab ich auch. Ich habe aber nur darauf geachtet, ob sie zu ist, die Tür«, sagte er. »Vielleicht ist es besser, wenn wir uns wieder verziehen. Sie könnten dahinter stehen und auf eine günstige Gelegenheit lauern.«
»Leise«, sagte ich, »hol mal ein paar Holzlamellen, ich warte hier.«
Die Tür war nur nach innen zu öffnen, links und nahe gegenüber der Tür war eine Wand, rechts waren ein paar Stufen. Egon kam zurück.
Die Bretter waren etwas länger als der Raum zwischen Tür und gegenüberliegender Wand. Ich konnte sie schräg festklemmen, ein Brett nach dem anderen.
»So, jetzt wird ein bißchen geläutet.«
»Mensch, bin ich aufgeregt.«
»Ich auch. Ich läute zum ersten Mal Kirchenglocken. Schau, hier gehen die Stricke durch den Boden nach unten. Jeder nimmt einen. Wenn so eine Glocke richtig Schwung hat, geht es wie von alleine, gib mir mal den Hammer.« Ich schlug zweimal schnell gegen die eine, dann gegen die andere Glocke.
»Boiung, boiung, boiing, boiing!« Die Töne waren durchdringend. »Hast du das gehört?« hörten wir jemand vom Hof her brüllen.

»Was denn?«

Über uns verließen die restlichen Tauben den Turm durch das offene Dachfenster. Wir hängten uns an die Stricke, und die Glocken kamen ins Pendeln, immer mehr, dann schlug Egons zum ersten Mal, viel voller und gewaltiger als nach den Hammerschlägen. »Boiunng...! Boiinng, boiunnnng... boiinnng...!«

Der ganze Turm bebte. Ich zog mit hocherhobenen Armen an meinem Strick und versuchte mir gleichzeitig die Ohren zuzuhalten. »Boiunnnng! Boiinnnng!... Boiunnng! Boiinnnng!« Irgendwo im Meer stand ich, schickte einen Ton nach dem anderen los, sie rollten durch lichtes Grün, holperten über moosbewachsene Quader, streichelten algenbedeckte Wände. Wenn es noch Leben gab, dann mußte es jetzt erwachen.

Ich verschnaufte, die Arme taten mir weh, mein Kopf dröhnte. Egon hielt ebenfalls inne. Die Glocken gaben noch ein paar Töne von sich, schaukelten aus. Das Haus tobte.

»Wollen wir aufhören?«

»Was hast du gesagt?«

»Ob wir aufhören wollen!«

»Nein, laß uns gleich noch mal. Jeder bis einundzwanzig, los, wer zuerst fertig ist.« Wir sprangen an die Seile, zogen. Und meine Töne rollten weiter, immer weiter, durch Täler und Schluchten, dann über eine Bergkuppe, eine Stadt breitete sich vor ihnen aus, die leeren, muschelbedeckten Straßen füllten sich mit Menschen, die winkten und sich die Gewänder vom Leib rissen, damit die Töne sie berühren konnten, sie lachten und tanzten.

»Einundzwanzig!« brüllte Egon. »Ich bin fertig! Was ist denn los? Du kannst aufhören, du hast schon dreißiiiiig!«

»Wie?! Ja!« Ich ließ das Seil los und taumelte etwas, als ich zur Wendeltreppe ging.

Wir stiegen beide hinaus auf die Plattform. Vor dem Haupteingang parkte jetzt eine ganze Herde Bullenautos kreuz und quer durcheinander. Ihre Blaulichter zuckten. Das Geheul eines Feuerwehrwagens war zu hören, er bog auf den Vorplatz ein, fuhr seitlich über den Gehweg, dann konnten wir ihn nicht mehr sehen, weil er im toten Winkel war. Vorn durch die Eisenpforte kam ein Trupp Bullen mit Overalls und weißen Helmen, marschierte ins Haus. In den Häusern ringsum brannte jetzt überall Licht.

»Ben! Ben! Sie sind unter uns im Turm!« Egon schlug das Fenster zu, drängelte sich an mir vorbei und stieg auf die Eisen, die zu dem roten Warnlicht führten. Ich starrte auf das dunkle Fenster, bückte mich, sah ein Gesicht, einen weißen Helm, der versuchte, das Fenster aufzudrücken. Ich trat mit dem Fuß gegen den Rahmen, so heftig, daß das Glas zersplitterte.

»Sieh mal, Egon, ein Bulle, ein richtiger Bulle. Da steht er und scharrt mit den Hufen!« schrie ich.

»Kommen Sie da herunter«, sagte der Polizist im Befehlston, »kommen Sie sofort da herunter, oder wir holen Sie. Auaaaa!« Ich hatte wieder gegen den Rahmen getreten, und er hatte sich geklemmt.

»Komm doch hoch, du Flasche, dann segeln wir zusammen nach unten zu deinem Auto, du uniformiertes Vakuum! Hier holt mich keiner runter! Keiner! Wenn ihr Bullen nicht sofort abzieht, dann springe ich!« Ich trat noch einmal gegen den Fensterrahmen, hielt mich mit einer Hand an der senkrechten Stange der Maueranverankerung fest und lehnte mich über das Sims.

»Wir springen! Wir springen!« brüllte Egon von oben und schwang ein Bein über die Kante. Niemand wird mich hier herunterbringen, dachte ich und fühlte wieder dieses leichte Gefühl in mir, als sei ich in der Lage zu fliegen,

ohne irgendwo anzustoßen oder anzukommen. Ich brauchte nur die Hand zu öffnen, niemand konnte mir jetzt Vorschriften machen, Holberg, kommen Sie, Holberg, zur Kammer! Holberg, gehen Sie vom Fenster weg! Holberg, Besuch! Holberg, wenn Sie nicht, Holberg, lassen Sie das! Los! Lassen Sie das! Loslassen Sie das! Loslassen! Nicht loslassen! Sie! Nicht loslassen!
Ich zog mich zurück auf die Plattform.
»War hier eben jemand? Ich meine, hat da unten einer was gesagt?«
»Nein«, erwiderte Egon, »niemand hat hier was gesagt, aber die Bullen sind eben wieder raus, nicht alle, aber ein ganzer Haufen. Das ist wie in einem Mastkorb, hier oben. Ich halt nach Land Ausschau, und was sehe ich: Bullen.«
Das Dachfenster war nur einen Schritt entfernt, ich beugte mich vor. Im Turm brannte jetzt Licht, doch ich sah niemanden, roch nur die Luft, die aus dem kaputten Fenster wehte. Ich traute mich nicht so recht, ganz dicht an das Fenster heranzugehen, stellte mich unter Egon, begann in schreienden Obertönen zu singen: »Alle, die mit uns auf Kaperfahrt fahren, müssen Bullen mit Bärten sein! Sing mit!«
»Fritz und Karl und Kurt und Pit, das sind Bullen mit Bärten, die dürfen mit ... Alle, die mit uns ... Halt! Da war was!«
Wir lauschten.
Im Turm waren Geräusche zu hören, dann Türenschlagen ... Stille.
»Los, sieh nach«, sagte Egon.
Ich kniete mich hin, beugte mich weit vor und sah in den beleuchteten Turm hinein. Die Glühbirne hing über den Glocken und war ziemlich verstaubt.
»Ich glaube, sie sind weg.«
»Was machen wir jetzt?«

»Wir gehen wieder aufs Dach, da können wir die anderen sehen. Vielleicht holen sie uns ja mit einem Blasrohr herunter.«
»Meinst du, die kommen mit einem Blasrohr so hoch?«
»Mensch, dann stellen sie sich eben auf einen Stuhl. Das ist mir völlig egal.«
»Was machen wir denn, wenn sie jetzt von unten plötzlich kommen und uns am Arsch kriegen?«
»Ach was. Und wenn, dann kriegen sie einen von uns, und der andere springt. Was ist denn los?«
Egon zwängte sich an mir vorbei, hob das Fenster hoch und stieg rein. »Ich gehe zuerst, einer muß immer zuerst gehen, hast du ja selbst gesagt.«
Ich folgte ihm, wartete, bis er unten war, mit ein paar langen Schritten durch den Raum lief und dann durch das Loch auf den First des Kirchendaches kletterte. Vorsichtig folgte ich ihm, war unten, rannte auch auf das Loch zu. Egon zog mich von der anderen Seite heraus.
»Laß los, es geht schon.«
Wir tasteten uns in Richtung Schornstein und stiegen die Eisen an der Giebelwand hinunter. Aus dem Haus schallte fast unvermindert der Lärm. Scheinwerfer fuhren die Mauerkrone entlang, als wollten sie Staub wischen. Manchmal war noch einer der Hunde zu hören, die sich fast alle leergebellt hatten. In den Höfen kokelte es an verschiedenen Stellen, Matratzenteile waren am Glimmen, Klopapierschlangen, zerdeppertes Porzellan.
»Bist du müde?« fragte Egon.
»Nein. Nicht richtig.«
»Ob morgen was passiert?«
»Weiß nicht. Es passiert immer was. Auf jeden Fall wissen jetzt eine Menge Leute, daß hier was nicht in Ordnung ist, daß wir auf dem Dach sind und daß wir einen Hungerstreik machen.«

»Das mit den Bullen vorhin, das war verdammt knapp. Meinst du, die sind deshalb nicht heraufgekommen, weil wir springen wollten?«

»Ich glaube schon. Einer muß doch den Befehl geben, na, und wenn wir unten liegen, dann fragt man den, warum er seine Bullen nicht zurückgehalten hat, ob er das nicht absehen konnte, und so weiter ... Der ganze Skandal, wie konnte das überhaupt so weit kommen? ›Sind denn die Vorwürfe der Leute berechtigt gewesen?‹ Als Menschen zählen wir zwar nicht, aber als Ärger.«

VIERTER TAG

Ich wache durch die vertrauten Geräusche auf.
Die Glocke auf der Zentrale wird angeschlagen, nicht zu laut, nicht zu lange, eben so, daß es jeder hören kann. Egon hängt in seiner Ecke und scheint noch zu schlafen. Ich nehme einen Schluck Wasser aus der Flasche, drehe mir eine Zigarette und stelle mir ein Frühstück vor.
Kaffee, heiß, schwarz und dampfend, bei dessen Duft sofort die Nasenhärchen zu flimmern beginnen. In den ich einen Löffel Zucker schütte, der weich über die Löffelkante gleitet. Frische Brötchen, die noch ganz warm sind und so richtig krümeln, wenn sie plattgedrückt werden. In die ich meinen Finger bohren kann. Und ein Ei. Nicht zu hart, nicht zu weich, so, wie es nur selten gelingt. Ein Ei mit brauner Schale.
Omas Hühner legten nur Eier mit brauner Schale, sie hatten sich das so angewöhnt. Obwohl es weiße Hühner waren. Einmal hatte ich zwei kleine Fläschchen Underberg in das Hühnerfutter gekippt, das Oma aus gekochten Kartoffeln, Brotresten und Mehl zusammenmengte. Opa brauchte den Underberg für seinen Magen. Die Hühner nicht so sehr. Kurz nach dem Fressen wankten sie auf der Wiese herum, und manchmal fiel eines beim Scharren um. Oma machte sich Sorgen.
Tags darauf legten sie wieder ganz normale braune Eier, mit Eiweiß und Eidotter drin. Keine Spur von Eierlikör. Und Marmelade. Erdbeermarmelade. Mit ganzen Früchten, rot und süß und klebrig...

»Was is 'n los?« Egon war aufgewacht, setzte sich mit einem Ruck auf und kippte zur Seite, wegen der Dachschräge. »Was is 'n los?« fragte er noch einmal.
»Nichts. Was soll los sein. Ich stelle gerade das Frühstück zusammen, hast du einen besonderen Wunsch? Ich meine, willst du ein weißes Ei oder ein braunes?«
»Ich will das Huhn.« Er gähnte. »Und schön braun.«
»Hier ist noch ein Schluck Wasser.«
Er trank den Rest aus der Flasche und warf sie in den Hof. Wir stiegen nach unten und machten unseren Morgenrundgang.
»Ben! Komm mal rüber!« Auf Berta drei dreizehn winkte jemand mit einem Handtuch.
»Wer ist denn das?« fragte Egon.
»Ich glaube, Hans. Hans, der Klopfer.« Wir wechselten das Dach.
Ich legte mich auf den Bauch, sah über die Dachrinnenkante und ließ den Faden hinunter. Hans hängte eine Plastiktüte an die Schnur, und ich zog sie hoch. In der Tüte waren zwei zusammengefaltete Bettlaken, ein paar Nägel und ein Zeitungsausschnitt.

Wir haben versucht, bis zur Spitze des Kirchturms vorzudringen, konnten jedoch nicht nach außen gelangen, weil das Dachfenster jeweils nur von einer Person passierbar ist und wir damit rechnen mußten, daß bei der dann folgenden Auseinandersetzung jemand zu Schaden gekommen wäre.« Revierführer Mahlmann holte Luft.
»Und die Feuerwehr?« fragte Regierungsdirektor Dr. Baumgärtner.
»Die war auch da«, tönte Bechner, »hatte aber das gleiche Problem. Wir wären zwar mit der Leiter herangekommen, doch das Risiko wäre das gleiche gewesen.«

»Aber von so einer Feuerwehrleiter aus müßte es doch möglich sein, die Leute irgendwie einzufangen.« Baumgärtner wartete.
Bechner lachte etwas hilflos. »Wie stellen Sie sich das denn vor? Mit einem Lasso vielleicht? Von meinen Leuten kann das keiner.«
»Mir scheint, Sie verkennen immer noch den Ernst der Situation!«
»Nein«, sagte Bechner, »wir sind in erster Linie da, um zu helfen. Einfangen ist nicht unsere Sache. Es sei denn, es handelt sich um Haustiere.«
»Bitte, meine Herren.« Das war Anstaltsleiter Schildpad.
»Ich stimme Ihnen zu«, sagte Weimar und nickte in Richtung Bechner, »der Gedanke des Einfangens erscheint mir etwas absurd. Wir könnten nach Lage der Dinge immer nur einen fangen, und was machte der andere dann?« Er dachte für einen Moment an sein letztes Gespräch mit Holberg und fühlte plötzlich so etwas wie eine angenehme innere Spannung.
»Also noch so eine Nacht wie die letzte«, ergriff Sicherheitsinspektor Bäumel das Wort, »dann haben wir den totalen Ausnahmezustand. Einer der Insassen hat einen Herzanfall erlitten und mußte mit dem Notarztwagen ins Krankenhaus gebracht werden. Etliche Zellen wurden kurz und klein geschlagen. Heute morgen ist nur ein Teil der Betriebe ausgerückt. Die im Haus verbleibenden Leute gaben an, nicht arbeitsfähig zu sein, weil sie die ganze Nacht nicht geschlafen hätten. Obwohl ich ein Gegner jeglicher Gewalt bin, erscheint mir jetzt ein konsequentes Handeln nicht unangebracht.«
Im Haus ertönte Alarm, ein paar Sekunden, verstummte dann aber wieder. Die Runde um den Tisch schreckte auf. Das Telefon klingelte. Schichtführer Mertens erhob sich, doch Schildpad winkte ab und ging selbst an den

Apparat. »Ja, gut, in Ordnung.« Er hängte ein. »Fehlalarm. So was kommt vor.«

»Wir könnten sie, wenn sie wieder in den Kirchturm steigen, dort überraschen«, sagte Mahlmann mit einem Stirnrunzeln, »sie werden ja heute abend wohl wieder läuten wollen. Dann könnten wir sie dingfest machen.«

»Aber doch auch nur, wenn Sie beide gleichzeitig erwischen. Den Zeitpunkt einer solchen Aktion, falls es sie geben wird, werde ich bestimmen«, schaltete Weimar sich ein.

»Wir könnten den Turm auch dichtmachen. Auf jeden Fall fiele dann das Läuten aus.«

»Eine gute Idee. Wir müssen ihren Aktionsradius so weit wie möglich einschränken.« Weimar nickte.

»Na, wissen Sie, das Trommeln ist aber auch nicht ohne. Das ist im halben Stadtteil zu hören.« Schlock nickte schwer.

Ein Meister steckte den Kopf zur Tür herein und fragte, ob die Versammlung noch Kaffee wünsche. Dr. Baumgärtner wollte ein Wasser.

»Also bei der ersten sich bietenden Gelegenheit machen wir den Turm von innen zu«, nahm Weimar den Faden wieder auf. »Ich habe heute noch einmal mit Herrn Senator Doktor Hammer gesprochen. Er hofft auf eine baldige konfliktarme Lösung. Der Herr Senator ist weiter bereit, nach Beendigung der Angelegenheit der Anstaltskonferenz beizuwohnen, damit etwaige weitere Vorkommnisse vermieden werden können.«

»Herr Mertens, informieren Sie doch mal den Werkmeister der Tischlerei, er soll sich mit ein paar Leuten bereithalten.«

»Jawohl, Herr Direktor.« Mertens verließ die Sitzung.

»Wie sieht eigentlich die strafrechtliche Seite dieser ganzen Angelegenheit aus?« fragte Vollzugsleiter Schlock.

»Es ist doch so, daß Holberg wie auch Schermer sich zusammengerottet haben, also der Tatbestand der Meuterei in Erwägung gezogen werden muß, verbunden mit Anstiftung anderer und mit Sachbeschädigung.«
»Alles Fragen, die zu gegebener Zeit der Klärung bedürfen, Herr Schlock«, sagte Weimar und machte sich ein paar Notizen, »aber vorrangig ist doch wohl zunächst, daß wir die Leute da oben herunterbekommen.«
Mertens kam zurück. »Die Tischlerei gehört mit zu den Betrieben, die bestreikt werden«, sagte er.
»Na, erlauben Sie mal, was heißt denn hier bestreikt?« Doktor Baumgärtner straffte sich.
»Das heißt, keiner ist da«, erwiderte Mertens, »nur der Werkmeister.«
»Aber das ist deshalb doch noch lange kein Streik. Das ist ganz profane Arbeitsverweigerung, wie sie hinter diesen Mauern immer wieder vorkommt. Ein Streik, lieber Herr Mertens, ein Streik hat immer eine arbeitsrechtliche Grundlage, von der wir auf keinen Fall reden können.«
»Wer ist denn da noch einzusetzen, ich meine, es lassen sich doch andere finden«, meinte nun Schildpad und rückte an seiner Brille. »Nehmen Sie einfach ein paar Leute, die mit Werkzeug umgehen können. Was muß denn überhaupt gemacht werden?«
»Die Fenster müssen vernagelt werden, wir waren ja oben«, meldete sich Revierführer Mahlmann, »am besten mit ein paar dicken Brettern. Das kann doch auch die Feuerwehr erledigen, oder wie sieht das aus?«
»Ja, klar. Wir haben immer Handwerkszeug dabei, aber kein Bauholz, wir könnten das nur notdürftig abdichten.«
»Gut, Sie werden schon eine Möglichkeit finden. Bitte halten Sie sich alle abrufbereit.« Weimar nickte einmal in die Runde.

Hier, hör mal zu.« Ich las den Zeitungsartikel laut vor. »Unter dem Motto ›Näher mein Gott zu dir‹ kampieren Häftlinge auf dem Dach der Konrad-Adenauer-Anstalt. ›Wir bleiben oben‹, so die Gefangenen zum Direktor.

Vor drei Tagen ist es dem mehrfach vorbestraften Benjamin H. und wenig später auch dem ebenfalls wiederholt straffällig gewordenen Egon S. gelungen, während des Hofrundgangs das fünfgeschossige Gebäude zu erklimmen. Alle Versuche, die beiden Männer zum Abstieg zu bewegen, blieben bislang erfolglos. Eine gewaltsame Lösung wird derzeit nicht erwogen, weil laut Anstaltsleitung zu befürchten ist, daß sich H. und S. in die Tiefe stürzen würden.

Der als besonders gefährlich geltende Benjamin H. war erst vor drei Monaten bei dem Versuch, das Dach zu besteigen, aus achtzehn Metern Höhe abgestürzt. Dabei erlitt er lebensgefährliche Verletzungen. Schon zwei Jahre zuvor war er durch eine Polizeikugel schwer verletzt worden, die einem seiner Ausbruchversuche ein Ende setzte.

Bei Egon S. handelt es sich nach Auskunft der zuständigen Stellen um einen unberechenbaren Mann, der noch eine lange Haftstrafe zu verbüßen hat. S., der am ersten Besteigungsversuch von H. vor drei Monaten ebenfalls beteiligt war, hatte damals nach H.s Absturz aufgegeben.

Obwohl man sämtliche Abflußrohre an den Gebäuden mit Stahlkränzen, ›Konrad-Kronen‹ genannt, klettersicher gemacht hat, gelang es den beiden, das Dach zu erreichen. Die Verantwortlichen rätseln: Niemand hat gesehen, wie sie nach oben gelangt sind.

Auslösendes Moment für die Klettertour war vermutlich die große Hitze, die in den Zellen des alten Backsteinge-

bäudes herrscht. Als weiteren Grund gab H. Protest gegen die Haftbedingungen an. Dazu Regierungsdirektor Dr. Plued: ›Auch wenn ihnen hier und da ein Insasse Essen nach oben reicht, bei der Mehrheit finden die beiden mit ihrer Aktion kein Echo.‹ Über geplante Maßnahmen wollte sich der Sprecher der Justizbehörde allerdings nicht auslassen. ›Sonst werden die beiden gewarnt, schließlich lesen die auf dem Dach auch Zeitung.‹
Derzeit beraten Gefängnisverwaltung und Justizbehörde, was zu tun ist, nachdem Überredungsversuche und andere psychologische Tricks die Männer nicht zum Einlenken bewegen konnten.«

»Von meiner therapeutischen Anstalt haben sie nichts reingeschrieben. Das ist eine Sauerei, findest du nicht?« fragte Egon.
»Das kommt noch. Faß mal mit an.«
Wir falteten die Laken auseinander. Die Männer unten im Haus hatten mit schwarzer Farbe das Wort *Zuchthaus* darauf gemalt. Auf jedes Laken und mit so großen Buchstaben, daß man das alles auch aus ziemlicher Entfernung noch lesen konnte.
»Die nageln wir auf das Kirchendach, auf jede Seite eins. Wo ist der Hammer?«
»Der liegt oben beim Schornstein.«
»Gut, wir fangen gleich an.«
Bei Tageslicht konnte man sich ziemlich sicher auf dem Dachfirst bewegen, man mußte nur auf den Blitzableiter achten. Er bot aber auch Halt, wenn man aus der Balance geriet. In der Dachmitte hockten wir uns hin, rollten die Laken aus und befestigten jeweils eine Seite am Blitzableiterdraht. Ein Kirchendach mit Lätzchen.
»Wir müssen unten die Ecken festnageln. Sonst schlagen die Laken, wenn es windig wird, zusammen, und keiner

weiß, was das alles soll.« Auf dem Bauch liegend, rutschte ich ganz langsam auf der Dachschräge hinunter, bis ich das untere Ende eines der beiden Laken erreicht hatte. Bis zur Dachkante waren es nur noch zwei Meter, nur einen Augenblick. Der Sand auf der Teerpappe bröselte unter meinen Füßen weg. Ich hielt mich am Laken fest, nagelte, tastete mich zur anderen Ecke, krallte die Finger in die Pappe, nagelte mit der anderen Hand ... und mir wurde klar, daß ich nicht mehr hochkommen würde. Mit jeder Bewegung rutschte ich etwas tiefer.

Warum jetzt? dachte ich. Warum soll ich ausgerechnet jetzt hier runtersegeln?

»Egon, ich schaff das nicht! Scheiße ...«

Er hantierte mit seinem Faden, antwortete nicht. Dann warf er ein Ende zu mir herunter. Er hatte Nägel darangebunden, der Faden rutschte genau vor mein Gesicht. Ich traute mich nicht, eine Hand von der Pappe zu nehmen, und machte es mit dem Mund, mampfte soviel Faden wie möglich in mich rein und biß drauf. Egon hielt ihn stramm. Es ging, ich löste die Fingernägel, lag mit zurückgelegtem Kopf auf dem Dach.

»Laß dich ganz langsam nach unten«, sagte Egon von oben. »Da ist das Sims, und darauf kannst du langgehen, bis zur Ecke. Das geht besser als hochziehen.« Er ließ Hand um Hand Faden nach. »Gleich, gleich.«

Ich fühlte das Sims, stemmte mich hoch und verschnaufte, spuckte den Faden aus. Etwa zwanzig Meter tiefer stand eine Gruppe von fünf oder sechs Meistern und beobachtete mich.

»Moin, moin!« brüllte ich. »Ab morgen kostet das Eintritt!« Ich trippelte das Sims entlang bis zur Ecke, dort begann das Dach des D-Flügels. Egon half mir hoch.

Wir gingen bis zum äußeren Punkt des Dachs und konnten die Lettern gut lesen. Wie eine Reklameschrift.

In der Straße hinter der Mauer war eine Zoohandlung zu sehen, deren Buchstaben viel kleiner waren. Trotzdem konnte man sie lesen. Dann ließ sich auch von dort aus erkennen, was jetzt hier auf dem Dach stand.
»Wir lassen das andere Laken einfach so hängen, ich hab keine Lust mehr auf so eine Affentour«, sagte ich. »Im Augenblick gibt es auch keinen Wind.«
»Wollen wir auf den anderen Flügel gehen? Da kommt sicher bald die erste Hofrunde. Mal sehen, wie die Leute sich so fühlen.«
Ich nickte.
Wir machten es uns an der Dachkante bequem und sahen in den noch leeren Hof.
»War das bei eurer Flucht eigentlich so ein Turm wie der da drüben?« fragte Egon.
»Ja, so ähnlich.«
»Und den Ortwin, den hast du im Knast kennengelernt?«
»Ja. Der kam gerade von einer anderen Flucht zurück. Auf einem Witwenball hatten sie ihn verhaftet.«
»Auf einem Witwenball?«
»Ja, ja. Irgendeine der Witwen hatte über ihn was in der Zeitung gelesen. Wenn jemand auf der Flucht ist, den sie nicht erwischen können, dann steht doch jeden Tag was Neues darüber in der Zeitung. ›Wieder schlug Ortwin Brunner zu!‹ ›Mordanschlag auf Großgastronom!‹ Und dann kann jeder lesen, wer der Flüchtige eigentlich ist. Da stehen selbst der Polizei manchmal die Haare zu Berge, weil die aus den Akten nur ersehen kann, daß der Betreffende eine einzelne Vorstrafe hat, wie Ortwin. Und noch ein Verkehrsdelikt. Hatte mal einen Polizisten angefahren, aber nicht absichtlich.«
»Und? Ist ihm was passiert?«
»Der hatte nur 'ne Schramme, der Ortwin ...«
»Und der Bulle?«

»Der konnte schon nach vierzehn Tagen wieder laufen ... Ich glaube sogar«, fuhr ich fort, »die Polizei muß Zeitung lesen, damit sie weiß, wer verhaftet werden soll. Und aus Ersparnisgründen gibt es nur ein Exemplar, und das geht zuerst an den Hauptkommissar. Der macht seine Notizen an den Rand, Platz ist da genug. Dann kriegt der Oberkommissar das Blatt, dann der Inspektor, und so weiter. Das ist reine Routine bei denen. Jeder macht seinen kleinen Vermerk, und zur Frühstückszeit landet die Zeitung dann im Pausenraum der gewöhnlichen Streifenhörnchen.«

»Meinst du wirklich, so läuft das bei denen?« fragte Egon.

Ich zuckte die Schultern. »Kann doch sein. So wie die sich benehmen. Und ganz oben steht dann: ›Muß unbedingt zum Abschluß gebracht werden.‹ Jeder weiß, ganz oben, das ist der Hauptkommissar. Weiter in der Mitte steht: ›Täter scheut keine Skrupel. Vor dem Einsatz Waffen überprüfen.‹ Das stammt vom Herrn Inspektor. Oder ›A.g.l.u.n.l.s.‹, das ist ein Kürzel und heißt: ›Artikel genau lesen und nicht leichtsinnig sein.‹

Die Vorgesetzten wissen nämlich, daß die unteren Dienstgrade oft nur flüchtig lesen und sich ein Schußwaffengebrauch später nicht nur durch die Randbemerkungen rechtfertigen läßt, da muß man den Artikel schon ganz gelesen haben.«

»Können die eigentlich alle lesen?«

»Klar können die lesen. Und auch schreiben. Aber nichts auf den Rand. Der ist voll. Die Älteren geben den Jüngeren dann noch gute Ratschläge mit auf den Weg, zum Beispiel zum Warnschuß. So ein Schuß muß unter allen Umständen abgegeben werden.«

»Hier, willst du eine?« Egon hatte zwei Zigaretten gedreht.

»Ja. Siehst du, wenn einer sein ganzes Magazin verschossen hat und die Projektile stecken alle im Körper des Täters, dann ist offensichtlich kein Warnschuß abgegeben worden. Das hat dann für den Beamten unangenehmes Berichteschreiben zur Folge.
Hat der Täter jedoch im Eifer des Gefechts nur sieben Schuß erhalten, dann läßt sich der Warnschuß auch später noch anbringen, schräg in die Luft, im Winkel von fünfundvierzig Grad, gewissermaßen als Entwarnung.«
»Das machen sie, die Bullen, das hab ich schon mal gelesen«, sagte Egon, »aber da sind sie aufgeflogen.«
»Na, siehst du, und während die letzten noch lesen, reinigen die ersten schon ihre Waffen und gucken noch mal in den Lauf, ob sich da nichts verklemmt hat. Auf dem Hof wünschen sie sich ›gute Fahrt‹ oder ›Waidmannsheil‹, das sind die passionierten, und ab geht es.«
»Was sind das für welche?«
»Das sind die, die mit vollem Herzen bei der Sache sind. Na ja, den Ortwin hat so eine Witwe erkannt, sie meinte jedenfalls, ihn erkannt zu haben, und hat die Polizei angerufen. Die ist auch sofort angerauscht. Ganz unauffällig mit zwei Mannschaftswagen. In das Lokal ist niemand reingegangen. In der Zeitung hatte gestanden, daß Ortwin die Kunst des Zehntelsekundeschießens beherrsche und er immer eine durchgeladene Waffe mit sich führe. Auf Befehl der Einsatzleitung wurde das ganze Gelände umstellt.«
»Warst du eigentlich dabei?«
»Nein, wie kann ich das. Aber so stelle ich mir das alles vor. Als erster wird dann etwas später der Inhaber eines nahen Imbißstandes mißtrauisch, weil aus dem Dunkel hinter seinem Stand ein mit Gras und Zweigen getarnter Uniformierter auftaucht und im Befehlston vierzig heiße Würstchen verlangt, mit viel Senf. Und das schnell!

Und der Mann beginnt, im Schweiße seines Angesichts Würstchen zu kochen, häuft sie vor dem einsamen Kunden an.
Der hat plötzlich ein Sprechfunkgerät in der Hand, in das er etwas hineinflüstert. Kurz darauf erscheint ein zweiter Uniformierter, als Edeltanne verkleidet, mit einer Trage, so wie sie die Feuerwehr hat, aus Segeltuch, zum Aufklappen. Da packen sie die Würstchen drauf und verschwinden in der Dunkelheit.
Der Inhaber denkt, es sind die Russen. Die Grenze ist nicht weit, und diese komischen Uniformen! Vorsichtshalber ruft er bei der Polizei an.
Als zweiter schöpft der Besitzer des Lokals, in dem der Ball stattfindet, Verdacht, daß etwas nicht stimmt. Bei einem Rundgang ums Haus sieht er überall verstreut weiße Pappteller liegen. In seinem Lokal wird aber nur von richtigen Tellern gegessen. Und dann kommt auch noch eine ältere Dame und beschwert sich: An einem ihrer weißen Schuhe hat sie Senf, am anderen drei aufgespießte Pappdeckel. Der Besitzer rennt ans Telefon und ruft die Polizei an.
Und dann wird noch ein Mann namens Klump festgenommen. Dieser Klump befindet sich mit seiner Braut auf dem Weg zum Parkplatz, weil er ihr sein Auto zeigen will. Er bleibt stehen, weil er muß, und während die Witwe langsam weitergeht, pinkelt Klump in eine am Wege stehende Tannengruppe. Da packen ihn eine Anzahl Arme, er kriegt einen Hieb aufs Auge, die Luft wird ihm abgedrückt, und er wird von den Tannen zu einer Gruppe Wacholderbüsche geschleift.«
»Und Ortwin?« fragte Egon.
»Moment, das will ich doch gerade erzählen. Ortwin kommt um zwei Uhr nachts aus dem Lokal, ahnungslos und etwas angeheitert. Die Braut an seiner Seite auch.

Kaum sind sie draußen, da fallen die verschiedensten Sträucher über sie her, Stimmen brüllen, Hunde kläffen um die Wette, mit Farnkraut auf dem Rücken, einer schreit ›Heissa‹, ein anderer ›Hussa‹, und die Witwe schreit nach der Polizei.« Ich schwieg.
»Warum sind wir eigentlich keine Polizisten?« fragte Egon nach einer Weile.
»Zufall. Sag mal, der Hofrundgang läßt aber auf sich warten. Ob sie den heute ausfallen lassen? Der Müll liegt auch noch da, normalerweise hätte der Hofkalfaktor schon längst alles in Ordnung bringen müssen.«
»Meinst du, ob Weimar heute wieder antanzt?«
»Klar. Das ist ja ihre einzige Möglichkeit, uns hier ohne Gewalt herunterzuholen.«
»Bei mir können sie da lange warten.« Egon lachte leicht komisch. »Und wenn ich hier vor die Hunde gehe! Scheiße!«

Regierungsdirektor Dr. Albert Weimar kam kurz nach zehn. Gerade hatte die Turmuhr geschlagen. Wir saßen am Lukendeckel und hörten unten Geräusche.
»Meinst du, das ist er?« fragte Egon leise.
»Ja, wer sonst. Der hat sich schon an uns gewöhnt. Vielleicht versuchen sie ja einen Trick.«
»Was für einen Trick?«
»Weiß ich auch nicht. Du gehst hinter den Deckel, und ich rede.« Ich nahm meinen Platz vor der Luke ein.
»Wenn ich was machen soll, dann sag Bescheid.«
»Mach ich.«
Schlüssel klirrten, und der Deckel kam hoch, mit einer Hand, die gegen ihn drückte. Es war Weimars Hand, ich kannte sie schon, dann kamen seine sorgfältig gekämmten Haare zum Vorschein, und sein Gesicht tauchte über der Kante auf.

»Na, wieder mal in Feindes Land?«
»Guten Morgen, Herr Holberg.« Er stand etwas höher als sonst. »Heute habe ich eine Leiter, da steht es sich besser«, sagte er.
»Wird sicher ein längeres Gespräch heute.«
»Was heißt längeres Gespräch. Wenn man miteinander redet, dann sollte man bequem sitzen, und da das hier schon nicht möglich ist, will ich wenigstens bequem stehen.«
»Wieso nicht möglich? Sie können doch aufs Dach kommen. Hier ist genug Platz zum Sitzen«, sagte ich und dachte, daß es einfach toll wäre, wenn er das täte. Dann wäre es für jedermann sichtbar, daß wir hier demonstrierten und daß wir keine Gewalt wollten.
»Wissen Sie, daran habe ich auch schon gedacht, doch ich bin weisungsgebunden, so gesehen bin ich auch nur Angestellter.«
»Ja, ja, und nun haben Sie die Weisung, uns hier ohne große Aktionen herunterzuholen. Das wäre ja nicht auszudenken, wenn Sie hier heraufstiegen, und auf einmal wären sie eine Geisel oder so was, nicht wahr?«
Weimar blickte etwas verlegen zur Seite. »So einfach läßt sich das nicht sagen, es spielen da immer mehrere Faktoren zusammen. Sie sind immerhin ein Mann, der nicht ohne Energie ist, wenn es um die Durchsetzung von Zielen geht, die Sie für richtig halten.«
»Sie sind ja auch nicht gerade ohne. Aber jetzt lernen Sie endlich mal die Leute persönlich kennen, die unter Ihren Anordnungen kriechen müssen.«
»Herr Holberg, bitte, wir wollen uns doch nicht schon wieder streiten. Lassen Sie uns eine gemeinsame Basis finden, auf der wir miteinander umgehen können.« Weimars Stimme klang weich, ruhig, fast ein bißchen väterlich. So redet ein Vater, der seinen Sohn über das Un-

rechtmäßige seines Tuns belehrt. Und dann, wenn der Sohn es endlich kapiert hat, kriegt er eine geklebt. Wenn du das noch ein einziges Mal machst, du Lausebengel, du.
»Meinen Sie nicht auch, daß wir versuchen sollten, uns zu einigen?« Weimar sah mich an.
»Ich werde Ihnen was sagen«, sagte ich ganz ruhig, »von mir aus können Sie jeden Tag hier hochkommen, dann plaudern wir ein bißchen, Sie stellen mir Ihre Familie vor und erzählen mir, daß Sie es auch nicht immer einfach gehabt haben in Ihrem Leben, na ja, und ich erzähl Ihnen auch was, nur runterkommen, da runterkommen werde ich nicht. Höchstens mit dem Kopf zuerst.«
»Herr Holberg, lassen Sie doch diese Drohungen! Sie sind jung, Sie haben das Leben noch vor sich...«
»Ja, ja, ja, das haben Sie neulich schon mal gesagt«, unterbrach ich ihn, »wenn das so weitergeht, werde ich wieder zum Kleinkind. Gucken Sie sich doch mal um, das ist mein Leben hier! Und jeden Tag sehe ich, daß es so bleiben wird.« Ich wurde lauter. »Daß ich hier abgerichtet werde, zum Totalversager! Wenn ich alle Befehle richtige befolge, dann bekomme ich mein Futter und habe eine warme Hütte. Wenn nicht, dann gibt es trokken Brot und eine Hütte, die ist ganz aus Beton, und ich darf nur jeden dritten Tag Gassi gehen. Und wehe, ich fange an zu bellen, dann gibt es ganz lange trockenes Brot und ganz lange Betonkeller....«
»Aber, Herr Holberg...«
»Unterbrechen Sie mich nicht!«
»Soll ich ihm den Deckel auf den Kopf schubsen?« fragte Egon dazwischen.
»Ich lasse Sie ja auch ausreden! Und ich starre von morgens bis abends auf diese Betonwände, bis mein Blick genauso hart ist, weil ich es sonst nicht aushalten würde. Und mit den Augen male ich dann meinen Haß an die

Wand, denn es gibt nichts weiter, was mich aufrechthält. Aber damit kann ich draußen nichts anfangen. Da laufe ich dann herum und frage, ob nicht einer Kugelschreiber für mich hat, in Einzelteilen. Die kann ich zusammenbauen. Ich nehme die Mine immer in die rechte Hand, wissen sie? Und mit der linken schiebe ich dann das Federchen über sie, halte beides mit der rechten fest und schiebe dann wieder mit der linken das untere Teil der Hülle über Federchen und Mine, halte wieder alles mit der rechten fest, und während ich mit der linken das obere Teil der Hülle auf dem Karton nehme, drehe ich mit der rechten Federchen, Mine und unteres Hüllenteil um hundertachtzig Grad und schiebe – schwupp! – das Oberteil der Hülle an das Unterteil, zwei Drehungen, und schon kann geschrieben werden. Dabei ist zu beachten, daß die Kartons mit den Einzelteilen immer links stehen müssen! Wenn man Rechtshänder ist.
Ich werde hier eingesperrt, um immer wieder eingesperrt werden zu können. Alles bleibt beim alten, bis auf meine Schulden! Die wachsen und wachsen! Und meine Hoffnung? Die sinkt und sinkt, immer weiter, ins Bodenlose! Und jetzt habe ich den letzten Rest zusammengekratzt, und mit dem bin ich hier hoch!«
»Bitte, Herr Holberg, schreien Sie doch nicht so.«
»Ich schreie nicht! Wenn es Ihnen nicht paßt, dann machen Sie doch die Luke dicht, dafür ist sie da!«
»Soll ich ihm jetzt den Deckel auf den Kopf schmeißen?« ließ Egon sich wieder vernehmen.
»Also, Schermer, lassen Sie endlich Ihre Drohungen«, sagte Weimar, wobei er den Kopf weit nach hinten kippte und halb umdrehte. Sein sauber frisierter Haaransatz sah aus wie ein Wellblechschnitt.
»Ich rede nicht mit Ihnen«, tönte Egon hinter der Luke vor, »ich bediene hier nur den Deckel.«

»Also, das ist doch ...« Weimar drehte sich wieder um und sah mich richtig hilflos an. Fast hätte ich gesagt, Egon, laß den Quatsch. Warum redete ich eigentlich mit Weimar, warum nicht mit dem Senator? Weimar sagte es ja selbst, er war nur ein Angestellter ...

»Was machen wir denn nun?« fragte er.

»Der Senator wird kommen.«

»Wie?« fragte er erstaunt. »Woher wissen Sie, daß der Senator kommt?«

»Na, sehen Sie, Sie wissen's auch.«

»Ich! Ich weiß gar nichts! Ich habe Sie lediglich gefragt, woher Sie wissen, daß der Senator kommt.«

»Ja, aber Sie haben das ›Sie‹ so betont, als wüßten Sie auch davon und wundern sich jetzt, daß ich es weiß.«

»Herr Holberg, schlagen Sie sich das aus dem Kopf. Der Senator kommt nicht, ich meine, mir ist nichts davon bekannt, daß er kommen will.«

»Doch. Irgendwann wird er kommen. Vielleicht wird dann eine Rampe gebaut, damit er besser stehen kann als Sie. Schließlich ist er der Oberbefehlshaber vom ganzen Verein. Oder vielleicht steht er auf einer Feuerwehrleiter, die auf Dachhöhe ausgefahren wird. Er lehnt dann auf der Leiter, zwei Meter vor der Dachrinne, wir liegen bequem auf dem Dach. Ja, und dann, dann rufen wir uns Scherzworte zu ... Wir werden hier so lange hungern, bis wir über die Kante kippen, so, was wollen wir jetzt noch miteinander bereden? Die Beisetzung? Auf Staatskosten, wissen Sie doch. Kein Eichensarg, nein, normale Fichte, geklammert, da denkt der Staat umweltfreundlich, da sind die Würmer sofort durch und sorgen für Humus, und Humus ist gut fürs Wachstum! Was wollen Sie denn noch bereden mit mir, was?«

Schweigen.

»Ich mache Ihnen einen Vorschlag«, sagte Weimar nach

einer Weile, »Sie beruhigen sich erst einmal, und ich steige wieder nach unten. Ich habe noch zwei Termine wahrzunehmen, und ich werde nochmals Rücksprache mit dem Herrn Senator halten. Danach melde ich mich wieder bei Ihnen.«
Ich antwortete nicht. Der Deckel fiel mit einem »Rumms!« zu.

Verdammt noch mal, was ist das denn«, fluchte Weimar unterdrückt. Er hatte diesmal ganz oben auf der Leiter gestanden und blieb, als er den Fuß auf die nächste Sprosse setzen wollte, mit der Öffnung eines Hosenbeines am Holmende hängen. Er mußte mit beiden Händen nach unten fassen, die Leiter wackelte.
»Achtung, Herr Doktor Weimar«, sagte einer der Meister, die unten festhielten. Sicherheitsinspektor Bäumel machte einen Schritt auf die Leiter zu, um mit zuzufassen, doch Weimar hatte sich bereits befreit.
»Ich denke, daß ich in zwei Stunden zurück sein werde«, sagte Weimar zu Bäumel und ging über den Rundgang der Zentrale, dann die Treppe hinunter.
Irgendwie muß der Kerl doch nach unten zu locken sein, dachte er. Es kann doch nicht angehen, daß so ein Mann alles lahmlegt. Das letzte Telefonat mit Senator Hammer klang ihm noch in den Ohren. »Lieber Herr Doktor Weimar, Sie sind seit achtzehn Jahren im Geschäft, Sie werden sich doch wohl nicht von zwei normalen Gefangenen irgendwelche Vorschriften machen lassen. Zum jetzigen Zeitpunkt müssen wir allerdings etwas Diplomatie zeigen. Der Einsatz von Gewalt ist im Moment total fehl am Platz. Machen Sie dem Mann doch einfach ein vernünftiges Angebot, und unterrichten Sie mich sofort, wie die Sache ausgegangen ist.« Was er wohl sagen würde, der Herr Senator, wenn er selbst oben auf der

Leiter stehen würde, die Luke im Genick und dazu diese Sprüche von Holberg. Er, Weimar, war zwar von jeher für mehr Liberalität im Strafvollzug gewesen. Aber doch nicht so! Solche Leute wie dieser Holberg stellten letzten Endes eine Gefährdung jeder vernünftigen Form von Liberalisierung dar. Der konnte es einfach nicht abwarten. Erst gerade war nach zweijährigem Erfahrungsaustausch die Briefzensur innerhalb der Mauern reformiert worden, das hieß, es wurden nur noch Stichproben gemacht. Ansonsten gingen die Briefe, nach Sichtkontrolle durch Aufschlitzen, ungelesen an den Empfänger.
Weimar kam unten am Verwaltungsgitter an, wo ein Meister bereits aufgeschlossen hatte, ging mit einem flüchtigen Nicken vorbei in das Zimmer von Vollzugsleiter Schlock.
»Ah, Herr Doktor Weimar.« Schlock erhob sich.
»Ich muß nur telefonieren. Ich glaube, hier bei Ihnen ist es am ruhigsten.«
»Ja, natürlich, ich wollte ohnehin gerade in die Geschäftsstelle.« Schlock verließ den Raum.
Weimar wählte.
»Vorzimmer Justizsenator Hammer, Redlefsen.«
»Weimar, Frau Redlefsen. Ich muß mit dem Herrn Senator sprechen.«
»Moment bitte, ich versuche es einmal, Herr Doktor Weimar.«
»Hanebüchen.« Hanebüchen war der persönliche Referent von Hammer. Er war über die Vorgänge auf dem Dach bestens informiert. Er war gewissermaßen die Ordonnanz und würde im Ernstfall eine Uniform mit Offiziersgrad tragen.
»Weimar. Ich muß mit dem Senator reden.«
»Ah, wieder diese Sache mit den Gefangenen? Die da allen auf der Nase herumtanzen?«

»Ja, und diesmal ist es dringlich«, sagte Weimar fest.
»Ich will mal sehen, ob der Herr Senator im Zimmer ist, ich stelle Sie dann durch.«
Ja, ja, dachte Weimar, jetzt stellt er sofort durch. Bei den ersten Gesprächen wollte er alles selbst erledigen, als Vorhut des Senators.
»Hammer!« tönte es aus der Muschel.
»Guten Tag, Herr Senator Hammer. Weimar.«
»Ah, Herr Doktor Weimar. Nun, wie ist die Sache ausgegangen?«
»Die Sache, Herr Senator, dauert immer noch an. Ich darf jetzt sagen, daß aus meiner Sicht, aus meiner subjektiven Sicht, alles auf einen Eklat hinausläuft.«
»Herr Doktor Weimar!«
»Ja, leider. Die Leute auf dem Dach sind auf jeden Fall zum Durchhalten bereit, das heißt, maßgebend ist der Gefangene Holberg, der zweite erscheint mir eher als Mitläufer. Der zuständige Revierleiter ist in der Lage, diese Angelegenheit mit einem Schlag zu beenden, jedoch lassen sich Verletzte dabei nicht ausschließen.«
»Herr Doktor Weimar!«
»Ja.« Weimar schwieg. Der Senator auch.
»Gut«, sagte der dann nach einer kurzen Pause, »ich werde mich, nachdem ich mich beraten habe, wieder bei Ihnen melden. Wo kann ich Sie erreichen?«
»Ich denke, am besten in der Anstalt. Wenn ich mir eine Bemerkung dazu erlauben darf: Der Mann hat sich überschätzt, und entgegen meiner bisherigen Ansicht bin ich nun der Meinung, daß es das beste ist, die Sache mit einer Aktion zu beenden.«
Hammer antwortete erst nach einer Weile: »Weimar, das geht nicht, das geht wirklich nicht. Wir müssen den Schaden gering halten. Ich lasse von mir hören.« Es knackte in der Leitung. Da bin ich aber gespannt. Wei-

mar lehnte sich zurück. Hammer war Jurist wie er, was hatte er für Möglichkeiten? Klar, er hatte eine andere Stellung, und der Holberg wollte ihn persönlich sprechen. Aber Hammer war schließlich auch an Richtlinien gebunden, so ein Senator, das war nicht der liebe Gott. Und Proßt hielt sich aus allem heraus. Die Dreckarbeit wurde immer von den Untergebenen erledigt. Na, jetzt mußte eben der Senator ran.
Schlock kam wieder in sein Büro. »Na, hat alles geklappt?«
Weimar zuckte die Schultern. »Wie man's nimmt. Ich muß jetzt außer Haus. Falls Herr Senator Hammer anruft, verständigen Sie mich umgehend, notfalls über Polizeifunk. Ich bin in der Behörde.«

Egon und ich saßen uns gegenüber. Wie zwei Schachfiguren.
»Was du immer so lange quasselst«, murrte er, »der versteht doch sowieso nichts. Einmal die Luke auf den Kragen, das versteht er, dann weiß er, daß das hier kein Spaß ist. Ich glaube, du geilst dich richtig auf, wenn du mit dem redest. Die drehen doch sowieso am Ende alles gegen dich, und du bist der einzig Schuldige.«
»Ja, ja, ich weiß.«
Wir standen auf und drehten eine Runde über die Dächer. Abteilungsleiter Hügelke saß in seinem Zimmer, wir konnten von der Ecke des A-Flügels direkt in sein Fenster auf Berta fünf eins sehen. Hügelke war ein noch ziemlich junger Mann. Immer war er bemüht, zu den Gefangenen ein gutes Verhältnis zu haben. Viele konnten das nicht verstehen und sagten, der Hügelke sei ein Waschlappen. Aber immerhin war er ein Abteilungsleiter. Andere meinten, jemand, der sich so verhielte, der müsse schwul sein. Einfach hatte der Hügelke es auch nicht.

Er war schon ein paarmal bei mir in der Zelle gewesen, und wir hatten miteinander geredet. Und immer war es so gewesen, daß ich bei Verbesserungsvorschlägen seinerseits gedacht hatte, der macht sich doch selbst was vor, der ist doch längst schon so wie die anderen und funktioniert nur noch. Im Vollzug müsse so einiges anders gemacht werden, aber ich solle das für mich behalten, es brauche nicht jeder zu wissen, daß er, Hügelke, da seine eigenen Ansichten habe. Im Moment finde er noch kein Gehör, er sei ja erst Inspektorenanwärter.
Ich hatte nur genickt. »Ihr wichtigstes Wort wird ›ja‹ sein, dann kommen Sie gut über die Runden und sind irgendwann kein Anwärter mehr.«
Ich sei wohl ein bißchen aggressiv im Denken, hatte er daraufhin gesagt. Er sei nicht so wie die anderen. Nun ja, er sei verheiratet und habe zwei Kinder, habe sich einfach aus wirtschaftlichen Erwägungen ein kleines Reihenhaus gekauft, aber genaugenommen habe er heiraten müssen, und wenn da nicht ein kleiner Erbteil von den Eltern gekommen wäre, ja, dann hätte er sich dieses Haus sicher nicht leisten können.
»Hallo, Morgen, Herr Hügelke!« Ich winkte. Wir standen etwa zehn Meter über den Hof von seinem Fenster entfernt, das weit offen war.
»Ja, guten Morgen«, erwiderte er flüchtig und las wieder in den Papieren, die auf seinem Schreibtisch lagen. Als sei alles in Ordnung.
»Habe ich Post?«
Er schien nicht hinzuhören.
»Herr Hügelkääää! Habe ich Pohooost?«
Er sah hoch, wieder runter, wieder hoch, kramte einen Briefstapel durch. »Ja, haben Sie.«
»Gut, dann komme ich auf Ihre Seite, und Sie reichen sie mir hoch.«

»Nein, das geht nicht.«
»Bei uns geht alles«, rief Egon.
Ich war jetzt über dem Zimmer, legte mich auf den Bauch, hängte einen Arm über die Rinne und grapschte in der Luft herum.
»Was ist denn nun mit der Post?« Ich konnte ihn nicht sehen. »Wenn Sie sich auf die Fensterbank stellen und oben durchs Gitter langen, dann schaffen wir es. Sehen Sie meine Hand?«
»Die Post ... ich kann die Post nicht aushändigen«, hörte ich ihn hastig sagen. »Sie bekommen sie, wenn Sie herunterkommen. Vom Dach«, fügte er hinzu.
»Du, der ist plemplem, der ist echt plemplem«, sagte Egon von gegenüber, »der steht hinten an der Wand, als sollte er erschossen werden.«
»Der Herr Schermer meint, daß es in Ihrem Kopf nicht mit rechten Dingen zugeht, Herr Hügelke, haben Sie das gehört?«
»Ich spreche nicht mit Herrn Schermer«, rief Hügelke, »und wenn Sie nicht herunterkommen, dann mache ich das Fenster zu!«
»Und wenn Sie mir nicht sofort meine Post geben, dann schlage ich Ihre Scheibe ein, Sie Plattfisch!« brüllte ich.
»Nimm mal den Arm weg, dann schmeiße ich ihm den Hammer in die gute Stube. Na, nun geht er weg.«
»Und ich glaube, der bleibt auch weg.«
Oben vom Kirchendach waren Hammerschläge zu hören. »Mensch, die nageln unser Loch von innen zu.«
Wir liefen zu den Steigeisen, setzten uns neben den Schornstein und sahen zum Turm, in dem fiebrig herumhantiert wurde. Quer vor die Öffnung wurden an der Innenseite Bretter genagelt.
»Na gut, der Turm fällt weg, dann trommeln wir eben wieder.« Egon zuckte die Schultern. »Ihr blöden

Schweine«, brüllte er plötzlich, »wir reißen euren dämlichen Turm ganz einfach ab!«
Niemand antwortete. Nur Hämmern.
»Laß sie doch.« Wir stiegen die Eisen wieder hinunter.
»He, ihr da, was ist denn da oben los?« rief jemand von Cäsar fünf vier.
»Die nageln unseren Eingang zu!«
»Nein, das meine ich nicht. Wir müssen alle die Sachen packen, alle, die auf den oberen Stationen liegen, weil ihr die Scheiben einhauen wollt, und wir sollen keine Splitter abkriegen.«
Dieser Hügelke und seine Eigenheimkleinfamilie, dachte ich und rief: »Das stimmt nicht, die wollen euch nur gegen uns aufwiegeln.«
»So was habe ich mir gedacht«, meldete sich ein anderer, »dann hättet ihr ja schon längst damit anfangen können.«
»Ich habe überhaupt nichts gepackt, ich habe meine Tür verkeilt!« brüllte jemand.
»Ich auch!«
»Ich auch!«
»Ihr müßt alle eure Türen verkeilen«, schrie ich in den Hof, »denkt doch mal an das Fressen! An die Klamotten! An die kurze Besuchszeit! Ihr dürft eure Freundin, eure Frau nicht anfassen, aus Sicherheitsgründen. Aber meisterliche Wurstfinger grabbeln ihnen beim Durchsuchen im Schritt herum, auch aus Sicherheitsgründen! Warum laßt ihr euch wie Tiere behandeln! Das Licht wird um zehn Uhr abends ausgemacht! Nur wer noch arbeiten will, der kriegt Lichtverlängerung! Ihr seid Sklaven!« schrie ich. »Ihr seid Sklaven! Warum wehrt ihr euch nicht?!«
»Holberg hat recht. Die denken, sie können alles mit uns machen.«

»Steckt doch dieses Scheißhaus endlich in Brand!« gellte eine Stimme.
»Das brennt doch nicht!«
»Bambuuuuläääää!«
Stimmen schwirrten über den Hof, Schreie, dann flogen ein paar Sachen auf den Rasen.
»Sieh mal, dahinten.« Egon stieß mich an. Der Lukendeckel war hochgeklappt, Weimars Kopf und sein Arm, mit dem er winkte, waren zu sehen.
Jetzt sah er tatsächlich aus wie ein Panzerfahrer. Der Kopf, die hochgestellte Luke, weit und breit nur zwei Eingeborene, wir, und der Fahrer winkt, und wir gucken, und plötzlich gibt er Gas und fährt uns über die Beine. Danach kommt der Sanitätswagen und lädt uns ein. Wir kriegen etwas zu essen, ein Bett und zwei Krücken, mit denen wir dann weiterhumpeln.
Ich merkte plötzlich, daß ich müde wurde.
Wir schlenderten zu Weimar hinüber.
»Soll ich mich wieder hinter den Deckel setzen?«
»Ja.«
Weimar folgte Egon mit dem Blick, ich sah das Weiße in seinen Augen.
»Aus der Tiefe des Hauses komm ich her und bring euch neue, gute Mär«, spöttelte ich.
»Ja, das kann man wohl sagen.« Er lachte aufgeräumt. »Sagen Sie, Herr Holberg, könnten Sie mir vielleicht noch mal eine drehen, ich habe meine Zigaretten wohl unten gelassen.«
Er schaute mir wortlos zu. Ich tupfte das Papier an einer Stelle nach, an der es nicht richtig klebte. »Ach, das geht schon, vielen Dank«, sagte er und klopfte die Zigarette auf die Kante der Lukenöffnung. Sein Jackett verzog sich, und ich sah in der oberen Tasche die Kante einer Zigarettenschachtel. Da hat er doch selbst welche, von wegen

vergessen, dachte ich. Der will sich anbiedern, ein bißchen gut Wetter machen, weil er weiß, daß er mit einem unmöglichen Ding ankommt.
»Haben Sie, ich meine, haben Sie mal Feuer?« Er legte den Kopf nach hinten und schob das Kinn vor.
Er ist richtig gut gelaunt, der Weimar. Als habe er die Lösung. Wenn er uns vom Dach holt, so ganz normal, dann wird er sicher befördert, dann ist er der Mann des Tages. Und wir sitzen im Arrest.
Ich hielt ihm das Feuerzeug an die Zigarette. Er sog den Rauch ein. Dabei fiel sein Kinn runter, die Nasenlöcher wurden länger, seine Wangen wurden hohl, er hatte dunkle Nasenhaare. Dann sagte er »danke« und hustete.
»Ich habe mit einigen Leuten telefoniert.« Er tippte mit der Zigarette nach unten. »Ich kann Ihnen sagen, der Senator wird kommen.« Er sah mich an.
»Wann?«
»Wann Sie wollen, Herr Holberg, wenn Sie mir jetzt sagen, daß Sie den Senator sprechen wollen, dann ist er in einer Stunde hier. Der Herr Senator hat vorgeschlagen, daß das Gespräch an einem neutralen Ort stattfindet...«
»Genf«, sagte ich.
»...und mein Vorschlag war es, das Konferenzzimmer der Anstaltsleitung zu nehmen. Das ist erst letzten Monat renoviert worden, hat man mir mitgeteilt.« Er sah mich fragend an. Ich rauchte und schwieg. Sein Gesicht lächelte langsamer, dann war es gleichmäßig ernst. »Warum antworten Sie nicht?«
»Sie wollen mich verarschen«, sagte ich, »Sie wollen mich richtig verarschen.«
»Herr Holberg, nein, der Senator wird ganz sicher kommen.«
»Gut, dann besorgen Sie einen Campingstuhl für den Herrn Senator. Dann braucht er sich nicht auf die Teer-

pappe hier zu setzen. Wie alt ist er eigentlich, der Senator?«
»Wie? Wie alt?«
»Wieviel Jahre?«
»Wie alt? Wie alt!« sagte Weimar affig. »Woher soll ich denn wissen, wie alt der Senator ist?«
»Der weiß doch auch, wie alt Sie sind.«
»Gar nichts weiß der!«
»Doch. Aus Ihrer Personalakte. Die läßt er sich kommen, und dann weiß er's.«
»Na und«, sagte Weimar, »dann weiß er es eben. Mich stört das nicht. Oder glauben Sie, mich stört das?«
»Nein. Aber ich glaube, Sie wissen es ...«
»Nein, Herrgottnochmal, Holberg, hören Sie doch endlich damit auf, ich weiß nicht, wie alt er ist.« Weimars Gesicht hatte Farbe bekommen.
»Ich meine, Sie wissen, daß er weiß, wie alt Sie sind, und Sie wissen auch, daß er weiß, daß Sie es wissen ... das mit dem Alter.«
»Und ich weiß, daß er weiß, daß ich ihm den Deckel auf den Kopf fallen lassen kann«, sagte Egon hinter der Luke hervor.
»Also wenn der Schermer nicht sofort aufhört damit, dann gehe ich runter«, sagte Weimar ungehalten zu mir.
»Na und?«
»Herr Holberg, so können wir doch wirklich nicht miteinander reden. Sie werfen sich doch selbst immer neue Steine in den Weg.«
»Ja, ja, und Sie räumen sie weg. Und beim letzten ist Ihnen schon ein Kragenknopf abgesprungen. Wenn das so weitergeht, werden Sie völlig knopflos, dann gehen Sie im T-Shirt zur Arbeit.«
Weimar antwortete nicht, sondern schaute scheinbar gelangweilt in den Himmel.

»Isser noch da, oder kann ich zuschmeißen?« fragte Egon in die Pause hinein, und dabei linste er über die Deckelkante.
Weimars Pupillen gingen hoch, als wollten sie am Hinterkopf raus, wie zwei kleine Sonnen, die von unten nach oben untergingen. Das Weiß seiner Augäpfel erinnerte mich an abgepellte, hartgekochte Eier in Essig. Sein Gurgelknoten piekte aus dem Hals.
»Schermer.« Weimar machte eine kleine Pause. »Schermer, unterstehen Sie sich! Ich bin noch hier, ich hoffe, ich habe mich deutlich genug ausgedrückt.«
»Ja, ja, es geht«, sagte Egon gelangweilt.
Weimars Knoten verschwand wieder. Er sah mich an und schien nachzudenken. Unten aus dem Raum war Stuhlrücken zu hören. Ich hätte gern mal einen Blick über die Kante geworfen, um zu sehen, wer da unten so alles herumsaß.
»Diese Strafe, die Sie abzusitzen haben«, begann Weimar nach einer Pause, »ich meine, um diese Strafe kommen Sie nicht herum, die läßt sich nicht wegdenken.«
»Deshalb bin ich auch nicht hier oben. Ich bin hier, weil ich gegen die Haftbedingungen protestiere. Wie oft wollen Sie das denn noch hören«, sagte ich erregt. »Ich will zum Beispiel ganz einfach keine Behindertenarbeit mehr machen müssen.«
»Bitte, Herr Holberg, scheren Sie nicht immer alles über einen Kamm. Die Fußballnäherei wird in anderen Ländern hauptberuflich betrieben. Einen Fußball nähen zu können, ich meine, darin liegen doch auch positive Aspekte ...«
»Ja, wie recht Sie haben«, sagte ich und versuchte seinen Tonfall zu treffen, »da kommt er dann, der Ball, kommt auf den Torwart zugeflogen, der leuchtenden Auges die sauber genähten Nähte immer größer werden sieht. Das

ist die Handwerkskunst eines bundesdeutschen Strafgefangenen, die durch die Lüfte kommt, die gilt es festzuhalten, sonst verlieren wir.«
»Tor«, sagte Egon.
»Lassen Sie das doch, ich glaube, Sie nehmen mich nicht ernst.«
»Doch, und wie. Und dann hat er ihn, den Ball, drückt ihn an die Brust, ganz fest, und wieder halten sie, die Nähte...«
»Hören Sie auf.«
»... und einem Adler gleich steigt er zurück in die Lüfte, der Ball, der ehemals dem Büffel Bulli als Haut diente...«
»So hören Sie doch endlich auf!«
Ich schwieg.
Hinter der Luke war Egons Kichern zu hören.
»Ich bitte Sie, Herr Holberg«, sagte Weimar nach einer ganzen Weile des Schweigens, »ich bitte Sie, sich das alles noch einmal zu überlegen. Ich biete Ihnen an, und auch Herrn Schermer, daß ich mich für Ihre Belange einsetzen werde. Sofern sie begründet sind...«
»Das mit der Macht haben Sie vergessen«, unterbrach ich ihn.
»Wie? Welche Macht?« fragte Weimar.
»Na, Sie bieten uns an, daß Sie sich ›mit aller Macht‹ für uns einsetzen werden. Oder Sie setzen sich ein und werden ›alles in Ihrer Macht Stehende‹ tun. Das klingt richtig gewaltig. Und wer entscheidet, ob unsere Belange begründet sind, wie? Und wenn Ihr Vorgesetzter nun anders entscheidet, wie? Dann sind Sie aus dem Schneider, und wir erst mal wieder unten. Und Sie tun so, als wäre nichts gewesen.«
»Bitte, Herr Holberg, das alles ist doch nur eine Frage der sachlichen Auseinandersetzung, der Tragfähigkeit von Argumenten, deren Logik wir uns letztlich nicht ver-

schließen können, wenn es dem Wohl der Allgemeinheit dienlich ist.«
»Na, dann mal Prost! Sie mit Ihrer Allgemeinheit! Alles, was hier reinkommt, wird zermahlen, zu allerfeinstem Staub zermahlen, und der wird der Allgemeinheit in die Augen geblasen. Ja, und hier sitzen nun zwei dicke, fette Sandkörner, die wollen nicht zermahlen werden.«
»Aber, Herr Holberg«, Weimars Stimme war butterig, »was macht Sie bloß so verbittert? Wir wollen Ihnen doch nur neue Wege aufzeigen, die nicht in einer Sackgasse enden.«
»Für wen denn, für Sie oder für uns?«
»Zugegeben, unsere Ansichten sind da wohl leicht unterschiedlich. Aber sehen Sie, etwas erreichen zu wollen, das verlangt auch Kompromißbereitschaft, eine Gesprächsbereitschaft.« Er sah auf seine Armbanduhr.
»Na, dann machen Sie mal einen Kompromißvorschlag.«
»Ich schlage vor, Sie durchdenken alles noch einmal. Ich habe leider einen Termin um dreizehn Uhr, den ich unbedingt wahrnehmen muß. Ich denke, wir haben nicht zum letzten Mal miteinander gesprochen. Also dann ...«
Er faßte über sich und zog den Lukendeckel zu.
Egon saß da und sah mich komisch an.
»Sieh mich nicht so komisch an!«
»Wen soll ich denn ansehen? Hier ist doch sonst niemand«, sagte er empört. Er stand auf, ging an die Stirnseite des Nordflügels und setzte sich dort auf den Rand des Dachs. Ich legte den Kopf auf die Klappe.
So ein Mann wie der Sturm als Anstaltsleiter, dachte ich, das würde sicher was verändern. Sturm ist nicht der typische Verwaltungsmann. Die fangen irgendwann mit dem kleinen Einmaleins der Verordnungen und der Verfügungen an. Dann kommt das große Einmaleins. Und so

geht es immer weiter. Und währenddessen ändern sich die Schreibtischfurniere. Nußbaum bedeutete Anstaltsleiter, und hinter dem Schreibtisch stand ein Stuhl mit flexibler Arm- und Rückenlehne. So konnte der hinter dem Schreibtisch Sitzende mit dem Zeigefinger auf den vor dem Schreibtisch Sitzenden zeigen, ohne die Arme von den Lehnen nehmen zu müssen. Gleichsam aus der Hüfte heraus.

Als ich einige Wochen zuvor zu Sturm gegangen war, war es gewesen, als besuchte ich einen guten, alten Bekannten. Dabei hatte ich ihn erst zweimal gesehen. Sein Zimmer war mit einem Schreibtisch ausgestattet, in der Ecke stand ein Schrank und davor ein runder Tisch mit zwei etwas abgewetzten Sesseln. An der Wand ein Stuhl, auf dem Aktenordner lagen.
»Was macht die Hüfte?« fragte er mich zur Begrüßung.
»Der geht es gut.« Ich legte die Krücken auf den Boden.
»Möchten Sie einen Tee?«
»Ja, wenn Sie Zucker haben.«
»Zucker? Moment mal«, sagte er, ging hinaus und kam mit einer Kanne und zwei Tassen zurück. Dann suchte er im Schreibtisch herum, sagte »ah ja« und ging zu seinem Mantel an der Tür und kramte in den Taschen herum. Endlich hatte er gefunden, was er suchte, und legte zwei zerbeulte Zuckerwürfel auf den Tisch.
»Mehr habe ich nicht. Ich stecke mir immer zwei Würfel ein. Manchmal mache ich abends einen Spaziergang und komme dabei an einer Koppel vorbei. Dort stehen zwei Pferde.«
»Soll ich mal wiehern?«
»Wenn Ihnen danach zumute ist.«
Ich ließ es. Er setzte sich mir gegenüber in den Sessel und schwieg, nippte an seiner Tasse.

»Erzählen Sie doch einfach, wie es weiterging«, sagte er nach einer Weile.
»Was?«
»Ich erinnere mich, daß Sie davon erzählt haben, wie Sie aus dem Polizeilazarett fortgebracht worden sind. Wohin ging es da?«
»Hannover, nach Hannover haben sie mich gebracht.«
»Wer ist sie?« Er hatte sehr helle Augen.
»Die Bullen.«
»Also die Bullen sind immer ›sie‹?«
»Nein, es können auch Meister sein. Es kann irgend jemand sein, der einen zwingt, etwas zu tun, was man nicht tun will.«
»Dann ist das also so eine Art Negativbezeichnung?«
Ich dachte nach und zuckte mit den Schultern. »Klar. Dieses ›sie‹ ist wie ein Moor, in das ich hineingestoßen werde und in dem ich nicht schwimmen kann, weil es so dick ist. Je weniger ich mich bewege, je weniger ich auffalle, desto länger bleibe ich oben.«
»Aber es muß unter diesen ›sies‹ doch auch positive Menschen geben, die ›Guten‹?« Sturm machte einen grüblerischen Eindruck.
»Klar, sicher. Aber meist nicht lange. Dann werden sie wie die anderen.«
»Was meinen Sie, woran das liegt?«
»Weiß ich nicht genau. Ich stell mir das wie Schüttelfrost vor, erst ein paar Schauer und dann in einer Tour.« Ich trank meinen Tee aus. Sturm machte ein paar Notizen.
»Wie ist das denn bei den Männern«, fragte er, »wenn ein Guter ins Haus kommt, wird der dann akzeptiert?«
»Er wird erst mal beäugt, und nach einer Weile spricht es sich herum, daß da einer ist, mit dem man reden kann. Dann rennen alle zu dem hin, und er kommt nicht damit klar, und die Vorgesetzten sagen, daß sie das schon im-

mer gesagt haben. Und irgendwann schmeißt der Gute das Handtuch.«

»Er kündigt.«

»Zuerst macht er mal Nachtdienst.«

»Ich habe von einem Insassen gehört...« Sturm machte eine kleine Pause, »... gehört, daß die Wärter im Grunde hirnlose Männer seien, deshalb würden sie bei der Justiz anfangen. Meinen Sie das auch?«

»Weiß ich nicht. Woran erkennt man überhaupt, daß ein Wärter ein Hirn hat?«

»Jetzt frage ich Sie? Jeder muß sich doch zunächst für seinen Beruf qualifizieren, oder nicht?«

»Klar. So ein Wärter muß die Uhr kennen.«

»Sonst nichts?«

»Doch, zum Beispiel muß er pünktlich sein. Er muß seine Uniform in Ordnung halten, er muß wissen, wie Alarm gegeben wird... Manchmal kommt mir die Anstalt hier wie der Tierpark Hagenbeck vor. Da kommt jemand und fragt nach einem Job, und wenn er nicht bereits wegen Tierquälerei aufgefallen ist, dann wird er Wärter und kriegt eine Uniform. Und jedes Tier weiß: Dunkelblau heißt Fressen, heißt Gassi gehen.«

»Sie sind sehr drastisch in Ihrer Ausdrucksweise. Was ist dann weiter passiert, in Hannover?«

»Ich habe überlegt, wie alles weitergehen soll, mit mir.«

»Und zu welchem Schluß sind Sie gekommen?«

»Na ja, ich werde meine Strafe absitzen und dann versuchen, irgendwas Vernünftiges zu tun, und das kann ich nur, wenn ich die Zeit hier nutzen kann, mich vorbereiten und so.«

»Dann sind Sie von Hannover aus hierhergebracht worden?«

»Ja.«

»Mit dem Zug?«

»Nein, mit dem Bus.« Ich sah ihn mißtrauisch an. »Manchmal hab ich das Gefühl, Sie wissen das alles und wollen nur mal hören, wie ich es erzähle.«

»Und wenn es so wäre? Was wäre dabei? Mich interessiert, wie Sie es erlebt haben. Also mit dem Bus, so einem grünen ohne Fenster?«

»Ja, die haben mit normalen Bussen nur die äußere Form gemeinsam. Innendrin sind lauter kleine Zellen, dort können zwei Leute nebeneinandersitzen. Oder einer allein. Sie müssen sich vorstellen, daß jetzt um Ihren Sessel herum Wände wären, ganz eng. In jeder Zelle ist ein Sehschlitz, etwa in Bauchhöhe. Wenn Sie hinaussehen wollen, müssen Sie sich tief bücken, und das halten Sie nicht lange durch, besonders bei der Schaukelei. Oder die Schlitze sind weiter oben angebracht. Dann muß man halb stehen und halb sitzen. Oder man sitzt eben ganz normal und sieht gar nichts.«

»Und die Tür ist abgeschlossen?«

»Ja. Während der Fahrt habe ich immer daran gedacht, was ich machen würde, wenn der durch ein Brückengeländer fährt. Dann sehen die Meister doch erst mal selbst zu, daß sie rauskommen.«

»Und?«

»Mir ist nichts eingefallen.«

»Waren Sie allein, oder saßen Sie mit jemandem zusammen?«

»Ich war allein. Ich wurde mit einem Sondertransport verlegt. Meine Hände waren zwar gefesselt, aber ich durfte sogar rauchen. Vorweg fuhr ein Streifenwagen und einer hinterher. Bis in den Hof.« Ich schwieg.

»Und weiter? Sie kommen an, man nimmt Ihnen die Fesseln ab ...«

»Nein, erst die Armbanduhr.«

»Warum die Armbanduhr?«

»Weil Uhren nicht erlaubt sind. Uhren kann man auch benutzen, um mit einem Komplizen zeitgleich eine Aktion zu starten, welche die Sicherheit und Ordnung gefährden würde«, sagte ich im Vorschriftentonfall.
»Ist es denn so schlimm, wenn man keine Uhr hat?« Sturm schob seine Arme vor. »Ich trage auch keine.«
»Was heißt schlimm? So schlimm nun wieder auch nicht, dafür sind ja Meister da. Aber mit einer Uhr könnte man beispielsweise überprüfen, ob die Meister pünktlich sind.«
Sturm griente. Ich auch.
»Gut, und dann die Fesseln ab, und wohin?«
»Auf eine Einzelzelle im Sicherheitstrakt. Und am anderen Tag schon kommt ein Mann in meine Zelle, sagt, er sei der Bäumel für Sicherheit und Ordnung und mit ihm komme jeder aus, und fragt mich, ob ich nicht Lust hätte, in der anstaltseigenen Handballmannschaft mitzuspielen. Und ob ich Lust hatte. Ob das denn so einfach ginge, hab ich ihn gefragt, ich sei doch Sicherheitsgefangener. Das solle ich ihm überlassen, hat er gesagt, und am anderen Tag schon konnte ich mit runter auf den Hof, Handball spielen. Bäumel hatte gehört, daß ich das konnte. So was spricht sich herum.
Drei Wochen später spricht mich auf dem Hof einer an, er habe gehört, daß ich noch gut Knast hätte, er auch, und er wolle türmen, und wie das wäre, ob ich nicht Lust hätte mitzukommen. Ich wollte nicht. Dann hätte ja alles wieder von vorne angefangen. Der Mann sagte, gut, dann würde er es eben alleine machen.
Und einen Tag später haut der tatsächlich zusammen mit einem anderen Gefangenen ab. Und einer Schubkarre. Sie wollten nur Sand für die Sprunggrube holen.
Danach durfte ich nicht mehr am Sport teilnehmen, weil man Angst hatte, daß ich auch türmen könnte. Kam von

ganz oben, vom Senator selbst, diese Anordnung. ›Alle fluchtverdächtigen Gefangenen werden von Freizeitveranstaltungen, insbesondere im Freien, ausgeschlossen‹, sagte Bäumel. Der Senator hatte das an die Anstaltsleitung gegeben, die weiter an die Anstaltskommission und die an Bäumel.«

»Und was ist dann passiert?« fragte Sturm.

»Nichts. Ich habe mich beschwert, aber alles wurde abgelehnt. Ich habe mir eine Eisensäge besorgt und sie Bäumel gegeben, damit er die Kommission davon überzeugte, daß ich gar nicht türmen wollte. Als Bäumel einen Tag später kam und sagte, die Kommission habe das nicht sonderlich beeindruckt, da habe ich ihm noch eine Säge gegeben und gesagt, er solle es noch einmal versuchen.«

»Woher hatten Sie denn die Sägen?«

»Die hatte ich bestellt.«

»Kann man die einfach so bestellen?«

»So einfach nicht. Man muß sich an die richtigen Leute wenden.«

»Ist ja auch nicht so wichtig. Und danach konnten Sie wieder am Sport teilnehmen?«

»Nein, sie haben meine Zelle durchsucht, von oben bis unten, und haben Eisensägen gesucht. Und ich wurde verlegt.«

»Wollen Sie noch eine Tasse Tee? Ohne Zucker?«

»Ja.«

»Haben Sie eigentlich noch einen Vater?« fragte Sturm.

»Nein.«

»Gar keinen?«

»Wieso, es gibt doch nur einen.«

»Aber vielleicht haben Sie ja einen Stiefvater?«

»Ja, den zweiten Vatervater.«

»Was ist das denn?« Er guckte erstaunt.

»Ach, das ist ganz einfach: Mein richtiger Vater heißt ›Vater‹, der ist gestorben, den kenne ich nicht. Mein erster Stiefvater heißt ›Vatervater‹, dann kommt der zweite Vatervater. Bei dem hat meine Mutter jetzt seit fünfzehn Jahren eine Planstelle.«
»Sie mögen ihn wohl nicht sehr?«
»Ich kenne ihn kaum, ich habe ihn erst einmal gesehen, und da haben wir uns gleich in der Wolle gehabt.«
»Wie ist das gekommen?«
»Er hat mich besucht, zusammen mit meiner Mutter, hat sich richtig vorgestellt. ›Gestatten, Laub ist mein Name, ich bin der Mann Ihrer Mutter.‹ Und ich konnte noch nicht mal ›angenehm‹ erwidern, da legt er auch schon los: ›Und das will ich Ihnen sagen, alter Freund, in Zukunft verbitte ich mir, daß Sie Ihrer verehrten Frau Mutter noch weitere Sorgen machen.‹ Dabei hat er mich angesehen, als wäre er vom Gericht.«
»Hat Sie das traurig gemacht, oder wütend?«
»Nein. Aber ich habe meine Mutter gefragt, in welchem Wald sie den denn aufgelesen habe, den solle sie doch erst mal in einem Buch trocknen. Na, da fing er aber zu rascheln an, der Typ. Und ich habe gesagt, wenn er nicht sofort mit seinem Gemecker aufhöre, dann würde ich noch durchdrehen. Ich hab da wohl auch ein bißchen gebrüllt.
Dann kamen zwei Meister, haben ihn links und rechts genommen und nach draußen gebracht. Dabei ist sein Hut heruntergefallen, und er hat geschrien, daß das eine Unverschämtheit sei, das sei ein echter Borsalino. Da habe ich fast lachen müssen.«
»Und Ihre Mutter?«
»Die hat geweint. Dann habe ich auch geweint. Kam einfach so. Sie sagte dann, daß er sehr besorgt um sie sei, daß sie endlich mal zur Ruhe kommen müsse, und er sei

ein grundanständiger Mann, und wenn ich meine Strafe verbüßt hätte, hätte sich unser Streit auch sicher gelegt.«

»Hat er Sie denn damals tatsächlich so aufgeregt, bei diesem Besuch?«

»Sie stellen Fragen! Da kommt ein wildfremder Mann daher und sagt mir, daß es im Grunde genommen eine Schande ist, daß ich auf die Welt gekommen bin. Da soll er doch gleich sagen, daß es das beste wäre, wenn ich mich am nächsten Fensterkreuz aufhängen würde.«

»Und was war dann?«

»Dann war nicht mehr viel. Funkstille. Meine Mutter hat zwar in der ersten Zeit noch geschrieben, aber er hielt es wohl für das beste, den Kontakt ganz abzubrechen, wegen der Verwandtschaft.«

Wir hatten noch eine ganze Zeit so weitergeredet. Sturm war in Ordnung.

Unter mir schepperte die Glocke der Zentrale. Ich schrak hoch. Ich mußte wohl etwas gedöst haben. Egon kam vom Nordflügel zurück, setzte sich vor mich hin und machte ein mürrisches Gesicht.

»Was ist los?«

»Was ist los? Was ist los?« knurrte er, spuckte in Richtung Blitzableiter und verfehlte den Draht um einen Fingerbreit. Er versuchte es noch einmal, aber ihm war die Spucke ausgegangen.

»Du mußt vorher eine Praline essen.«

Ich grinste. »Was paßt dir nicht?«

»Das fragst du auch noch«, nörgelte Egon, »vier Tage hängen wir jetzt hier herum ...«

»Du nur drei, du bist einen Tag später hochgekommen.«

»Dann sind es eben drei. Drei Tage höre ich mir jetzt das Gesülze von Weimar an, und deines klingt schon genauso? Und was passiert? Nichts passiert ...«

»Halt die Schnauze«, sagte ich böse, »hier passiert die ganze Zeit was. Meinst du, der Weimar kommt so oft, weil er uns so nett findet? Die sitzen in der Klemme da unten. Die Leute gehen nicht mehr zur Arbeit, die meisten haben ihre Türen verbarrikadiert und schmeißen ihr Essen auf den Hof. Die glauben an das, was wir hier oben machen. Nur du nölst herum. Wir haben abgemacht, daß wir hier durchhalten. Jetzt halt dich auch gefälligst daran! Was nützt es dir eigentlich, wenn du deine Familie öfter siehst, wie? Mach wenigstens 'ne Zusatzausbildung als Familiengucker, sonst bringt dir das nichts!«
»Laß mich in Ruhe! Ich will ja nicht runter«, unterbrach Egon mich, »ich denk nur, wir sollten irgendwas machen. Vielleicht hat Weimar ja recht, wenn er sagt, daß erst alles sachlich geprüft werden muß.«
»Ja, aber solange bleiben wir hier oben. Sollen sie doch prüfen, was sie wollen. Sonst sitzen wir wieder unten in den Konservendosen und laufen die Wände hoch und runter. Meinst du, das merkt irgendwer da draußen?«
»Ach, die draußen, die interessiert das doch nicht ...«
»Aber wieso denn, Egon? Wir müssen nur durchhalten. Jetzt sind wir schon ein paar Tage hier oben, und alle wissen es. Auch die draußen hinter der Mauer.« Ich schwieg.
Die Sonne ging unter. Ihr Ball stand wie eine Riesenorange über den Häusern, die in dem Licht aussahen, als wohnte dort niemand mehr. Als gehörten sie zu einer Geisterstadt und wir wären die einzigen Überlebenden. Der Ball sackte tiefer und tiefer. Immer, wenn ich einen Moment wegsah und dann wieder hinschaute, fehlte ein Stück mehr von ihm.
»Unten schneiden sie jetzt Scheibe um Scheibe ab, dadurch sackt sie tiefer«, sagte ich.
»Wer?«

»Die Sonne.« Wie das wohl sein würde, wenn man das alles nicht mehr sehen konnte. Nie mehr.
»Wieso? Wer schneidet da was ab?«
»Irgendwer, der da gerade vorbeikommt...«
Auf dem Flughafen startete ein Flugzeug. Der Lärm der Triebwerke stand klar in der Dämmerung, wurde immer lauter.
Fliegen ist eine tolle Sache. Einfach irgendwohin. Mal sehen, wie das woanders aussieht. Und weiter, noch weiter, einmal um die Welt, immer weiter... Wird so eine Flugzeugtür eigentlich abgeschlossen? Sicher nicht. Abgeschlossen wird nur hier. Und in Heil- und Pflegeanstalten. Damit niemand halb geheilt abhaut. Weit hinten am Himmel verschwinden die Lichter des Flugzeugs in der Dämmerung.
Ich denke daran, daß ich noch nie mit einem Flugzeug geflogen bin und daß ich das unbedingt mal tun muß. Fliegen in eine Welt ohne Schlüssel.
Wenn einem Meister der Schlüssel geklaut wird, dann ist er arbeitsunfähig. Wenn einem Pfarrer die Bibel wegkommt, na gut, eine Zeitlang geht es auch ohne. Aber ein Meister ohne Schlüssel? Das ist kein Meister mehr.
Auf dem Flur sind Schritte zu hören. Ich lausche. Lausche auf das Klirren des Schlüssels. Irgendwann wird es dasein, und ich warte. Ich setze mich normal hin, um beim ersten Geräusch sofort an die Tür gehen zu können, die Spannung ist so groß, daß ich richtig zusammenzucke, als der Schlüssel draußen ins Schloß geschoben wird. Ich komme vom Stuhl hoch, bin mit einem Schritt beim Waschbecken neben der Tür, sie wird mit einem Ruck aufgerissen, das trockene Knacken von Weidengeflecht, der Wäschekorb füllt die ganze Tür aus, unten sind vier Beine dran, auf denen schiebt sich der Korb vorwärts, pendelt den Takt meiner Bewegungen nach,

und ich stehe an der Wand und versuche den schwarzen, langen Knüppeln auszuweichen, die seitlich um den Korb herum auf mich einschlagen. Ich schreie, stoße mich von der Wand ab, ramme mit eingezogenem Kopf gegen das Weidengeflecht, Dreschflegel rasen auf meinen Rücken nieder, der Korb gibt nach, ich falle ins Unterholz gestiefelter Äste, halte mich an einem fest und grabe meine Zähne durch das Leder, höre ein Schreien, der Baum, zu dem der Ast gehört, fahre hoch und versuche mich zu befreien ...

»Du Blödmann, was ist denn mit dir los?« jaulte Egon. »Erst liegst du da und pennst, und dann schlägst du mir deine Hauer in den Arm. Ich glaub, ich spinne.«
»Das war nicht mit Absicht ...«
»Mit was denn?« Egon war aufgestanden und hielt mir seinen Arm hin. »Sieh dir das an!«
»Ja, ja, schon gut, tut mir leid.«
Egon steckte sich eine Zigarette an. »Unser Tabak ist fast alle«, sagte er nach einer Weile, »ich könnte mal zu Paul rübergehen. Er hat gesagt, wir sollten uns melden, wenn wir was brauchen.«
»Sag mal, haben sie dich schon mal richtig zusammengeschlagen, hier?«
»Wer? Die Meister?«
»Ja?«
»Mehr als einmal.« Egon winkte ab. »Aber ich bin zäh, weißt du, mir ist dann auch alles egal. Einmal hab ich einem Meister den kleinen Finger abgebissen, mitsamt seinem Ring, na, da war aber Stimmung. Jetzt lassen sie mich in Ruhe. Vor ein paar Jahren sollen sie hier einen fast totgeschlagen haben. Einfach so. Irgendwer hat wohl acht Monate gekriegt, auf Bewährung. Da muß er aber aufpassen während der Zeit.«

»Dort, wo ich vorher war, hat ein Mann mal Selbstmord mit seinem Taschentuch gemacht.«
»Mit dem Taschentuch?«
»Ja. Er war in einer Arrestzelle und ist schwer vermöbelt worden. Das hat der Pfarrer mitgekriegt, der war zufällig im Haus. Da haben sie aufgehört, weil der Pfarrer sich vor die Tür gesetzt und gesagt hat, wer weitermachen will, der muß erst ihn, den Pfarrer, zusammenschlagen. Dann war Ruhe, und der Pfarrer ist gegangen. Am anderen Morgen hatte der Mann im Arrest sich erstickt, er hat sich einfach sein Taschentuch in den Mund geschoben und ist erstickt.«
»Geht so was überhaupt?«
Ich zuckte mit den Schultern. »Bevor er richtig erstickt war, ist er wohl noch durch die Zelle getorkelt und dabei immer hingefallen. Weil sein Körper grün und blau war. Der Arzt hat gesagt, so was gibt es. Wenn der Sauerstoff immer weniger wird, dann kann ein Mensch sich nicht mehr richtig kontrollieren und fällt schon mal hin, steht auf und fällt wieder hin. Der merkt das dann gar nicht mehr so richtig. Und schließlich ist der Sauerstoff ganz weg, und er bleibt liegen, fällt aber vorher noch mit dem Kopf gegen das Gitter.«
»Ich hab mal gelesen«, sagte Egon, »daß einer mit einem Kupfernagel Selbstmord gemacht hat. Ich hab gedacht, wie geht das denn, und dann stand da, daß er ihn in den Mund genommen hat und dann in die Steckdose. Aus.«
»Ja.« Ich stand auf und ging bis an die Stirnseite des B-Flügels, legte mich auf das Dach und schob den Kopf über die Rinne.
»Gerd! Eh, Gerd!«
Unter mir ging das Fenster. »Ja?«
»Ich bin's, Ben. Was gibt es Neues?«
»Weiß nicht. Im Haus sind ein Haufen neuer Meister. Ich

bin vorhin zur Geschäftsstelle, da hab ich sie gesehen. Aber keine Bullen. Gestern war das ganze Haus voller Bullen. Laß mal ein Stück Faden runter, ich habe hier drei Laken, sind zusammengenäht, steht *Zuchthaus* drauf, vielleicht habt ihr noch ein Plätzchen dafür.«
»Klar. Aber schon wieder *Zuchthaus*, könnt ihr nicht mal ein anderes Wort nehmen?«
»Wieso? Ist doch ein Zuchthaus, oder?« erwiderte er.
»Ja, aber wir haben schon zwei Spruchbänder mit *Zuchthaus*.«
»Kann ich doch nicht wissen. Wollt ihr es nicht?«
»Doch, doch, gib her.« Ich zog eine Tüte hoch. »Wir hängen es vorne an die Dachrinne vom A-Flügel, dann kann man es von der Straße aus gut sehen.«
»Verhandeln die eigentlich mit euch?«
»Ja, andauernd kommt der Weimar aus dem Amt und versucht, uns was einzureden.«
»Und?«
»Was heißt ›und‹? Hier soll sich was verändern, und wenn jetzt alle mitmachen, dann schaffen wir das auch.«
Ich schwieg.
»Hier oben ist die ganze Station nicht zur Arbeit gegangen. Haben sich alle krank gemeldet. Aber der Arzt hat keinen Bock, der ist auch krank, seit heute. Sag mal, wolltet ihr gestern wirklich vom Kirchturm springen? So was spricht sich rum. Ihr sollt ja schon halb in der Luft gehangen haben.«
»Wenn sie uns mit Gewalt runterholen wollen, dann segeln wir ab ...«
»Na, ich weiß nicht, ob das die Sache wert ist. Ich meine, wenn du hier das Maul hältst, dann tut dir keiner was, und irgendwann müssen sie dich entlassen. Da kommen sie nicht drum rum.«
»Mag sein. Du, ich geh mal wieder, Egon kommt.«

»Ja, in Ordnung.«

Es war dunkel geworden.

»Ich habe Tabak organisiert.« Egon gab mir ein Päckchen. Einer der Turmmeister suchte mit einem Scheinwerfer die Dächer ab, doch wir standen für ihn im toten Winkel. Ich befestigte meinen Faden am Lukendeckel und rollte ihn ab.

»Was machst du denn da?«

»Ich muß immer daran denken, daß sie uns vielleicht doch überrumpeln. Wir hängen da oben in unserer Schornsteinecke und sägen eine Schonung nach der anderen ab, und die kommen ganz leise durch die Luke, werfen ein Netz über uns, und alles war umsonst.« Ich legte den Faden um die Steigeisen, kletterte nach oben und setzte mich in meine Schornsteinecke. Egon kam hinterher, und ich wickelte mir das Fadenende um meinen Finger.

»Ich spring auch«, sagte Egon, und etwas später: »Was soll ich hier alleine? Und überhaupt ist sowieso alles egal.«

»Egal, egal, nichts ist egal. Solange wir hier oben sind, solange ist alles offen. Mensch, Egon, gestern wolltest du noch in die Sonderanstalt, und jetzt redest du von egal.«

»Wie lange kann das denn wohl noch dauern, hier oben?«

»Das weiß ich auch nicht. Aber eins weiß ich, wenn wir jetzt aufgeben, war alles umsonst.«

FÜNFTER TAG

Justizsenator Hammer ging im Gespräch mit Weimar durch die Verwaltung der Konrad-Adenauer-Anstalt, hinter ihm ein Troß Begleitpersonal. Wie ein Oberarzt, der seine morgendliche Visite abhält. Gleich hinter ihm Hanebüchen zwischen Schlock und Sicherheitsinspektor Bäumel, dahinter Mertens und Revierführer Mahlmann, dann noch zwei, drei Meister als Nachhut und vorneweg einer, der die Gittertüren aufschloß, wieder zuschloß, wenn alle durch waren, und schnell vorauseilte, um erneut aufzuschließen.
Die Gruppe ging über die Zentrale, durch den Berta-Flügel auf den Hof und einmal um das Gebäude herum.
»Wo sind sie denn?« fragte Hammer und schaute unentwegt nach oben.
»Ach, sie werden da irgendwo liegen, sie zeigen sich nicht immer. Manchmal stehn sie einfach am Rand und sehen nach unten. Da, da! Sehen Sie dort drüben bei dem Schornstein, da klettert gerade einer die Eisen zum Kirchendach hoch, unterhalb dieser Eisen befindet sich auch die Luke, durch die Sie mit dem Mann reden könnten.« Weimar zeigte mit dem Finger in Richtung Dach.
»Und Sie meinen, der Mann läßt sich nicht dazu bewegen, nach unten zu kommen, wenn er weiß, daß ich im Haus bin?«
»Ich fürchte, nein, Herr Senator.« Weimars Hand fuhr in die Tasche, weil Hammer sich im Gehen eine Pfeife gestopft hatte, doch der winkte ab. »Nein, danke, ich

nehme Streichhölzer. Gibt es hier draußen irgendwo eine Stelle, die nicht einsehbar ist?«

»Nein. Wir haben festgestellt, daß meist einer der beiden den ganzen Komplex im Auge hat. Jede Annäherung würde wahrscheinlich sofort bemerkt werden. Wie Sie schon sagten, wir stehen gewissermaßen vor einer Festung.«

»Na ja.« Hammer lächelte etwas amüsiert. »So abstrakt ist dieser Vergleich ja auch nicht. Hanebüchen!«

»Herr Senator?« Hanebüchen rückte auf gleiche Höhe.

»Was haben wir heute noch für Termine?«

»Vortrag bei den Referendaren um fünfzehn Uhr dreißig. Um siebzehn Uhr Diskussion mit Mitgliedern des Weißen Rings e. V., es geht um die Täter-Opfer-Beziehung.«

»Gut, sagen Sie beides ab. Wir bleiben hier, um diese Sache zu regeln.«

»Ich werde das Nötige veranlassen.« Hanebüchen versuchte im Gehen eine leichte Verbeugung zu machen. Es wirkte wie ein Gehfehler.

Ich öffnete die Augen. Eine Spinne stand auf meinem Handrücken und bewegte nacheinander ihre Beine. Als sei ihr kalt. Ich sah sie an.

Sie drehte sich um und guckte, hielt ihre Beine jetzt still. Es sah aus, als würde sie gleich loshüpfen. Dann rannte sie weg. Über meinen Mittelfinger. Das kitzelte. Über das Hosenbein, jetzt war sie ganz unten, ich konnte sie nicht mehr sehen und wartete darauf, daß sie innen im Hosenbein wieder hochlief. Plötzlich sah ich sie auf dem Dach. Sie rannte bis in den Schornsteinwinkel und dann senkrecht an den Steinen hoch. Da wird sie Pech haben, die Gute, wenn sie bis ganz oben klettert und durchatmet, wird sie in den Schornstein fallen.

Egon hing neben mir in der Ecke. Eines seiner Beine ragte

seitlich über die Schornsteinkante. Von weitem mußte es aussehen, als machte der Schornstein auf dem steil abfallenden Dach eine Grätsche.

»Egon. He, Egon.« Ich stieß ihn an.

»Was ist denn los?« gähnte er und räkelte sich.

»Nichts. Aber wenn du zur falschen Seite aufstehst, dann ist was los.«

Egon zog sein Bein ein, machte sich lang, griff nach dem Blitzableiter auf dem First und krabbelte hoch. »Was machen wir heute? War ja eine ruhige Nacht, nicht?«

»Macht nichts. Wir haben eine Pause gemacht, heute abend machen wir wieder ein wenig Stimmung. Ich werde jetzt noch ein paar Flugzettel tippen. Die lassen sich immer brauchen.«

»Und ich?«

»Ach, Mensch, frag mich doch nicht dauernd. Laß dir selbst was einfallen. Mach einen kleinen Einkaufsbummel oder so was.«

»Verarsch mich nicht.«

»Wander doch ein bißchen herum. Platz ist genug, und du kannst überall Bäume sehen, ohne daß dir ein Ast auf den Kopf fällt.« Wir kletterten vom Kirchendach herunter. Im Haus schepperten Kannen, Türen schlugen. Ich hatte auf einmal ein Gefühl im Bauch, als würde eine Gruppe Zwerge dort einen Trampolinwettbewerb veranstalten. Manchmal schmerzte das richtig.

Ich rülpste.

»Na, hat es geschmeckt?«

»Ja, lecker. Aber das Ei war hart, und ich muß nach harten Eiern immer aufstoßen.«

»Du hast es gut«, brummte Egon, »meinst du, daß Weimar heute wieder auf der Matte steht?«

»Mit Sicherheit. Der kommt jeden Tag.«

»Warum willst du eigentlich unbedingt mit dem Senator

reden, der Weimar ist doch gewissermaßen sein Stellvertreter.«
»Warum? Warum? Sein Stellvertreter, du sagst es. Weimar kann uns viel versprechen, und der Senator schmeißt alles über den Haufen. Der Senator, das ist ganz oben. Der braucht niemanden zu fragen, ob seine Entscheidung richtig ist, aber Weimar muß den Senator fragen. Deshalb. Wenn der sagt, es gibt in Zukunft einen Gefangenenrat, dann gibt es einen. Wenn Weimar das sagt, dann muß er den Senator fragen. Da fragen wir ihn doch am besten gleich selbst.«
»Ja«, sagte Egon, »das hast du mir schon erzählt.«
»Stimmt, habe ich. Manchmal denke ich, du weichst erst jeden Buchstaben ein und bringst dann die Reihenfolge nicht mehr zusammen und verstehst gar nichts mehr.«
Ich faltete das Spruchband von Gerd auseinander.
»Das hängen wir jetzt auf.«
Wir befestigten das Laken an der Vorderseite des A-Flügels, hakten es hinter die Dachrinnenschellen und entfalteten es.
»He, Gerd! Gerd!«
Ein Stuhl fiel unten um. »Oh, da hängt es ja schon, das kommt sicher gut, es reicht fast bis zur Fensterbank.«
Gerds Arm kam mit einem Spiegel zum Vorschein.
Egon lief das Dach ab, kam zurück und hatte eine Rolle unter dem Arm. »Noch ein Spruchband«, sagte er, »steht *Irrenhaus* drauf. Wo soll das hin?« Das Transparent war auf zwei Besenstiele gewickelt.
»Das tragen wir. Jeder an einer Seite, dann halten wir es hoch und gehen alle Dächer ab. Aber erst später.« Wir setzten uns hin und beobachteten die Straße hinter der Mauer. Zwischen den Häusern befanden sich Gärten, die nach vorne durch Hecken begrenzt wurden. Auf dem Gehweg dahinter standen Leute. Ich konnte nur die

Köpfe sehen, einige mit Hals. Als seien sie dort eingepflanzt worden. Wie ein griechischer Garten, um den die Hecke immer höher gewachsen ist.
»Weißt du, was ich gerade denke«, überlegte Egon laut, »wenn da drüben einer mit 'nem Hut herumgehen würde und für uns sammelte, dann hätten wir einen guten Monatseinkauf, das werden immer mehr.«
Die meisten Autos, die vorbeifuhren, wurden langsam, und manchmal stoppte eins kurz.
»Wollen wir was machen?«
Ich schüttelte den Kopf. »Laß sie ruhig erst mal gucken.«
»Wenigstens winken...«
»Das sieht zu spaßig aus. Ich werde mich jetzt an die Luke setzen. Weimar kommt sicher gleich. Ich glaube, es ist besser, wenn einer an der Luke sitzt. Du gehst die Dächer ab.«
»In Ordnung.« Egon nickte.
Ich sah ihm nach, wie er auf den D-Flügel ging. Heute morgen sind die Betriebe nicht ausgerückt, dachte ich, jetzt sitzen die Werkmeister herum, und die Aufträge werden nicht fertig. Das hieß, daß es zu Weihnachten vielleicht keinen Präsentkorb geben würde, jedenfalls nicht so einen großen. Wenn so ein Betrieb gut produzierte, war es nie zum Schaden des jeweiligen Meisters. Unten war im Moment der ganze Rhythmus durcheinander.
Egon kam auf der anderen Dachseite zurück. Unter mir waren Geräusche zu hören.
»Sssst«, machte ich zu Egon hinüber, »leise, sie sind unter uns. Setz dich hinter die Klappe und warte ab. Sag nichts, ich mach das schon.«
»Ja, aber wenn es zu langweilig wird?« flüsterte er.
»Dann drehst du eine Runde und kommst zurück. Das dauert ja nicht ewig.«

Von unten wurde gegen den Deckel geklopft. »Herr Holberg? Können Sie mich hören?« Das war Weimar. »Falls Sie auf der Luke sitzen, gehen Sie bitte herunter, damit ich die Klappe hochheben kann.« Weimars Stimme klang so hohl, als käme sie aus einer Gruft. Herr Holberg, können Sie mich hören? Hier spricht Graf Weimula ... Schlüsselgeräusche. Dann Stille. Ich trat etwas zurück. Der Lukendeckel kam langsam hoch, einen Spalt, dann ganz, verdeckte Egon.

»Tag, Herr Holberg.«

»Tag. Sie kommen ja oft.«

»Das kann man wohl sagen.« Weimar fuhr mit der Hand über sein Haar. Als habe sich dort eine Verwehung ergeben. Doch es lag ganz ruhig und geordnet.

»Wenn Sie etwas eher gekommen wären ... Nur etwas eher ...«

»Ja?« Er blickte fragend.

»... dann hätten Sie mit uns frühstücken können. Jeder eine halbe Flasche Wasser.«

»Ich halte Ihren Zynismus in dieser Situation für nicht ganz passend. Ich habe in der Zwischenzeit noch einmal Rücksprache mit dem Herrn Senator gehalten. Genaugenommen ist es doch so, daß Ihre Aktion zurückzuführen ist auf Mängel, die Sie im Vollzug sehen. Es handelt sich also letzten Endes um eine Beschwerde.« Er machte eine kleine Pause. »Eine Beschwerde jedoch muß schriftlich fixiert und inhaltlich begründet sein, das heißt, so eine Beschwerde ist ein Arbeitspapier, das von den zuständigen Stellen überprüft werden kann. Diese zuständigen Stellen jedoch werden jetzt einfach ausgeschaltet. Ihre Sache geht gleich an den Herrn Senator, in dessen Namen ich Sie bitten darf, Ihren Unwillen über die von Ihnen angenommenen Mißstände klar und sachlich zu Papier zu bringen ...« Er zuckte etwas mit dem Kopf zurück,

weil ich eins der herumliegenden Flugblätter gegriffen hatte und es ihm vorhielt.
»Und geben Sie dem Senator auch meinen Brief.«
»Ich weiß, ich kenne das Schreiben.« Er streckte eine Hand aus, nahm das Blatt, faltete es zusammen und steckte es in seine Innentasche. »Aber es geht hier um Sachlichkeit, es ist immer eine Frage des Stils, wie die Antwort ausfällt.«
»Wenn ich also vom Dach springe, dann möchte der Senator, daß ich vorher ein Leichenhemd anziehe? Verstehe ich das richtig?«
»Sie werden schon wieder polemisch«, sagte Weimar und schüttelte den Kopf. Plötzlich war mir, als säße ich in einer Achterbahn. Die Fahrt geht los, steil nach unten, dann mit einem gewaltigen Schwung wieder nach oben, durch Kurven und Windungen, und dann bin ich wieder am Ausgangspunkt.
»Sehen Sie«, fuhr Weimar fort, »Ihre Beschwerden mögen ja, ich sage, mögen ja, noch so begründet sein, doch müssen Sie immer berücksichtigen, daß Sie selbst sich in diese Situation hineinmanövriert haben, ich meine, in die Straffälligkeit. Und wenn man etwas ausgefressen hat, so ist das nun mal in unserer Gesellschaft, dann muß man auch dafür geradestehen. Das ist die Grundlage für einen Neuanfang, und ...«
»... für einen Neuanfang!« unterbrach ich ihn. »Aber jeder Tag in diesen Katakomben macht mich unfähiger, jemals wieder auf eigenen Beinen zu stehen! Wissen Sie das überhaupt? Wissen Sie, was das heißt?«
»Bitte schreien Sie doch nicht so ...«
»Ich werde hier auf Raten liquidiert! Fünf Jahre Zuchthaus! Auch wenn Sie das ›Freiheitsentzug‹ nennen. Da ist doch nur der Name verändert worden.«
»Sie steigern sich da in etwas herein, das völlig ...«

»Unterbrechen Sie mich nicht dauernd! Während dieses ›Freiheitsentzugs‹ muß ich Tüten kleben, Einkauftaschen nähen oder kleine Drähte in ganz kleine Ösen ziehen. Ich nähe Lederstückchen zusammen, eine abwechslungsreiche Tätigkeit, weil es schwarze und weiße Lederstückchen sind. Das erfordert zudem Fingerspitzengefühl, ein gutes Auge, und es gibt den Fingern eine gesunde Hornhaut. Fingerspitzengefühl ist alles! Und es gibt sechs Mark pro Tagespensum, und wenn ich ein doppeltes Pensum erfülle, dann habe ich schon zwölf Mark, und immer so weiter. Eines Tages werde ich entlassen. Eine Existenz soll ich mir aufbauen, damit ich meine Schulden abbezahlen kann, die im Laufe der Jahre ins Überdimensionale angewachsen sind ...«

»Bitte, Herr Holberg, bitte lassen Sie mich jetzt auch mal was sagen«, unterbrach Weimar mich wieder, »Sie haben doch die Möglichkeit zur Weiterbildung. Das wird Ihnen sogar gesetzlich zugesichert. Wenn Sie einen Teil der Strafe verbüßt haben ...«

»Einen Teil der Strafe! Jemand kriegt zehn Jahre Knast, und nachdem er sieben Jahre lang Fußbälle genäht hat, sagt man, so, wenn du willst, dann kannst du jetzt die Knastschule besuchen, vorher ging das leider nicht, wegen der Sicherheit und Ordnung. Aber dann hat er keine Lust mehr, weil der Knast ja sowieso bald vorbei ist, und außerdem hätte er dann nur noch ein Drittel von dem Geld, das er fürs Fußballnähen bekommt. Da bleibt er lieber bei dem, was er die ganzen Jahre über gemacht hat.«

»Was soll das denn heißen!?«

»Was das heißen soll? Mit der Näherei kann ich bis zu zweihundert Mark im Monat verdienen, wenn ich jedoch die Knastschule besuche, dann gibt es nur sechzig Mark. Ihre Weiterbildung ist so angelegt, daß niemand Lust dazu hat. Weiterbildung heißt, daß das Paket Tabak zu einem Drittelpaket wird, daß man fast keine Zusatzverpflegung kaufen kann, daß man sich nicht einmal mehr ein Pornoheft mieten kann, um mal richtig zu wichsen ...«

»Herr Holberg!«

»Ja, so ist das! Sind alles Menschen, die hier eingesperrt sind, oder nicht? Und je blöder sie sind, desto besser ist mit ihnen umzugehen und desto eher kommen sie wieder rein. Ein Kreislauf ist das, ein Kreislauf, der uniformiert begleitet wird. Wer einmal aus dem Blechnapf frißt, und da kommen Sie daher und sagen, das stimmt nicht, das ist aus dem Zusammenhang gerissen, das ist unsachlich! Klar, wir haben heute Plastikgeschirr! Bei diesem Geschirr, verehrte Damen und Herren, fällt nicht nur das lästige Geklapper an den Gitterstäben weg, nein, es hilft auch dem Erinnerungsvermögen. So kann man beispielsweise am Freitag noch feststellen, daß es am Dienstag Walgulasch gegeben hat, unser Walgulasch wird mit einer besonders kräftigen Soße zubereitet, der markante Rand ist noch zu sehen, wenn sich der ganze Topf bereits einer natürlichen Färbung unterzogen hat ... Ja, und dann sieht man rot, rot, rooot!«

Weimar griff hoch und zog mit einem plötzlichen Ruck die Klappe über sich zu.

Egon glotzte mich an. »Jetzt ist er weg.«

Ich zuckte die Schultern und merkte, daß ich weinen mußte. Hinten im Hals saß es, dick und quallig, wenn Egon jetzt was sagte, was Warmes, dann ging es los. Doch er schwieg.

Statt dessen war Weimar in seiner Gruft zu hören: »Ich mache erst dann wieder auf, wenn Sie mit Ihren Tiraden aufhören! Herr Holberg?«

Wir schwiegen.

Nach einem Augenblick kam die Klappe wieder hoch. Weimars Haare waren etwas zur Seite gerutscht, die dicke, schwarze Strähne gab ihm das Aussehen eines satten Musketiers.

»Ich muß mir so was nicht anhören«, sagte er und legte die Strähne wieder auf den Kopf.

Ich erwiderte nichts.

»Sie haben mich total aus dem Konzept gebracht.« Sein Gesicht dachte nach. »Es ging doch eigentlich um die Fixierung Ihrer Beschwerden, aus denen wir den Punkt der Weiterbildung herausgegriffen hatten. Es ist doch so, daß jeder einzelne, der eine Sache innerhalb der Mauern in Angriff nehmen will, daß der sich beweisen muß, genau wie draußen. Wenn Sie draußen beispielsweise ein Geschäft eröffnen, dann haben Sie vorher alles durchkalkuliert, haben sich mit Umsatz, mit Angebot und Nachfrage beschäftigt und so weiter, und wenn Sie da Erfahrungen gesammelt haben, dann gehen Sie einen Schritt weiter... Außerdem will ich Ihnen mal was sagen«, er blickte mich vorwurfsvoll an, »Sie haben doch einen erlernten Beruf. Was wollen Sie mit einem weiterführenden Schulabschluß? Andere haben nicht mal einen Hauptschulabschluß.«

»Was will der eigentlich sagen?« fragte Egon laut hinter der Klappe.

Weimar verstummte.

Seine Hand kam aus der Lukenöffnung. Er drehte den abgespreizten kleinen Finger im Augenwinkel neben seiner Nase und entfernte ein kleines Körnchen, sah auf den Fingernagel, schnippte es weg, drehte noch mal. Er mußte ein Popler sein. So wie er das klitzekleine Körnchen weggeschnippt hatte, so schnippte ein Popler. Mit dem kleinen Finger gräbt er den Popel aus der Nasenwand, planiert ihn regelrecht ab. Dann wird er zwischen

zwei Fingerballen flugtrocken gerollt und tritt einen Kurzflug zur Schreibtischlampe an, da bleibt er kleben und trocknet aus. Bis ihn ein Staubtuch abbricht.
»Haben Sie sich schon einmal Gedanken darüber gemacht«, sagte Weimar, »was die anderen für Sie getan haben, oder, besser gesagt, glauben Sie, daß einer unter denen ist, der sich für Sie genauso einsetzen würde wie Sie für ihn?«
Ich schwieg.
»Gut, mir scheint, wir kommen jetzt nicht weiter.« Er machte eine kleine Pause. »Wie dem auch sei, wenn ich mir etwas bei dieser ganzen Angelegenheit wünsche, dann ist es, daß Sie hier gesund wieder herunterkommen. Und Herr Schermer auch.«
»Dann erzählen Sie nicht so einen Blödsinn. Ich solle eine Beschwerde an den Senator schicken. Geben Sie ihm den offenen Brief und das Flugblatt. Am besten kommt er sowieso selbst her.«
»Ich glaube nicht, Herr Holberg, daß das in dieser Form akzeptiert wird. Sehen Sie, ich habe Ihnen in den vergangenen Tagen schon eine ganze Reihe von Zugeständnissen gemacht, das heißt natürlich auch Herrn Schermer. Warum greifen Sie nicht einfach zu?« Er sah kurz nach oben, zum Lukendeckel.
»Ja, warum greife ich nicht einfach zu und nehme mir eine von Ihren Nieten. Jedem, der sich auflehnt, bieten Sie Ihre Nieten an, kriegen ihn dadurch klein, machen ihn zum Kalfaktor der eigenen Sehnsüchte. Mich nicht! Das können Sie dem Herrn Senator sagen. Und daß heute wieder musiziert wird. Die Schwarzwurzelserenade auf vier Stielen. Die Komponisten tragen selbst vor.« Ich schwieg.
Er auch.
Über dem Lukenrand tauchte Egons Gesicht auf. Er sah

mich so an, als wolle er schon mit der Serenade anfangen. Dann blickte er über die Kante nach unten, auf Weimars Scheitel.
Der spürte seinen Blick und legte den Kopf nach hinten. Seine Augen gingen hoch.
Jetzt könnte ich ihn in den Adamsapfel zwicken, dachte ich, dann erschrickt er sicher.
Sie sahen sich einen Augenblick lang an, Weimar und Egon, der jetzt seinen Kopf zurückzog. Weimar kippte seinen wieder nach vorn und rieb sich mit einer Hand den Nacken, immer noch wortlos.
»Ich werde noch einmal versuchen, mit dem Herrn Senator zu reden«, sagte er nach einer Zeit, die mir wie eine Ewigkeit vorkam. Er nickte mir zu, faßte hoch und zog den Lukendeckel über sich zu.
»Komm, wir drehen eine Runde«, sagte ich zu Egon.
»Und jetzt?«
»Weiß ich nicht. Es geht so weiter. Sie versuchen uns ganz normal vom Dach zu holen. Heute ist der fünfte Tag, jeder Tag macht die Sache größer.«
»Das hast du schon mal gesagt. Aber, ich meine, wann ist sie ganz groß. Weimar hat was Richtiges gesagt, vorhin.«
»Was?«
»Ob einer von denen das gleiche für uns tun würde.«
»Was heißt denn ›von denen‹?«
»Jeder macht sein eigenes Ding, jeder sieht zu, daß er erst mal mit dem eigenen Arsch an die Wand kommt.«
»Und deshalb ändert sich auch nie was. Aber jetzt macht fast das ganze Haus mit. Ist mir auch egal, ob das einer von den anderen für mich machen würde, ich mache es, ich und du auch!«
»Brüll doch nicht so.«
»Ich will hier ganz einfach nicht vor die Hunde gehn! Ich nicht!«

In den Zellen unter uns brüllten jetzt einige Männer mit, hier und da flog Geschirr auf den Hof.
»Da! Da kannst du es hören, die auch nicht!« Ich lief grölend über die Dächer. »Ich will nicht ... vor ... die Hunde gehn! Ich will nicht ... vor ... die Hunde gehn!« Immer mehr Männer machten mit. Egon lief neben mir her und brüllte mit. Der ganze Hof stimmte ein. »Ich will nicht ... vor ... die Hunde gehn! Ich will nicht ... vor ... die Hunde gehn!«
Fenster splitterten.
Im Haus tönte die Alarmglocke, verstummte, ertönte wieder, wurde abgestellt. Als sei der Meister sich nicht ganz sicher, war das nun Alarm oder war das keiner.
Ich lauschte. Der ganze Innenhof brüllte im Rhythmus, es lief mir kribbelnd über den Rücken. Mal war es kalt, mal heiß, und ich hatte das Gefühl, sofort abheben zu können, zu fliegen. Ich hätte gleichzeitig weinen und lachen mögen.
»Egon, hörst du das? Hörst du das?!«
»Klar, Alter!« Er brüllte wieder mit.
Der Rhythmus wurde schneller, immer schneller, dazu wurde im Takt gegen die Gitterstäbe geklopft, dann war er so schnell, daß alle durcheinanderschrien. Gegenstände flogen in den Hof.
»Komm.« Ich winkte Egon heran.
Wir setzten uns neben die Luke. Der Lärm nahm ab.
»Wenn ich das richtig sehe, dann wird Weimar wohl bald wieder angeschlabbert kommen«, sagte Egon.
»So schnell geht das nicht mit dem Senator. Hör mal.« Wir legten die Ohren auf den Deckel und hörten vertraute Geräusche. Egon grinste und setzte sich an seinen Platz. Die Luke ging mit einem empörten Schwung nach oben auf.
»Herr Holberg, so geht das nicht«, sagte Weimar mit

beherrschter Stimme, »ich habe Ihnen gesagt, ich werde versuchen, noch einmal mit dem Herrn Senator zu reden. Und ich bin noch nicht aus dem Haus, und Sie zetteln diese Schreierei an, am hellichten Tag!«
»Ich hab nichts angezettelt! Jeder schreit für sich allein!«
»Das habe ich gehört. Sie müssen mir wenigstens etwas Zeit einräumen und das Ergebnis abwarten. Ich versuche ja schon mein möglichstes. Also.« Er griff den Deckel, tauchte weg und ließ ihn runterbumsen.
»Meinst du, der Senator kommt aufs Dach?« fragte Egon. Ich zuckte die Schultern.
»Na, da bin ich gespannt. Der rennt doch immer mit seinen Beratern und Mitarbeitern durch die Gegend.« Er sah in die Runde. »Platz haben wir ja.«
»Wenn er kommt, dann wird er sicher wie Weimar auf der Leiter stehen. Und statt der Meister hält Weimar unten fest.«
»Was, meinst du, wird er sagen?«
»Weiß ich nicht. Vielleicht ist er ja ganz locker. ›Gott zum Gruß, Herr Holberg, auch Ihnen, Herr Schermer, hinter der Luke.‹ Oder so. Auf jeden Fall wird er freundlich sein.«
Im Haus herrschte wieder Ruhe.

Vom Hof her tönte das Quietschen der Hofkalfaktorkarre. Auftakt zur Hofsäuberung. Der Kalfaktor hieß Alwin Gallusch. Das ganze Haus kannte ihn aber nur unter dem Namen »Gulasch-Alli«.
Er ölte die Karre nie. Obwohl er Öl hatte und ihm immer wieder Schläge angedroht wurden. Obwohl ihm schon mancher Plastikbeutel Wasser auf den Kopf gefallen war. Pünktlich morgens um sechs quietschte Gulasch-Alli mit seiner Karre über den Hof. Eine halbe Stunde vorm Wecken. Das Quietschen war so durchdringend, daß es

fast weh tat. Einmal hatte ihm jemand echte Scheiße auf den Kopf fallen lassen. Alli hatte die Karre hingestellt und sich mit dem Finger die Kacke abgewischt. Ganz gründlich. Dann war er weitergefahren. Tags drauf war Freitag, da wurde ohnehin geduscht.

Er war nicht nachtragend. Er verrichtete nur seinen Dienst. Wenn jemand im Haus keinen Tabak mehr hatte, bei Gulasch-Alli konnte man sich auch noch drei Tage vor dem monatlichen Einkauf was leihen. Oder Kaffee. Und jeder zahlte pünktlich an Alli zurück. Auch die mit den breiten Schultern. Gulasch-Alli war ein kleiner, gebeugter Mann, mit langen Armen. Als ich ihn das erste Mal sah, mußte ich an den Glöckner von Notre-Dame denken. Alli konnte auch aufrecht gehen, das tat er jedoch selten.

Der Kalfaktor der Station, auf der Gulasch-Alli lag, besuchte ihn öfter. Der hatte mal ausgerechnet, daß Alli mit seiner Karre kurz vor der Fünfzigtausendkilometermarke lag, bei einem Tagesdurchschnitt von acht Kilometern. Das Wochenende mit einbezogen. Und Gulasch-Alli hatte von ihm eine Urkunde bekommen, für fünfzigtausend Kilometer unfallfrei. Zumindest was die Karre betraf. Alli hatte sich mit einer Portion Geschnetzeltem bedankt.

Alli war nicht nur für den Hof, sondern auch für die Hunde verantwortlich, das hieß, er schnitt für sie das Fressen klein, das der Hundemeister dann servierte. Der Hundemeister hatte sich von Anfang an um Alli gekümmert. Beide waren sie schon gleich lange in der Anstalt. Es war ein väterliches Verhältnis. Auch die anderen Meister behandelten Alli nett, als sei er einer der ihren.

Früher hatte Alli mal zwei kleine Kinder zerhackt. Ganz klein. Die Stücke hatte er an zwei Rottweiler verfüttert. Die hatten sechs Junge. Warum er das gemacht hatte, konnte seinerzeit nicht geklärt werden. Aber verrückt war er nicht. Er war untersucht worden.

Egon hatte das Spruchband mit den Stöcken geholt.
»Jetzt rollen wir das ab und stellen uns vorne an die Dachkante, dann können die von der Straße uns sehen.«
Jeder nahm einen Stock, ich hielt ihn neben mich und ging vorwärts, Egon ging rückwärts. »Mensch, ganz schön lang, was?« hörte ich ihn sagen. Mein Teil war abgerollt. Ich blieb stehen und drehte mich um.
Egon war weg. Das Band lag lang auf dem Dach.
»Egon? Eh, mach jetzt keinen Mist.«
Ich sah mich um, als habe er sich irgendwo versteckt. Doch es gab keinen Platz, an dem er sich hätte verstekken können. So schnell konnte er auch nicht auf das Kirchendach geklettert sein.
Ich sah auf das Spruchband, das weiter hinten über der Dachkante hing...
»Egon! Eeeeegon!« In meinem Kopf beginnt sich alles zu drehen, ich sehe Baumwipfel, einen Himmel, der sich rasend schnell entfernt, und der Schmerz schneidet mitten durch mich hindurch. Ich rieche Erde und Gras. Ich setze einen Fuß vor den anderen, gehe zu der Stelle, an der das Band über die Kante hängt.
Ein Lichtschacht.
Dort, wo die einzelnen Flügel zusammentreffen, ist immer so ein Schacht, etwa fünf mal fünf Meter. An den Wänden sind die Flurfenster, und der Schacht hat eine zwei Steine hohe Abschlußkante. Ich sehe gegenüber Gesichter an einem der Flurfenster, wie sie zu mir herüberstarren, wortlos.
Ich knie mich an die Kante und sehe nach unten. Egon liegt tief unten auf einem Zwischendach. Er liegt auf dem Bauch, die Arme ausgebreitet, ein Bein angezogen. Es

sieht aus, als habe er sich dort zum Sonnen hingelegt, als würde er gleich aufstehen. Ich will rufen, doch ich bekomme keinen Ton heraus, ich sehe nur nach unten.
»Schermer hat 'nen Abflug gemacht«, ruft jemand.
»Ben, was ist los?«
»Schermer ist abgestürzt.« Ein anderer.
»Egon!? Wo?«
»In den Lichtschacht.«
»Mensch, tatsächlich, hast du es gesehen?«
»Nein, aber gehört. Ich hab hier mit dem Rücken zum Fenster gestanden. Das war so, als wenn jemand einen Sack Kohlen in einen Container fallen läßt.«
»Aber ich, ich hab's gesehen!« mischt sich eine helle Stimme ein. »Ich habe gerade rausgeschaut. Plötzlich sehe ich oben seinen Rücken, wie er die Arme hochreißt, und da segelt er schon runter, das ging alles so schnell.«
Ich kann meine Stimme wieder hören. »Eeeeegon! Eeeeegon!« höre ich mich schreien. »So eine verdammte Scheiße! Haut diesen Laden auseinander!«
Stimmen brüllen aus den Fenstern nach draußen. Wieder splittern Scheiben. Ich laufe um den Schacht herum, sehe nach unten und schreie.
»Ben! Bäään! Hier!« Durch ein oberes Flurfenster wird mir ein Bohnerklotz gereicht, mit dem Stiel zuerst. Ich kann ihn fassen. »Wir kommen hoch zu dir, hau die Kuppeln ein, wir kommen hoch!«
Ich laufe mit dem Klotz auf das Dach des Berta-Flügels, hole aus. Das Plexiglas bricht wie dünnes Eis. Ich ziehe den Klotz zurück, hole wieder aus. Diesmal fällt der halbe Rahmen mit nach unten, wo die Männer aufschreien. Einer von ihnen steigt auf das Geländer, das den Gang vor den Zellentüren begrenzt, ich beuge mich in das Loch und kann seine Handgelenke umfassen, ziehe ihn hoch, dann den nächsten, dann helfen die anderen.

Ich nehme alles wie im Taumel war. Als hätte ich eine Flasche reinen Alkohol getrunken.
Jetzt sind wir vierzehn.
»He, da oben, ich auch noch!«
Ein weiterer Mann wird hochgeholt. Es ist Ronny. Wir kennen uns aus dem Erziehungsheim. Er bringt eine Plastiktüte mit.
»Seht mal, was ich mitgebracht habe!« Er zieht zwei Literflaschen Reinigungsbenzin hervor. »Für alle Fälle, ich kenn mich mit so was aus!«
In den Innenhöfen schwappt der Lärm über.
»Ben! Ben! Sie bringen Egon weg!« Ein Teil der Männer umsteht den Schacht, wir laufen zu ihnen. Ein Krankenwagen ist in den Innenhof gefahren, parkt vor dem Zwischendach, auf dem Egon liegt, etwas weiter weg stehen zwei Polizeifahrzeuge. Krankenpfleger sind über eine Leiter auf das Dach gestiegen und versuchen eine Bahre unter den leblos daliegenden Körper zu schieben.
»Ihr Schweine! Ihr Schweine!« schreit einer aus dem Fenster.
»Mensch, halt deine Klappe, die müssen ihn doch da runterholen!«
Zwei Polizisten kommen um die Ecke, weichen zurück, weil sie aus den Fenstern mit Gegenständen beworfen werden.
Jetzt haben sie Egon auf der Trage. Er liegt halb auf der Seite. Sein Gesicht ist voll Blut, an einem Ohr hängt noch das Brillengestell. Einer der Krankenpfleger nimmt es ab. Sie schieben die Trage bis an die Kante. Jetzt kommen die Polizisten heran und helfen. Niemand von ihnen sagt etwas. Sie schieben Egon in den Krankenwagen, der sofort mit Blaulicht losrast.
»Ob er tot ist?« fragt einer.
»Das glaube ich nicht.«

»Was machen wir jetzt?« Sie sehen mich an. Als ob ich weiß, was jetzt zu tun ist. Ich weiß es nicht.
»Wir warten«, sage ich, »wir machen nichts, wir warten.«
»Freiwillig gehe ich hier nicht mehr runter.« Ronny spuckt vom Dach.
»Ich auch nicht.« Ein anderer.
Im Vorderhof haben sich einige Zivilisten versammelt. Ich erkenne Weimar, die Männer der Anstaltsleitung, Sicherheitsinspektor Bäumel. Sein langer, dünner Hals hebt sich aus der Reihe ab. Hinter der Mauer, in den Gärten, auf der Straße, überall stehen plötzlich Leute und starren zu uns herüber. Als würde gleich etwas passieren. Ich gehe zu dem eingeschlagenen Oberlicht und lege mich lang auf das Dach. Die anderen kommen nach.
»Das brennt wie Zunder«, sagt Ronny, betastet die Teerpappe und schaut zum Kirchendach. »Oder das da. Da verteilt sich der Sprit von alleine, wir brauchen ihn nur über den First zu kippen.«
»Hör auf«, sage ich, »hör auf damit.«
»Ist ja schon gut. Hab doch nur für den Notfall gedacht.«
»Wir warten. Wer will wieder runter?« Ich sehe in die Runde. »Keiner?«
Niemand antwortet.
»Ben, da unten steht einer auf dem Flur, der will was.«
Ich sehe über die Kante. Auf dem Zellengang steht ein Meister, ein Hauptmeister, ich sehe es an den drei Sternen auf den Schulterklappen. Ich kenne ihn. Er heißt Mellert. Es ist zwölf Jahre beim Bund gewesen. Als UvD. Das erzählt er allen. Und daß es beim Bund nicht rosig ist. Da haben wir es doch gut dagegen, wir haben wenigstens unsere Ruhe. Und der Fraß erst, den so ein Soldat essen muß. Mellert macht es immer auf die Kumpeltour. Viele finden das gut. Ich nicht.

»Hallo, Holberg«, sagt Mellert und macht einen kleinen Schritt weiter unter die Öffnung, »ich bin's, Mellert.« Er schweigt. Ich auch.
»Ich will mal mit Ihnen reden, so von Mann zu Mann.«
»Er nun wieder!« Die Männer, die mithören, lachen.
»Ich meine, Sie sind doch ein kluges Kerlchen. Wie soll das denn nun weitergehen?« sagt Mellert unbeirrt.
»Was willst du eigentlich, du Schraubenarschloch?« Ronny spuckt runter, Mellert springt zurück. Die Männer wiehern. Ich drehe mich wieder um und gucke in den Himmel.
»Hol dir 'ne Erlaubnis, damit du auch hier hoch darfst.«
»Hau ab, du Schmalspurschließer!«
»Zieh Leine, du Beutelkopf.«
Sie hauen den Rest des Kuppelrahmens heraus, der nach unten fällt. Ich gehe an die Vorderseite. In den Gärten stehen jetzt viele Menschen. Vor dem Haupteingang parkt eine ganze Herde Polizeiautos, ein Trupp Bullen mit weißen Helmen und Visier steht geschlossen im Vorderhof. Ein Feuerwehrmann sitzt auf einer Treppenstufe und ißt sein Butterbrot. Es sieht alles so seltsam aus, so unwirklich.
»Ist da jemand über mir? Hallo!«
Ich lege mich auf den Bauch und schaue über die Kante, sehe einen Mann in der Fensteröffnung.
»Eben kam das durch die Nachrichten«, sagt er, »bei einer Dachbegehung ist in der Konrad-Adenauer-Anstalt ein Mann abgestürzt und schwer verletzt worden. Aber er ist außer Lebensgefahr. Die Ärzte meinen, sie kriegen das wieder hin. Und daß eine Revolte ausgebrochen ist hier.«
»Danke«, sage ich, »wenn du wieder was hörst, dann sag Bescheid.«
»In Ordnung, mache ich.«

Unten kommt ein Mann aus dem Haus. Es ist Weimar. Er geht ein Stück auf den Rasen, dreht sich um und legt eine Hand über die Augen, schaut zu mir hoch.
»Herr Holberg?«
Ich rühre mich nicht, sehe nur runter.
»Herr Holberg, hören Sie mich? Können Sie mich hören? Ich möchte zu Ihnen hochkommen, wenn Sie damit einverstanden sind. Wenn Sie damit einverstanden sind, dann geben Sie ein Zeichen.«
Ich hebe eine Hand und lasse sie wieder fallen. Weimar geht ins Haus.
»Ist das der Weimar aus dem Amt?«
»Ja. Er war schon ein paarmal hier. Er wollte uns überreden, wieder nach unten zu kommen, aber wir haben uns auf nichts eingelassen.«
»Hätte ich auch nicht. Die linken einen sowieso. Erst versprechen sie einem das Blaue vom Himmel, und dann gibt es nur Halbdunkel im Arrest.«
Zwei Zivilisten kommen, gehen zur Vorderpforte, wobei sie sich nach uns umsehen. Ich gehe zur Dachluke, setze mich hin, mit mir Ronny und ein paar der Männer. Die anderen patrouillieren über die Dächer.

Im Heim hatte Ronny in der nahe gelegenen Heil- und Pflegeanstalt auf dem Feld gearbeitet. Er war dort einige Monate zur Beobachtung gewesen. Ein Pfleger mochte ihn nicht besonders und hatte ihn immer wie einen Schwerkranken behandelt. Obwohl er sich gar nicht krank fühlte, der Ronny. Eines Tages hatte er dem Pfleger, vorne rechts unten, zwei Schneidezähne eingeschlagen. Da waren alle Pfleger über ihn hergefallen, hatten ihn zusammengeschlagen. Ronny konnte drei Tage nicht richtig gehen, weil er nicht richtig sehen konnte. Am vierten Tag ging er wieder mit aufs Feld. Zur Mittagszeit

setzten die Pfleger sich immer in die große Scheune der Anstalt. Wegen des Schattens. Sie stand mitten auf dem Feld. Die Kolonne der Landeskranken saß draußen. Die Scheune war ringsherum mit Strohballen bis an die Decke vollgepackt, in der Mitte standen Ackergeräte. Es gab zwei Ausgänge, von denen immer nur einer geöffnet wurde. Der andere war zugepackt und mit einem Vorhängeschloß gesichert, von außen. Das Essen wurde in der Scheune ausgegeben. Jeder ging mit seinem Napf hinein, bekam seine Portion und ging wieder nach draußen. Nachdem jeder sein Essen hatte, klappte Ronny das große Tor zu und legte den Sperrbalken in die Halterung. Die Pfleger drinnen kriegten einen richtigen Tobsuchtsanfall und schlugen gegen das Tor, wo Ronny einen Reservekanister voller Benzin ausleerte und ein Streichholz entzündete. Die Gruppe der Landeskranken hatte sich etwas weggesetzt, aß und schaute zu, wie innerhalb weniger Minuten alles brannte. Als die Feuerwehr kam, schlugen die Flammen schon aus dem Dach.
Die Pfleger hatten sich unter eine Plane gerettet und kamen herausgetorkelt. Sie konnten nicht richtig gehen, weil sie nicht richtig sehen konnten. Ronny wurde festgenommen und brauchte in Zukunft nicht mehr zur Feldarbeit. Er wurde in einer anderen Stadt drei Jahre für Tüten eingeteilt.
Da war er sechzehn.
»Der Weimar kommt hoch, hast du das eben mitgekriegt?«
»Der aus dem Amt?«
»Ja. Er will mit Ben reden.«
»Paß gut auf, Ben, daß er dich nicht linkt. Die aus dem Amt sind nämlich schuld an diesem Vollzug, die ordnen an und sind weit ab vom Schuß. Die brauchen nie was auszubaden.«

»Ja, ich passe auf.« Ich rauchte. Was er jetzt wohl hatte, der Weimar. Hier oben waren fünfzehn Männer. Fast das ganze Haus ging nicht zur Arbeit. Jetzt würde etwas passieren.
»Ben, meinst du, der kommt wirklich?«
»Ja. Er steht immer in der Luke hier, auf einer Leiter. Und ich rede mit ihm.«
Jetzt kamen sie unten in den Raum.
»Ich kann sie hören«, flüsterte einer.
»Ja, ich auch. Sei still ...«
Alle lauschten, wie die Luke von unten aufgeschlossen wurde, schauten zu, wie sie langsam hochging. Weimars Gesicht tauchte auf, er stellte den Deckel nach hinten. Er sah aus, als habe er lange nicht geschlafen.
»Da bin ich«, er stockte, »eigentlich wollte ich ja mit Ihnen reden.« Dabei betonte er »Ihnen«.
»Wir hören nur zu«, sagte Ronny.
Weimar sah mich fragend an.
»Ja, alle hier oben hören zu«, sagte ich, »damit nichts verdreht werden kann. Wir sind ein Gefangenenrat, ein provisorischer. Ich bin der Sprecher, vorläufig.«
»Gut, wie Sie meinen.« Weimar machte eine kleine Pause. »Also, der Herr Senator wird kommen«, fuhr er fort, »die Vorfälle der jüngsten Vergangenheit veranlassen ihn, nun doch selbst zu kommen ...«
»Ja, ja, Leichen und Knochenbrüche bringen Bewegung in die Behörde, sonst nichts!«
»Halt doch den Mund«, sagte jemand.
»... deshalb möchte ich Sie bitten, sich im Besuchszimmer der Verwaltung einzufinden ...« Der Rest ging im Gelächter der Männer unter.
»Im Besuchszimmer! Habt ihr das gehört?«
»Ja, da gibt's Besuch ohne Aufsicht, und jeder darf mal den Senator knutschen.«

»Mensch, du bist wohl schwul, was!?«
»Du vielleicht, ich hab doch nichts von Schwanzknutschen gesagt, oder?«
Dann war wieder Ruhe.
Weimar sah mich an.
Ich schüttelte den Kopf. »Sie hören es ja, anscheinend ist an Ihrem Vorschlag was nicht in Ordnung.«
»Herr Holberg«, sagte Weimar mit mühsam unterdrückter Stimme, »Herr Holberg, seien Sie doch vernünftig.«
»Hören Sie auf mit Ihrer Vernunft«, mischte Ronny sich ein, »wenn der Senator hier nicht antanzt, dann kann er mal ein vernünftiges Feuer sehen.« Ronny schwenkte eine Spritflasche.
»Aber, das geht doch nicht. So geht das doch nicht...«
Weimar blickte in die Runde.
»Was sehen Sie mich an«, sagte ich, »ich bin hier nicht der Vormund.«
»Aber Sie sind Gefangenensprecher, Herr Holberg, als solcher tragen Sie eine Mitverantwortung«, erwiderte Weimar fest, »so wie ich eine Mitverantwortung habe für das, was im Haus passiert, im Vollzug.«
»Gut. Hier passiert nichts. Der Senator soll kommen.«
»Er soll kommen.«
»Klar, der Senator soll kommen.«
»Wann läßt der sich schon mal blicken.«
Die Stimmen schwirrten durcheinander, dann sang einer im Takt: »Der Senator soll kommen, der Senator soll kommen!« Die anderen fielen mit ein. »Der Senator soll kommen!« Einen Augenblick wurde gesungen, dann herrschte wieder Ruhe.
Weimar blickte betreten. »Vielleicht gäbe es ja noch eine andere Lösung. Ich meine, Sie und noch ein paar andere von Ihnen kommen mit nach unten, während der Rest hier oben wartet, gewissermaßen als Sicherheit.«

»Kannst du ruhig machen, Ben«, tönte Ronny, »wenn du in einer Stunde nicht wieder oben bist, dann fackeln wir das Dach ab, dann ist es sowieso egal.«
»Ich denke, Sie besprechen sich untereinander, und ich komme in einer halben Stunde wieder.« Ohne ein weiteres Wort zog Weimar die Klappe zu.
»Das können wir machen«, sagte einer der Männer. Er hieß Karl. Ich kannte ihn nur flüchtig. Karl war als einer bekannt, der nie die Ruhe verlor. Wenn zum Beispiel der monatliche Einkauf um zwei Tage verschoben werden mußte, weil der Kaufmann vorübergehend festgenommen worden war, wenn es deshalb einen Riesenkrach im Haus gab, dann sagte Karl, daß zwei Tage schnell vorbeigingen. Er hatte immer Tabakreserven und half aus, wenn man ihn fragte.
»Er hat recht, Ben, dir kann nichts passieren.« Das war Willi. »Ronny hat doch den Sprit.«
»Und ob ich den habe.«
Von unten waren starke Motorengeräusche zu hören, wir liefen an die Dachkante. In den Vorderhof kamen zwei große Feuerwehrautos gefahren. Aus jedem stiegen etwa sechs Feuerwehrmänner und gingen ins Haus.
»Nun sieh dir das an. Was wollen die denn?«
»Die sind vorbeugend da. Falls es brennt.«
»Aber hier brennt doch noch gar nichts.«
»Vielleicht wollen die uns über die Leitern runterholen!«
»Ach, Quatsch. Ben, was sollen mir machen?«
»Nichts. Wir warten. Eben war Weimar hier und hat gesehen, daß wir Sprit haben. Er glaubt es zumindest. Das mußte er unten sagen, sonst käme er in Teufels Küche. Wenn das Dach brennt und sich dann später herausstellt, daß er davon wußte, aber nichts gesagt hat, dann ist sein Stuhl weg. Die Anstaltsleitung hat mit Sicherheit die Feuerwehr angerufen und gesagt, hier oben

sind ganz gefährliche Leute mit 'ner Zapfsäule. Nun warten sie, das ist alles.«

Wir standen eine Weile herum und sahen, was sich unten im Hof abspielte.

»Mensch, das ist ja langweilig auf die Dauer. Nur hier stehen«, sagte einer nörgelig.

»Finde ich auch. Wir spielen was, wir spielen Blindekuh. Ich gebe mein Halstuch.« Ronny sah sich um. Niemand hatte Lust zu spielen. »Oh, Mann, ist das ein lahmer Verein!«

»Ich gehe wieder an die Luke«, sagte ich, »verteilt euch ein bißchen auf dem Dach, damit sie nicht von irgendeiner Seite raufsteigen.«

Vielleicht ist die Feuerwehr doch nicht vorbeugend da, dachte ich, Weimar ist erst ein paar Minuten weg, so schnell kann die Feuerwehr nicht sein ... Ich sah, wie die Männer hier und da den Leuten hinter der Mauer zuwinkten ... vielleicht planen sie was mit der Feuerwehr, und über die Leitern kommen die Bullen. Möchte wissen, wer von denen dann runterspringt. Ronny, der macht das. Der prügelt sich erst noch, und dann geht's ab. Aber die anderen? Vielleicht bin ich auch der einzige. Das macht dann auch nichts mehr. Ich stelle mir einfach vor, sie springen alle hinterher, alle nacheinander. Dann springt es sich sicher leichter. Weimar sagt, nun kommt er wirklich, der Senator ...

»Der Egon ist außer Lebensgefahr«, sagte einer im Vorbeigehen.

Außer Lebensgefahr ... Wenn er nun einen Rollstuhl braucht, dann liegt er immer auf Berta eins, da ist keine Stufe zum Hof. Wenn hier alles drunter und drüber geht, dann geht der Senator auch – welcher Senator geht schon gerne? – in die Höhle des Löwen. Mein Gott, wird man sagen, so ein mutiger Senator. Vielleicht ist Egon ja

blind? Weil er Brillensplitter in die Augen gekriegt hat. Und jetzt kommt er, der Senator, und wenn der das schafft, daß sich hier alles beruhigt, daß wieder Ordnung herrscht, dann hat jeder schon immer gesagt, daß der Senator genau der richtige Mann für diesen Posten ist. Seinen Sekretär wird er sicher mitbringen und der Sekretär sein Köfferchen. In dem sind vielleicht die Zugeständnisse, die der Senator braucht, um der richtige Mann zu bleiben. Unter der Dachluke waren Geräusche zu hören. Ich winkte den anderen.
Weimar tauchte auf.
»So, da bin ich wieder.« Er schnaufte etwas. »Der Senator, der Herr Senator ist im Haus, er läßt Sie bitten, vom Dach zu kommen.«
»Nein.«
»Nein? Wie nein?«
Ich hatte auf einmal Angst, daß alles nur ein Bluff war. Wer weiß, ob die anderen wirklich durchhalten? Und ich kann nicht mal mehr runterspringen, und alles ist wieder, wie es war, nein, schlimmer.
»Herr Holberg, ich gebe Ihnen mein Wort, daß weder von seiten der Anstaltsleitung noch von der Polizei irgend etwas unternommen wird.«
»Gut, ich komme. Die Hälfte der Leute kommt mit. Aber nicht ins Besucherzimmer, das ist zu klein, da passen nicht genug rein.«
»Wenn Sie meinen«, sagte Weimar und überlegte kurz, »meinetwegen können wir auch ins Konferenzzimmer der Anstaltsleitung gehen. Das ist groß genug.«
»Gut, das Konferenzzimmer. Aber vorher möchte ich, daß Gefangene in das Zimmer gebracht werden, mindestens zwanzig bis dreißig Gefangene. Damit genug Zeugen da sind.«
»Das ist 'ne gute Idee.«

»Ja, so schaffen wir es.«
»Aber, aber...« Weimar leckte sich über die Lippen. »Aber stellen Sie sich das doch mal vor...«
»Tu ich ja. Wenn Sie jeden zwanzigsten rausschließen, dann haben Sie zwanzig Mann. Bei soviel Polizei und Meisterei sind dadurch doch wohl Sicherheit und Ordnung nicht gefährdet, finden Sie nicht?«
Weimar erwiderte nichts, sah sich immer wieder im Halbkreis um und blickte nach unten auf seine Schuhe, als sei da etwas nicht in Ordnung.
»Gut«, sagte er dann, »ich werde die Angelegenheit vortragen.« Er nickte knapp und tauchte weg.
Wir standen um den Deckel herum. Keiner sagte was. Ich blickte alle der Reihe nach an, aber niemand sah mir direkt in die Augen. Die Unsicherheit war förmlich zum Greifen.
»Warum stehen wir jetzt hier?«
»Mensch, warum wohl. Er kommt gleich wieder. Aber wir sollten einen kleinen Kontrollgang machen.«
»Ob sie andere rausschließen?« fragte Karl.
»Ich glaube schon. So wird der Senator nicht wieder wegfahren.«
»Du meinst nicht, daß sie bluffen?«
»Ach, hör mir auf mit Bluffen«, mischte Ronny sich ein, »wenn ihr runtergeht, dann setze ich mich aufs Kirchendach, und da bleibe ich!«
»Klar, das brennt dann«, sagte Karl, »aber das ist auch alles. Wir dürfen jetzt nicht die Nerven verlieren.«
Schweigen.
Dann riefen zwei Männer, die an der Innenkante des D-Flügels standen: »Die lassen tatsächlich welche von uns raus!«
»Im Ernst?«
»Ja. He, Fredi, was ist los?«

»Weiß nicht«, antwortete einer am Fenster, »sie holen welche raus. Moment mal, jetzt sind sie an meiner Tür.« Fredi verschwand vom Fenster, wir standen jetzt ebenfalls an der Kante, dann war er kurz wieder da und brüllte: »Unten ist eine Besprechung, und ich bin eingeladen!« Und war wieder weg.
Ich lachte. Karl auch.
Die beiden anderen und die, die jetzt hinzukamen, auch. Alle lachten.
Ich lief zur anderen Seite hinüber und konnte unten die Fenster des Konferenzzimmers sehen. Die Flügel waren offen, ich sah braune Gefangenenkleidung. Wir versammelten uns an der Luke.
»Also, Ronny bleibt oben«, sagte ich, »Willi, und du, und du, und du, ihr kommt mit runter, und du, Karl.« Karl würde auf jeden Fall die Nerven behalten.
»Ihr anderen bleibt hier und wartet. Wir sechs sind jetzt ein Gefangenenrat, und wir sind ohne Gegenstimme von euch gewählt worden, genau in diesem Augenblick.« Ich reckte den Hals und sah mich um. »Oder gibt es eine Gegenstimme?« Es gab keine. »Gut, jetzt sind wir ein provisorischer Rat.«
»Was sind wir denn nun, ein Provisionsrat oder ein Gefangenenrat?« Alle lachten. Lachen entspannt.
»Mensch, du Plattfisch, wir sind ein vorläufiger Rat, einer, der alles vorbereitet, und dann muß das ganze Haus einen wählen.«
»Aber hier oben auf dem Dach!«
»Wir können uns aufstellen lassen und bestätigt werden oder auch nicht. Aber jetzt gibt es Wichtigeres. Wir müssen einen Sprecher wählen, und das bin ich.«
Niemand erwiderte was.
Ich sah die fünf an. »Was ist?«
»Was, was ist?«

»Wählt mich! Wenn schon, dann wollen wir das auch alles ganz demokratisch machen. Und wir können da unten nicht alle durcheinanderreden.«
»Mensch, das ist doch klar. Was soll das denn.«
»Gut. Damit bin ich vom Rat einstimmig als Sprecher gewählt worden. Ich schlage vor, daß der Rat nach unten geht, und die anderen bleiben hier oben.«
»Das hatten wir doch eben schon.«
»Quatsch nicht dauernd dazwischen. Jetzt ist das offiziell. Ronny, du bist für den Sprit verantwortlich.«
»Geht in Ordnung. Ich bin auf dem Dach«, er zeigte mit dem Daumen über die Schulter, »und da komm ich erst herunter, wenn du hier oben wieder auftauchst. Wie lange dauert das denn wohl?«
»Weiß ich nicht. Sagen wir mal zwei Stunden. Wenn wir dann nicht wieder zurück sind, dann haben sie uns plattgemacht. Ihr müßt dann selbst wissen, was ihr macht. Auf jeden Fall aber oben bleiben. Nur so haben wir eine Chance...«
»Sei mal still.« Willi stieß mich an.
Wir hörten es alle. Sie waren wieder unter der Luke. Wir sechs standen zwei Schritte vor der Klappe, die jetzt hochging. Die anderen hielten sich im Hintergrund.
Weimar kniff die Augen zu, öffnete sie und blinzelte uns an. Ich sah ihn an, dann uns. In Reihe und Glied. So ein Blödsinn.
»Wo sind die anderen?« fragte er.
Ich überhörte das.
»Herr Dr. Weimar, wir sind der erste provisorische Gefangenenrat der Konrad-Adenauer-Anstalt, dessen Sprecher ich bin«, sagte ich knapp.
»Ja, ja, kommen Sie, von mir aus, dann kommen Sie wohl alle mit nach unten?«
»Ja.«

»Ich soll Ihnen noch vom Herrn Senator bestellen, daß Sie keinerlei Sanktionen zu befürchten haben. Aber kommen Sie endlich, da unten sind mittlerweile hundert Insassen versammelt...«
»Hundert? Wieso hundert?«
»Wieso hundert?« Er versuchte meinen Tonfall nachzumachen. »Der Senator hat gesagt, wenn schon, denn schon. Kommen Sie.« Er stieg nach unten.
»Wer geht zuerst?«
»Wer? Der Sprecher geht immer zuerst.«
Ich sagte nichts und stieg in die Lukenöffnung, auf die Leiter und schaute noch bis zum Bauch raus. Weimar mußte immer auf der dritten Stufe von oben gestanden haben. Unten standen zwei Meister und drei, vier Zivilisten. Ich wartete, bis alle unten waren.
Wir folgten Weimar auf den oberen Zellenflur, hinter uns die Zivilisten. Ich roch das Haus, dieses Schweißbohnerwachsseifesagrotanrauchgemisch, und fröstelte. Alle zehn Schritte stand ein Meister mit meisterlich ernstem Gesicht an der Wand.
Karl ging einen halben Schritt vor mir. Plötzlich faßte er die Krawatte des Meisters, an dem wir gerade vorbeigingen, und zog sie mit einem Ruck nach unten. Es war eine Krawatte, die von einem Gummiband gehalten wurde, das immer länger wurde.
Der Meister ging mit dem Kopf nach vorn, weil er nicht wollte, daß ihm das Gummiband riß, aber er machte nichts, er hatte die Hände in der Hose, jetzt war sein Gesicht dicht vor Karls. Und zuckte, weil Karl reinspuckte. Der Meister rührte sich nicht. Ich wußte, daß er Frietlich hieß und total ausflippte, wenn ihm einer aus dem Fenster »Nietlich« hinterherrief. Die Spucke war schleimig fest, mit hellen, streifigen Fäden, lief von der Stirn über den einen Nasenflügel, der Meister hielt den

Kopf etwas schief, an der Nasenspitze war der Tropfen immer noch so groß, daß es aussah, als würde dem Meister der Hals aus der Nase gepumpt.
»Dir wollte ich immer schon mal in die Schnauze rotzen«, sagte Karl erregt und ließ los.
»Klack«, machte der Schlips.
Das alles war sehr schnell gegangen, ich hatte es wie im Zeitlupentempo gesehen. Der Karl, dachte ich, mein Gott, der Karl, und sah die Reihe der Meister, wenn das jetzt so weitergeht, dann vermasselt er die ganze Tour.
»Hör auf!« Ich schob ihn weiter. Weimar, ein paar Schritte voraus, war stehengeblieben. »Nun kommen Sie doch, so was hält jetzt nur auf.«
Was habe ich damit zu tun? dachte ich.
»Der mochte Sie wohl nicht besonders«, hörte ich weiter hinten einen der Zivilisten.
»Sag mal, was ist denn mit dir los?« Ich war jetzt auf gleicher Höhe mit Karl. »Wenn du noch so ein Ding abziehst, dann gehst du zurück aufs Dach!«
»Einmal ist keinmal«, erwiderte Karl leise.
»Das sagst du. Wir haben noch vier Etagen, bis wir unten sind...!«
»Wirklich nur das eine Mal.«
Auf der Zentrale, auf dem Weg in die Verwaltung gingen wir durch ein Spalier von Meistern, dann durch eins von Gefangenen. Wir waren im Konferenzzimmer.
An der gegenüberliegenden Raumseite war ein Tisch aufgestellt. In der Mitte saß der Senator, rechts neben ihm ein Zivilist, dann ein leerer Stuhl, auf der anderen Seite von ihm sechs leere Stühle.
Wir gingen durch die Gasse der Gefangenen, quer durch den Raum, zu dem Tisch. Niemand sagte ein Wort. Es roch nach Schweiß und Rauch. Weimar nahm neben dem Zivilisten Platz.

»Ah, Sie sind sicher Herr Holberg«, sagte der Senator und erhob sich, gab mir die Hand. »Guten Tag.« Er begrüßte auch die anderen mit Handschlag, wir setzten uns. Ich dem Senator gegenüber, dann Karl, dann Willi.
Der Senator kratzte seine Pfeife aus, die er die ganze Zeit in der linken Hand gehalten hatte, holte eine Tabaksdose hervor und stopfte sich eine neue. Es war nicht ein Meister im Raum.
»Meine Herren«, sagte der Senator, und es war mit einem Schlag still im Raum, »meine Herren, ich bin zu Ihnen gekommen, weil es Vorkommnisse gegeben hat, die einer Klärung bedürfen ...«
»Jawohl!«
»Das kann man wohl sagen!«
»Ein Scheißhaus ist das hier!«
»Moment!« Der Senator hob beide Hände hoch, wobei er den Kopf nach vorne senkte. Als wenn er einen Segen austeilen wollte, nein, als wenn er ein Lied anstimmen wollte, die Pfeife als Stimmgabel, doch er hielt sie nicht mit zwei Fingern, sondern wie einen Revolver. »Wir können nicht alle gemeinsam reden, deshalb schlage ich vor, daß Sie aus Ihrer Mitte einen Sprecher wählen, der für Sie redet.«
»Der Sprecher bin ich«, sagte ich in die Stille, »wir haben einen provisorischen Gefangenenrat gewählt, der mich zum Sprecher bestimmt hat, und bevor wir hier über die Vorkommnisse sprechen wollen, und über Vorkommnisse, die in der Vergangenheit passiert sind, müssen wir uns fragen: Wie soll es eine Klärung geben, wenn die Verantwortlichen überhaupt nicht anwesend sind? Wo ist die Anstaltsleitung!?«
»Ja, er hat recht, der Ben!«
»Jawohl!«
»Ein Scheißhaus ist das hier!«

Beifall kam auf.
Ich hob beide Hände, senkte den Kopf nach vorn. Es wirkte... Totenstille.
»Wo ist er denn, der Herr Sicherheitsinspektor Bäumel?« fragte ich in den Raum.
»Ja, wo ist er denn, der Arsch!«
»Bäumel gehört aufs Backblech!«
Die Zwischenrufe schwirrten durcheinander. Ich hob die Hände. Ruhe. Als hätte ich an einem Knopf gedreht. Mein Gott, war das ein Gefühl, es füllte mich bis unter die Nägel aus. »Und wo sind die Leute, die diese Anstaltsleitung decken!?«
Wieder brandete es durch den Raum.
Ich war still, ließ die Hände unten. Mir fiel niemand mehr ein. Der Senator war ja hier.
Der paffte an seiner Pfeife, hatte die Arme verschränkt und sah geradeaus.
»Ich darf also davon ausgehen«, sagte er, nachdem wieder Ruhe herrschte, »daß Sie alle hier«, er nahm die Pfeife und machte mit ihr eine kreisende Bewegung, »daß Sie alle hier mit Herrn Holberg als Sprecher einverstanden sind.«
Beifall.
»Gut.« Er flüsterte kurz mit dem Zivilisten. Der stand auf, und die Männer bildeten eine Gasse, damit er rauskonnte. Im Raum setzte Gemurmel ein.
»Was ist denn nun, ich denk, hier wird geredet?« rief einer.
»Halt doch dein Maul, du Hirni, du kapierst auch gar nichts!«
Weimar folgte dem Zivilisten.
Der Senator wandte sich mir zu. »Dem Herrn Schermer«, sagte er, »dem Herrn Schermer geht es schon wieder etwas besser.«

»Ja.« Ich nickte. Sonst wußte ich nichts dazu zu sagen. An der Tür entstand Unruhe, wieder teilten sich die Männer, Anstaltsleiter Schildpad kam, blieb stehen, sah sich um, hinter ihm Vollzugsleiter Schlock. Er hatte ein Gesicht wie ein trauriges Pferd. Dahinter Weimar. Von Zeit zu Zeit lächelte er unverbindlich nach links und rechts. Dann der Senatorenzivilist, der hoch über dem Kopf drei Stühle trug.
»He, Alter, klatsch mal in die Hände.«
Alle lachten. Auch der Senator schmunzelte.
»Guck mal, so sieht 'n Stuhlgang aus.«
»Hahaha.«
Nachdem alle Platz gefunden hatten, um den Tisch herum, bat der Senator um Ruhe.
»Ich habe die Verantwortlichen, die zur Zeit im Haus sind, gebeten, an dieser Besprechung teilzunehmen, da es ja um eine gemeinsame Lösung geht.«
»Hoffentlich!« rief jemand.
»Ruhe, bitte«, sagte der Senator. »Sie haben Herrn Holberg als Sprecher bestimmt, sollte jemand von Ihnen einen Vorschlag einbringen wollen, so bitte ich um ein Handzeichen. Bitte, Herr Holberg.« Er machte eine einladende Geste.
Mir war, als könnte ich gar nicht reden, jetzt, als würde meine Stimme loszittern ... Ich wartete. Es wurde immer stiller im Raum. Fast alle rauchten, die Schwaden lagen über den Köpfen, verteilten sich wie die Falten eines Seidentuches.
Wie der Teppich wohl anschließend aussieht, dachte ich.
»Wir haben ein Kurzzeitprogramm entworfen«, sagte ich langsam in die Stille, meine Stimme klang ganz normal, »ein mittelfristiges und ein langfristiges Programm. Ich trage diese Sachen aus dem Gedächtnis vor, der Gefangenenrat wird das schriftlich nachreichen.«

»Gut«, der Senator nickte, »machen Sie bitte ein Protokoll!« Er drehte sich dem Zivilisten zu.
»Ich«, Weimar hob den Finger, »ich habe einen Block mitgebracht.«
»Sehr gut, na, Herr Holberg, dann schießen Sie mal los.«
»Erster Punkt des Kurzzeitprogramms ist das Radiohören. Uns ist nicht erlaubt, UKW-Sender zu hören, weil die Anstaltsleitung sagt, aus dem UKW-Teil des Radios könne ein Sender gebaut werden und mit diesem Sender könne man draußen Fluchthelfer verständigen. Obwohl der Anstaltsleitung bekannt ist, daß schon einige Male richtige Sprechfunkgeräte eingeschleust worden sind ...« Ich machte eine Pause.
Beifall.
Der Senator tuschelte kurz mit Weimar, dann mit der Anstaltsleitung, er nickte und hob die Hände, senkte den Kopf etwas ab. »Meine Herren, ich teile Ihnen mit, daß Sie ab sofort, rückwirkend zum Ersten des Monats, UKW-Geräte kaufen dürfen.«
Beifall.
Rückwirkend, dachte ich, was für ein Blödsinn. Heute haben wir den Fünfundzwanzigsten. »Punkt zwei«, fuhr ich fort, »betrifft die Ablösung der Anstaltsleitung ...« Ich konnte nicht weiterreden, weil alles Beifall klatschte.
Schildpads Hals sackte ein wenig in den Kragen.
»Das ist hier nicht die Konrad-Adenauer-Anstalt, sondern ›Konrads Zierde‹, auch KZ genannt!« brüllte jemand.
Alles lachte.
»Moment ... Moment«, der Senator hob wieder beide Hände, »diesen Punkt muß ich ausklammern. Wir können hier keine Personalentscheidungen treffen, bitte haben Sie dafür Verständnis.«

»Außerdem wäre das ein langfristiger Punkt«, fügte Weimar hinzu.
»Wie bitte?« Der Senator sah in fragend an.
»Personelle Veränderungen bedürfen einer gründlichen Prüfung«, antwortete Weimar und beugte sich vor.
»Ja, da haben Sie natürlich recht«, erwiderte der Senator etwas abwesend. Jetzt war ich wieder dran.
»Punkt drei ist die schlechte Verpflegung. Obwohl der Anstaltsleitung bekannt ist, daß in der Küche geschoben wird wie auf einem Rangierbahnhof, obwohl das Essen dadurch miserabel geworden ist...«
»Sauschlecht ist es geworden!«
»Schweinefraß!«
»Red doch endlich mal von Scheiße und nicht dauernd von Essen!« schrie einer aus den hinteren Reihen.
»... obwohl es schon monatelang zum Schweinefraß geworden ist, hat die Anstaltsleitung bisher nichts unternommen.«
Schildpad guckte, die Augen hinter der Brille weit auf, erstaunt umher.
Alle johlten.
Der Senator redete leise mit Weimar, mit der Anstaltsleitung, dann mit dem Zivilisten, der sich gerade hinsetzte. Er zog an seiner Pfeife. »Meine Herren«, er benutzte ein Rauchzeichen als Komma, »gleich morgen wird eine Unterredung mit dem Wirtschaftsinspektor stattfinden, mit dem Ziel einer sofortigen Änderung der Verpflegungspraktiken. Wie die Anstaltsleitung soeben mitgeteilt hat, gibt es bereits heute abend Zusatzverpflegung.«
Er wurde von Beifall unterbrochen. Die Anstaltsleitung teilt mit, dachte ich mißmutig, dabei hat er Schildpad was gesagt, und der hat genickt, und jetzt brüllen alle Beifall. »Wie wir den letzten Informationen aus der Konrad-Adenauer-Anstalt entnehmen können, sind die Un-

ruhen mit zweiundsechzig Kilo Kalbsleberwurst beigelegt worden.« Das war für jeden ein Viertelpfund, wenn vier Leute auf ihre Ration verzichteten. Da fing sie an, die Vergiftung. Jetzt war ich wieder mit dem Händehochheben an der Reihe. Sofort war Ruhe. Oh, Mann, ist das schön, dachte ich und kostete die Ruhe ein paar Sekunden aus.

»Ein weiterer Punkt ist die öffentliche Wahl eines Gefangenenrates, eines Rates, der die Interessen der Insassen gegenüber der Anstaltsleitung vertritt.«

Tosender Beifall.

»Der Rat... dieser Rat soll ein Mitspracherecht haben«, fuhr ich lauter werdend fort, »wenn es um Belange geht, welche die Allgemeinheit betreffen. So zum Beispiel um die Verlängerung der Besuchszeit...«

Beifall, Beifall, Beifall.

Wieder hob ich die Hände, kippte den Kopf. Dieses Gefühl spülte alle Poren frei, es prickelte so lustvoll, als wäre mein ganzer Körper voll von Mineralwasser und die Bläschen flitzten von den Zehen nach oben, dehnten meinen Kopf.

»Punkt fünf...«

»Sechs«, sagte Weimar.

»Sechs?« fragte der Senator. »Ich meine auch fünf.«

»Nein, sechs«, sagte Weimar höflich.

Der Senator hob den Daumen, »wir hatten das Radio«, den Zeigefinger, »den Personalpunkt, Punkt drei die Verpflegung, Punkt vier die Besuchsverlängerung...«

»Nein, das ist Punkt fünf«, wandte Weimar ein, »Punkt vier ist die Mitbestimmung. Wir könnten natürlich, wenn wir die Reihenfolge einhalten, zu Punkt vier den Unterpunkt vier eins nehmen, das wäre dann die Besuchsverlängerung, und wären jetzt bei Punkt fünf.«

»Ach, lassen Sie das.« Der Senator winkte ab, nickte mir

zu. »Punkt sechs also.« Das Gemurmel im Raum verstummte.
»Punkt sechs«, sagte ich, »betrifft den Umschluß nach Feierabend und in der Freizeit überhaupt. Die Insassen sollen sich untereinander besuchen können, für diese Zeit sollen die Türen innerhalb des Hauses aufgeschlossen werden, damit man mit den anderen reden kann.«
»Nur reden?« fiepte eine Stimme.
»Du Sau«, kam es von irgendwo.
»Wie sollen wir lernen, in einer Gemeinschaft zu leben, wenn wir jahrelang isoliert werden ...«
Beifall.
»... wenn wir wie Tiere gehalten werden!«
Tosender Beifall.
Der Senator sah geradeaus und vertrieb eine Rauchwolke nach der anderen aus seiner Pfeife.
»Wir wollen ...«, sagte ich, »wir wollen eine menschenwürdige Behandlung ...«
Beifall.
»Wir wollen eine menschenwürdige Behandlung, damit wir uns wie Menschen benehmen können. Wir wollen, daß jeder Gefangene das Recht bekommt, sich weiterzubilden. Und nicht erst dann ...«, ich zog das »dann« in die Länge, wiederholte es, »... und nicht erst dann, wenn zwei Drittel der Strafe verbüßt sind, sondern sofort!« Schnell und kurz sagte ich »sofort«.
Der Beifall brach erneut los. Voller Entzücken stellte ich fest, wie viele Punkte es noch gab. Jetzt sorgte der Senator wieder für Ruhe. »Ich schlage vor, diese Punkte als Unterpunkte zu vermerken«, sagte er in die Runde, und zu Weimar gewandt, »das würde ja schon in den Arbeitsbereich des Gefangenenrates fallen, oder nicht?«
»Doch, ja, daran habe ich auch gerade gedacht«, erwiderte Weimar. An der Tür entstand Bewegung. Ein Mei-

ster versuchte, sich durch die Masse zu drängeln, blieb aber immer wieder stecken.
»Was gibt es denn?« fragte der Senator unwillig.
Der Meister stellte sich auf die Zehen und reckte den Kopf mit der Mütze in die Höhe. »Auf dem Dach oben gibt es Unruhe, Herr Senator. Der Gefangene Hastenbrook sitzt auf der Kirche und sagt, wenn der Gefangene Holberg nicht in zehn Minuten oben auftaucht, dann muß der Pfarrer seine Predigt in Gummistiefeln halten.«
Alles lachte. Der Senator und sein Stab nicht.
»Hastenbrook ist anscheinend im Besitz einer brennbaren Substanz.«
»Das ist Sprit, hast du davon schon mal was gehört?« fragte jemand.
»Ruhe«, sagte der Senator und wandte sich an mich, »sehen Sie da eine Lösungsmöglichkeit?«
»Ja, ich gehe hoch.«
»Gut. Meine Herren, wir machen an dieser Stelle eine kleine Pause. Ihr Sprecher wird noch einmal nach oben gehen und den dort verbliebenen Leuten einen Situationsbericht geben.«
Ich ging durch die Gasse, wurde von guten Ratschlägen begleitet. Was ich noch sagen sollte, was ich nicht sagen sollte, was jemand gesagt hatte, der überhaupt nichts zu sagen hatte. Als ich auf dem Flur war und die Treppen nach oben hastete, hatte ich alles wieder vergessen. Unter der Luke waren jetzt viele Meister versammelt.
»Moment, wo wollen Sie hin?« Einer versperrte mir den Weg, ging aber sofort zur Seite, als ein Meister vom Flur hinterherkam und sagte: »Laß ihn! Laß ihn!«
Ich stieg die Leiter hoch und kletterte aufs Dach. Ronny saß mit ein paar anderen auf dem Kirchendach. »Heeeh, da ist er. Ben!« Sie kamen die Steigeisen runter. »Was ist los?«

»Alles klar, alles in Ordnung.«
»Was ist in Ordnung?«
»Wir verhandeln mit dem Senator. Die Anstaltsleitung ist auch da. Ab 1.7. können wir UKW-Radios kaufen.«
»Der ist doch schon vorbei ...«
»Ja, aber du kannst immer noch kaufen. Heute abend gibt es Zusatzverpflegung. Wir bilden einen Gefangenenrat ...«
»Haben wir doch!«
»Ja, aber dann gibt es richtige Wahlen. Jetzt ist Pause, weil ich euch das mitteilen soll. Unten ist alles voll, los, komm mit.«
»Mensch, jetzt sind wir gerade mal oben.«
»Ich will wieder runter, ich habe Hunger.«
»Na gut, wenn du meinst.« Ronny warf die Flaschen in hohem Bogen in den Innenhof, wo sie zerplatzten.
»Heeeh, ich glaube, es geht wieder los«, schrie einer aus seinem Fenster. Ich kletterte die Leiter runter, wartete, bis alle da waren. Wir gingen in einer Reihe hintereinander. Kein Meister sagte was. Als wir den Raum betraten, wurde es sofort still. Ich nahm meinen Platz wieder ein, die anderen blieben in der Menge stehen.
»Gut, nachdem wir nun eine kleine Pause gemacht haben und der Rest von Ihnen wohlbehalten unten angekommen ist, machen wir an gleicher Stelle weiter. Ich mache Ihnen den Vorschlag, daß wir heute nur die notwendigsten Punkte kurz anreißen, alles Weitere wäre dann Sache des Gefangenenrates.«
Beifall.
Ich hob die Hände, wartete. Das Gefühl war weg.
»Inzwischen«, sagte ich, »inzwischen sind alle, die oben auf dem Dach waren, wieder unten. Es geht uns nicht um Krawall, es geht uns um berechtigte Forderungen.« Ich wurde immer wieder durch Beifall unterbrochen, paßte

meine Worte dem Rhythmus an, sah aus den Augenwinkeln, wie der Senator sich am Hinterkopf kratzte. »Sie haben gesagt, Herr Senator, daß alle, die auf dem Dach waren, nicht bestraft werden, wenn sie freiwillig wieder herunterkommen. Wir nehmen diesen Punkt mit in das Kurzzeitprogramm, ich bitte Sie, Ihre Aussage hier vor allen noch einmal zu wiederholen.«
Schweigen im Raum.
»Jawohl«, sagte der Senator mit fester Stimme, »niemand wird mit Sanktionen belegt, im Interesse einer guten Zusammenarbeit.« Seine Pfeife war ihm ausgegangen. Er steckte sie wieder an.
Beifälliges Gemurmel, dann wurde geklatscht.
Der Anstaltsleiter wollte dem Senator hinter dem Rükken des Zivilisten etwas sagen, doch der winkte dem Zivilisten ab, der dem Anstaltsleiter sagte, er solle jetzt nichts sagen.

Als ich in meine Zelle eingeschlossen wurde, war es zwölf Uhr nachts. Alle anderen waren schon weggeschlossen.
Der Meister war sehr höflich zu mir, er fragte mich, ob ich noch irgend etwas brauche.
Ich brauchte nichts.
Ich zog den Stuhl unter das Fenster, stellte mich darauf und sah auf den Hof. Morgen früh um sechs würde die Karre von Gulasch-Alli wieder den Tag anquietschen. An den Fenstern redeten die Männer durcheinander, nicht sehr laut. Der Meister hatte gesagt, man habe mir das Essen reingestellt. Ich ging zum Tisch. Heute gab es Milchsuppe, Brot und Margarine. Neben dem Brot lag eingewickelt ein Viertel Leberwurst. Landleberwurst. Ich nahm eine Scheibe Brot, stellte mich wieder ans Fenster und aß. Über den Hof tönte ein Zeitzeichen,

jemand hatte sein Mittelwellenradio ans Fenster gestellt, oder es waren mehrere. Es klang fast so, als stünde der Sprecher mitten auf dem Hof.
»Null Uhr. Hier ist das Nachtprogramm der ARD. Meldungen vom Tage: Die Gefangenenrevolte in der Konrad-Adenauer-Anstalt ist friedlich beigelegt worden. Der Justizsenator selbst verhandelte mit den Aufrührern und billigte die Bildung eines Gefangenenrates. Laut Senator verliefen die Gespräche in einer ruhigen, sachlichen Atmosphäre. Bonn: Unter dem Motto ›Rund, rund, rund – nur nicht anecken‹ hat der Weltbund der Glasmurmler seine diesjährige Tagung in der Bundeshauptstadt begonnen. Murmelgrößen, Gewichtsklassen und Dopingprobleme stehen auf der Tagesordnung. Darüber hinaus soll erörtert werden, ob bei zukünftigen Wettbewerbsaustragungen neue Farben zuzulassen sind. Der Unterverband der Tonmurmler will sich an dieser Diskussion nicht beteiligen. Wie der Vorstand der Tonmurmler, Herr Dr. Löchlein, erklärt, ist eine Einigung über die Farben erst dann möglich, wenn feststeht, daß in Zukunft weiter auf Lehmböden gespielt wird. Zu den geladenen Ehrengästen des heutigen Eröffnungsballes gehört der Bundeskanzler, der auch Schirmherr ist. Genf: . . .«
Ich stieg vom Stuhl und legte mich aufs Bett.

184. TAG

Als ich aufwachte, war das Programm zu Ende.
»Ben.« Heinz stieß mich an.
»Ja, ja.« Ich erhob mich und verließ mit den anderen den Fernsehraum. In der letzten Zeit schlief ich meistens vor der Glotze ein.
Jede Station konnte jetzt einmal in der Woche fernsehen. Inzwischen hatte es ordentliche Wahlen gegeben, durch die der Gefangenenrat bestätigt worden war, für einen Zeitraum von einem Jahr. Das mit dem Fernsehen war eine Neuregelung. Man durfte sich jetzt auch einen Vogel halten. Es gab Wellensittiche, und aus einigen Zellen waren regelrechte Vogelbauer geworden.
Heinz war mit im Rat, der aus vier Stationssprechern pro Flügel bestand. Diese sechzehn hatten einen fünfköpfigen Vorstand gewählt, dessen Vorsitzender ich war. Zur Zeit verhandelten wir mit der Anstaltsleitung wegen des jährlich stattfindenden Sportfestes. Die Angehörigen der Gefangenen sollten sich dann den ganzen Tag über innerhalb der Mauern aufhalten dürfen. So lautete unser Vorschlag. Es ging um verbesserte Kontakte zur Außenwelt.
»Mensch, ich bin in der letzten Zeit immer hundemüde«, sagte ich, »den ganzen Tag unterwegs, dann will der was, dann der. Ich glaube, wenn das Jahr vorbei ist, dann kann das ein anderer machen.«
Heinz nickte. »Der Sturm ist übrigens ganz in Ordnung als Anstaltsleiter, findest du nicht auch?«
»Ja, der ist gut, bei dem gibt es wenigstens weniger Unge-

rechtigkeiten. Der hört sich erst mal alle Seiten an, bevor er was sagt.«

»Wohin haben sie den Schildpad eigentlich versetzt?«

Ich zuckte die Achseln. »Ich glaube, der sitzt jetzt in der Behörde, bearbeitet Beschwerden. Also, gute Nacht.«

Ich blieb vor meiner Zelle stehen, bis der Meister mich einschloß. Es war dreiundzwanzig Uhr. Ich zog mich aus, machte das Fenster auf und kroch nackt unter die Decke. Das Laken fühlt sich schön kühl an. Morgen ist wieder Besprechung mit Sturm. Der ganze Vorstand soll mit. Egon liegt immer noch im Krankenhaus, die ersten Gehversuche macht er, wird gesagt. Zweitausend Mark haben wir gesammelt. Von dem wenigen Geld, das die Männer monatlich zur Verfügung haben, sind zweitausend Mark zusammengekommen ... Ein Hund bellt, wird immer leiser, ich höre ihn hecheln, dann sehe ich ihn. Auf zwei Beinen läuft er über den Hof, die Mütze schief auf dem Kopf, die Ohren wehen. Jetzt läuft er ins Haus, ich höre ihn an der Tür kratzen, ganz leise, er quietscht, weil er nicht rein kann. Ich stehe auf und gehe zur Tür ... Die fliegt plötzlich mit einem Ruck auf, eine Lampe blendet mich, ich werde zu Boden geworfen, will schreien, mein Hals wird zugedrückt, meine Arme werden auf den Rücken gedreht, eine Acht schnappt zu.

»Alles klar?« fragt einer.

»Ja.«

»Gut, dann nach vorne.«

Sie stellen mich auf die Füße, nehmen mich in die Mitte und schieben mich raus auf den Zellenflur. Ich sehe Polizisten, an der Zentrale stehen einige Meister und winken mir zu, dahinter sehe ich Anstaltsleiter Sturm. Ich kann nicht schreien, weil ich keine Luft bekomme. Wir sind in der Verwaltung.

»Der hat ja nichts an«, höre ich eine Stimme.

»Die Klamotten werden nachgebracht«, eine andere.
»Hier ist eine Decke.« Mir wird eine Decke umgehängt, es geht weiter in den Vorderhof, dicht vor dem Eingang steht ein neutraler VW-Bus, sie fassen mich einfach unter die Beine und setzen mich rein. Die Schiebetür wird leise geschlossen, das große Tor öffnet sich, ich sehe die Straße...
Drei Tage später wird die Zelle von Benjamin Holberg neu belegt.